DER FLUCH DES KLOSTERS

EIN THRILLER VON SEBASTIAN TEMMEN

Bibliografische Information der Deutschen Nationalbibliothek: Die Deutsche Nationalbibliothek verzeichnet diese Publikation in der Deutschen Nationalbibliografie; detaillierte bibliografische Daten sind im Internet über dnb.dnb.de abrufbar.

© 2016 Sebastian Temmen

Herstellung: BoD – Books on Demand, Norderstedt

ISBN: 978-3-741-29078-7

DER FLUCH DES KLOSTERS

EIN THRILLER VON SEBASTIAN TEMMEN

Näheres über die Entstehung des Buches und meine weiteren Werke finden Sie im Internet:

www.sebastiantemmen.de

Antoines Karte

Teil 1

1

1932, Chartreuse du Reposoir, Frankreich

Die kleine Feier zur Fertigstellung der Renovierung des Klosters war schlicht gewesen, aber sehr feierlich. Die neuen Bewohner des Klosters, zwölf Karmelitinnen, hatten ihr Nachtmahl und das Abendgebet bereits abgeschlossen und waren auf dem Weg in ihre neuen Behausungen. Schwester Marie blieb noch eine Weile im Innenhof stehen und betrachtete das Ergebnis der Bauarbeiten. Schön war das Kloster geworden. Besonders die Sonnenuhr im Innenhof gefiel Schwester Marie, doch sie konnte den Anblick nicht so recht genießen. Der Tag war für sie sehr aufreibend gewesen und sie sehnte sich nach ihrem Bett. Der einsetzende starke Regen riss sie aus ihren Gedanken und sie lief rasch unter die säulenbefestigten Gänge des Innenhofes, um sich unterzustellen. Sie schaute zu, wie sich das Holz des auf dem Rasen stehenden Kreuzes im prasselnden Regen von der Nässe dunkel färbte. Dann schreckte sie auf, weil sie ein lautes, durchdringendes Klopfen vernahm. „Es klopft an der Klosterpforte, um diese Zeit noch?", dachte sie verwundert. Sie holte schnell eine Kerze, denn es war, ohne dass sie es bemerkt hatte, dunkel geworden. Blitze zuckten durch die Nacht und ihr Donner übertönte sogar das Rauschen des Regens. Wieder ein Klopfen. Schwester Marie versuchte gar nicht erst, durch das Gucklochan der Tür hinauszuschauen, dafür war es viel zu dunkel. Sie öffnete langsam die Pforte. Draußen stand eine gebeugte, in einen langen, schwarzen Mantel gehüllte Gestalt, auf einen knorrigen Wanderstab gestützt, die regennasse Kapuze tief in die Stirn gezogen. Langsamen Schrittes betrat jene Gestalt den überdachten Pfortenbereich des Klosters. Als Schwester Marie dem Wanderer ins Gesicht zu sehen versuchte, sah sie nur den Schatten der Kapuze, aber sie fühlte deutlich, dass er sie direkt anblickte. „Wie kann ich ihnen weiterhelfen?", fragte sie mit zitternder Stimme. Sie vernahm ein heiseres, tiefes Auflachen. „Gar nicht. Ich bin gekommen, um diesen Ort zu befreien." Verwirrt und ein wenig verschreckt trat sie einen Schritt zurück. Ein Windstoß fauchte durch die Tür und blies ihre Kerze aus. „Zuerst werde ich dich befreien.", sagte die dunkle, kratzige Stimme und lachte wieder leise auf. Sie fühlte, wie sich eine Hand auf ihre Schulter legte, und sah, wie er etwas aus seinem Mantel zog. Im selben Moment durchzog sie ein gewaltiger Schmerz. Alles vor ihren Augen verdunkelte sich und das Letzte, was sie spürte, war der Wunsch nach Frieden. „Vater im Himmel… hilf mir!", flehte sie mit letzter Kraft. Wieder hörte sie das heisere Lachen des Fremden, es war wie Kanonendonner in ihren Ohren. „Zu spät…" Danach umfing sie Dunkelheit.

2

2007, Köln, Deutschland

„Mir reicht es!", dachte Tobias Steiner. Er saß in einem Kirchenarchiv mit alten Büchern voller Auflistungen von Kirchen, Klöstern und Kapellen und suchte nach hilfreichen Büchern für seine Ausarbeitung über die Geschichte von Karmelitenklostern im Europa der Neuzeit. Er hatte vorgehabt, Lehrer zu werden und studierte dafür Geschichte und Germanistik an der Kölner Universität, allerdings mit stark sinkender Motivation. Die Themen langweilten ihn und irgendetwas in ihm sagte ihm, dass er für interessantere Aufgaben bestimmt sei, als einem Haufen Pubertierender Dinge wie die neue Rechtschreibung zu erklären oder mit ihnen das ottonisch-salische Reichskirchensystem durchzugehen. Aber nach dem Abitur hatte er keine bessere Idee gehabt als seine Stärken zu nutzen, nämlich Deutsch und Geschichte. Jetzt saß er in dem Archiv und fand endlich ein Buch mit einer Liste aller Karmelitenklöster in Frankreich. Dieses Buch war alt. Das Papier war bereits vergilbt, der Buchdeckel war vom Feuer versengt worden, einzelne Seiten waren verbrannt oder herausgerissen. Er legte seine Internetrecherchen neben das Buch und hakte ab, über welche es weitere Informationen gab. Als er die Liste durchgegangen war, stutzte er. Denn ein Kloster in dem Buch war auf seiner Liste aus dem Internet nicht zu finden. Die *Chartreuse du Reposoir* fehlte. Er beschloss das andere Buch zu Rate zu ziehen, das zu seinem Leidwesen komplett auf Latein verfasst war. Wie er Latein früher gehasst hatte. Schon am Inhaltsverzeichnis des Buches verzweifelte er. „Kann man das ausleihen?", fragte er eine junge Frau, die gerade ein paar Schriften einsortierte. Sie schaute sich das Buch an und hob eine Augenbraue. „Wie sind Sie an dieses Buch gekommen?", fragte sie mit vorwurfsvollem Blick, „Das ist eigentlich für die Öffentlichkeit gar nicht zugänglich und steht bei uns in einem Raum, in den man nur mit besonderer Erlaubnis reindarf. Wo haben Sie das her?" Tobias antwortete verwundert: „Bitte was? Das lag dort hinten im Regal bei den anderen Büchern über französische Klöster." Er grinste. „Aber ausleihen werde ich es dann wohl nicht können, oder?" Die junge Frau blieb ernst. „Genauso ist es, das dürfen Sie eigentlich nicht mal gelesen oder gesehen haben. Zumindest nicht ohne Erlaubnis." – „Woher kriege ich so eine Erlaubnis?", fragte er unverblümt. Sie musste lächeln. „Sie sind reichlich unverschämt, meinen Sie nicht?", sagte sie mit ironischem Unterton. Er schätze sie auf Anfang zwanzig, sie war attraktiv und hatte beim Lächeln, das sich in ihren braunen Augen widerspiegelte, kleine Lachgrübchen im Gesicht. Er erwiderte das Lächeln. „Nein, ich will nur fertig werden." Sie strich sich eine lockige, blonde Strähne aus dem Gesicht und lachte dabei. „Wie kann ich denn weiterhelfen?" Er nahm ihr das Buch vorsichtig aus den Händen, schlug den Buchdeckel auf und zeigte ihr das Inhaltsverzeichnis. „Können Sie mir da weiterhelfen? Das ist leider alles Latein" – „Nun ja, ich musste Latein für mein Französischstudium machen, das sollte ich also schaffen. Wonach suchst du denn?", fragte sie. Ihm fiel auf, dass sie ins *du* gewechselt hatte und konnte sich einen Machokommentar einfach nicht verkneifen: „Zuerst nach deinem Namen und zweitens nach Informationen über ein Kartäuserkloster in Ostfrankreich." Wieder lachte sie auf. „Jetzt wirst du ja noch unverschämter und fragst mich mit einem so schlechten Spruch nach meinem Namen und stellst dich vorher nicht erst mal selber vor. Und dir soll ich helfen?" Ihr Lächeln wirkte schelmisch. Er beschloss, lieber etwas weniger in die Offensive zu gehen. „Ja, das wäre sehr nett von dir. Ich bin übrigens Tobias." – „Na, der harte Mann hat ja doch noch einen weichen Kern", spottete sie, „dann helfe ich natürlich auch gerne weiter - auch wenn es eigentlich nicht so ganz erlaubt ist. Erstens, ich heiße Julia. Und zweitens: um welches Kloster handelt es sich genau?" – „Es heißt *Chartreuse du Reposoir*, ein Karmelitinnenkloster. Das ist im Internet nirgendwo zu finden und steht nur in diesem Buch." Sie runzelte die Stirn und schaute nachdenklich in das Buch und blätterte ein wenig. „Also… hier steht, dass das Kloster im Jahre 1151 gebaut worden ist… und im 18. Jahrhundert erweitert wurde. Erst wurde es von einem Halberemitenorden genutzt… später zu einem Hotel umfunktioniert… und 1932 zogen dort Karmeliterinnen ein…" Sie stockte plötzlich. „Was ist denn los?", fragte Tobias verwundert. Sie blickte ihn mit großen Augen an. „Alle Aufzeichnungen über das Kloster seit 1932 sind weg!" – „Was heißt ‚weg'?" „Na, sie sind eben weg.

Nur noch der Rand ist da. Es sieht so aus, als wären diese Seiten aus dem Feuer geholt worden, sie sind bis auf den kleinen Rand weg, sind verkohlt!" Tobias schaute verwirrt. „Eigenartig." – „Ja, allerdings. Lass mich mal schauen, ich glaube, wir haben hinten in der anderen Abteilung noch ein paar Bücher, in denen was stehen könnte. Komm mal mit." Sie durchquerten die Bibliothek und traten durch eine Tür mit der Aufschrift „Privat" in einen kleinen Raum, aus dem drei Panzerstahltüren führten, die alle mit Kombinations- und Vorhängeschlössern gesichert waren. Julia holte ein Schlüsselbund aus der Tasche, schloss auf und stellte die richtige Zahlenkombination ein. „Und du kriegst wirklich keinen Ärger für das hier?", fragte Tobias unsicher. Sie warf ihm einen viel sagenden Blick zu. „Dieser Job ist nicht besonders spannend – endlich passiert hier mal was." Sie grinste schelmisch. „Oder hat der harte Mann jetzt Angst?" Er seufzte lächelnd und kopfschüttelnd. Als die Tür aufging, schlug ihnen ein Geruch von alten, verrottenden Büchern entgegen. Die Regale an den Wänden waren bis an die Decke vollgepackt mit altem, braunem Papier, angesengt und vermodert. Luftentfeuchter und Lüfter an den Decken sorgten für die ideale Lufttemperatur und -feuchtigkeit. „Hier bitte möglichst wenig atmen." Julia flüsterte ehrfürchtig und in Anbetracht dieser uralten Werke aus allen zeitgeschichtlichen Epochen konnte Tobias sie verstehen. Er blickte sich um. Bei der Suche hier würde er nicht viel helfen können, denn die Bücher waren zum Großteil ohne Buchrücken, dazu noch in fremden Sprachen verfasst, soweit er das sehen konnte. Außerdem hatte er Angst, diese Relikte vergangener Zeit zu zerstören. Julia ging die Regalreihen entlang, stoppte hier und dort und schob an einigen Stellen die alten Papiere routiniert auseinander. Sie nahm zwei Zettelstapel heraus, zeigte Tobias mit dem Finger an, den Buchtresor zu verlassen und folgte ihm dann nach draußen. Erst nachdem sie die Tür wieder abgeschlossen und gesichert hatte, sprach sie wieder. „In diesen Überresten von Büchern müsste alles stehen, andere Aufzeichnungen gibt es in diesem Archiv nicht, und das ist eigentlich vollständig. Und wohl auch nicht in anderen Bibliotheken, außer vielleicht in den Archiven des Vatikan, aber dort brauchst du gar nicht erst anfragen, die sind nicht gerade freigiebig mit Zugangsberechtigungen für ihre Archive." – „Du redest aber nicht gut über deinen Arbeitgeber, oder bezahlt er zu schlecht?" Julia lachte wieder. „Das nicht, aber der Job hier ist sehr langweilig. Naja, er bringt Geld und ohne Geld kein Studium, weißt du ja. Du studierst doch auch, oder?" – „Ja, stimmt." Sie setzten sich an einen Schreibtisch. Julia nahm den ersten Stapel Papier und blätterte vorsichtig die Seiten um. Tobias sah ihr gespannt zu. Aus irgendeinem Grund war seine Neugier geweckt worden. Warum war dieses Kloster im Internet nicht auffindbar gewesen? Und warum waren die Seiten in dem Buch heraus gebrannt gewesen? Julia runzelte die Stirn. Tobias konnte sie förmlich denken sehen. „Hier steht… wann das Kloster zuerst benutzt wurde… von wem… wer da zwischendurch drin war… dass es eine Zeit lang bis 1932 ein Hotel war…" Sie blätterte um und öffnete erstaunt den Mund. „Hier hätten die

Geschehnisse nach 1932 eingetragen sein sollen…", sagte sie stockend und zeigte mit dem Finger auf die Seite. Auch diese Seite war bis zum Seitenrand hin versengt und es wirkte wieder, als sei diese ausgebrannt worden. Tobias´ Augen weiteten sich. Wie war das möglich? Julia sah Tobias fassungslos an. „Schauen wir mal in die letzten Aufzeichnungen zu dem Thema." Ihre Stimme war langsam und flüsternd geworden. Sie nahm den letzten Zettelstapel, ging das Inhaltsverzeichnis durch und blätterte vorsichtig in der alten Schrift. Sie schlug eine Seite auf und ihr Atem stockte. Tobias´ Blick wurde ungläubig. Auch diese Seite war herausgebrannt, und wieder mit derselben Präzision wie bei den anderen beiden Büchern. Julia fand als Erste die Sprache wieder. „Das ist bestimmt nur ein Zufall.", sagte sie mit ungläubiger Stimme. „Das glaube ich nicht.", erwiderte Tobias, „Das kann unmöglich ein Zufall sein, nachdem auch im Internet nirgendwo etwas zu finden war." – „Du meinst, jemand hat versucht, diese Daten zu verstecken? Warum sollte man so was machen?", fragte Julia ungläubig. Tobias war wie elektrisiert. Wer konnte ein Interesse daran haben, diese Daten zu verschleiern und warum? „Ich habe keine Ahnung, aber das sind mir zu viele Zufälle auf einmal." – „Und was machen wir jetzt?" – „*Wir*?" Tobias grinste. „Lass *uns* einen Kaffee trinken gehen und dann überlegen *wir uns*, was *wir* jetzt machen." Er betonte jedes ‚wir' überdeutlich. Sie lächelte ihn kopfschüttelnd an. „Das trifft sich gut, in zehn Minuten habe ich Feierabend. Wenn du solange warten willst?" Er nickte und kaum eine Viertelstunde später saßen sie sich in einem

Straßencafe an einem Tisch gegenüber. Beide grübelten angestrengt nach, wie es zustande kommen konnte, dass in allen diesen Büchern, die ja sogar unabhängig voneinander gelagert worden waren, die Seiten so präzise herausgebrannt sein konnten. "Vielleicht sollten wir einen Experten für Klostergeschichte anschreiben oder mal bei einem Kirchengeschichts-Professor anfragen.", schlug Julia vor und nippte an ihrem Kaffee. Tobias drehte seine Tasse mit schwarzem Tee unentschlossen hin und her. "Ich glaube kaum, dass jemand etwas darüber weiß, wenn es nicht mal im Internet aufzufinden ist. Aber es ist einen Versuch wert. Bist du morgen auch noch in dem Archiv oder wie kann ich dich erreichen?" Sie gab ihm ihre Handynummer und bat ihn, sie zu benachrichtigen, falls es Neuigkeiten geben würde.

3

Am nächsten Tag besuchte Tobias schon sehr früh einen Professor namens Hoffmann, der Kirchengeschichte lehrte und lange in Frankreich gelebt und doziert hatte. Er hatte immer ein offenes Ohr für seine Studenten und war daher sehr gefragt. Ohne Termin blieb Tobias nichts anderes übrig, als einige Stunden im Vorzimmer zu warten und weiter über das "Wer?" und "Warum?" nachzudenken. Eine gefühlte Ewigkeit verging, bis er endlich zu Prof. Hoffmann vorgelassen wurde. Nach einer kurzen Begrüßung und einem kurzen Gespräch über eine Vorlesung, die Tobias interessehalber besucht hatte, ergriff der Professor das Wort. „Aber jetzt sagen Sie mir, weshalb Sie eigentlich gekommen sind." - „Nun ja, es ist so. Ich habe bei einer Recherche wegen einer Hausarbeit ein Kloster gefunden, in Ostfrankreich, und da habe ich eine Merkwürdigkeit festgestellt." Tobias ließ eine Pause für Fragen, doch sein Gegenüber sah ihn nur weiterhin interessiert an. „Und zwar kann man die Erwähnung dieses Klosters in einigen alten Büchern finden, doch ab einem bestimmten Jahr fehlen alle Aufzeichnungen des Klosters und im Internet ist überhaupt gar nichts über dieses Kloster zu finden." - „Haben Sie sich vergewissert, ob es das Kloster überhaupt noch gibt?" Tobias fühlte sich wie ein Idiot, denn das hatte er noch nicht getan. „Also...", stotterte er, „zumindest habe ich in dem Buch nichts davon lesen können, dass das Kloster umfunktioniert, zerstört oder verlassen wurde." Prof. Hoffmann lächelte. „Dann wollen wir das mal schnell überprüfen. Wo liegt denn dieses Kloster?" - „In Frankreich, südlich von Le Reposoir." Hoffmann wandte sich seinem Computer zu und tippte etwas ein. Er drehte den Bildschirm zu Tobias um. Auf dem Monitor zu sehen war ein Satellitenbild des Klosters. „Also zerstört ist es schon mal definitiv nicht. Aber ich habe auch noch nie von diesem Kloster gehört. Ich kann aber mal einen Freund in Frankreich anrufen, der sich mit den Klöstern dort unten auskennt, falls ich Ihnen damit weiterhelfen kann." - „Das wäre sehr nett von Ihnen. Aber nur, wenn es in Ordnung ist, dass ich noch mehr von Ihrer Zeit in Anspruch nehme." - „Absolut in Ordnung. Wenn es Ihnen weiterhilft. Ich habe meinen Freund dort schon lange nicht mehr angerufen." Während des Telefonates, das auf Französisch geführt wurde, schaute sich Tobias näher die Umgebung des Klosters an. Vor dem Kloster schien ein See zu liegen, rundherum bewaldete Berge. Das nächste größere Städtchen war Cluses, Le Reposoir hingegen war eher eine kleine Ansiedlung, die einzige in diesem Tal. Nach einigen Minuten beendete Prof. Hoffmann sein Gespräch und schaute mit gerunzelter Stirn aus dem Fenster. Tobias ließ den Professor einige Minuten in seinen Gedanken schwelgen, dann siegte aber die Neugier: „Und?", fragte er. Sein Gegenüber sah ihn mit gleichbleibend gerunzelter Stirn an. „Wie soll ich sagen... mein französischer Freund, der wirklich alles über die Klöster dort weiß, kannte das Kloster zwar vom Namen her, konnte mir aber auch nicht mehr sagen als die Geschichte bis 1932. Aber er war sich sicher, dass das Kloster noch existiert und auch nach wie vor bewohnt wird. Merkwürdig die ganze Geschichte."

4

1958, Le Reposoir, Frankreich

Über neun Stunden war Silvio Gorgolla nun schon durch die französischen Alpen gewandert. Er war alles andere als gut gelaunt. Ein starker Platzregen hatte ihn kurz vor einem Gipfel erwischt und er war nicht nur bis auf die Haut nass geworden, sondern hatte zudem auch noch umkehren müssen, so kurz vor dem von ihm erhofften Gipfelruhm. Missmutig stapfte er nun über den vom Regen tief aufgeweichten und verschlammten Waldboden in der Hoffnung, bald aus diesem schier endlosen Wald hinauszukommen, der ihn trotz vieler Bäume nicht lange vor dem Regen hatte schützen können. Schon vor Stunden war er vom Weg abgekommen und hatte ihn auch nicht mehr wiederfinden können. Ihm blieb nichts anderes übrig, als über den schlammigen Waldboden zu laufen, in alle Blickrichtungen nichts als riesige Nadelbäume und Dornengestrüpp. Er bemühte sich, immer in eine Richtung zu laufen, doch da der Wald überall gleich aussah, lief er seit Stunden im Kreis herum, ohne es zu merken. Langsam setzte die Dunkelheit ein. Silvio Gorgolla beschlich langsam ein ungutes Gefühl. Sein ohnehin schon leicht reizbares Gemüt begann zu kochen. Nässe und Kälte waren so grade noch erträglich, aber das langsam aufkommende Gefühl der Angst, nie wieder aus dem Wald herauszufinden, stieg in ihm hoch. Als der erste Blitz die Szenerie für eine Sekunde erleuchtete, sah er in einiger Entfernung eine Lichtung, auf der er die Silhouette von geformten Steinen zu erkennen glaubte. Von neuer Hoffnung ergriffen lief er in die Richtung, in der er die Lichtung vermutete. Nachdem er über eine Wurzelgabel gestolpert und gegen eine junge Kiefer gefallen war, stießen seine Knie gegen etwas Hartes, Kaltes. Inzwischen war es vollkommen dunkel geworden. Er tastete sich an dem Gegenstand entlang. Dieser schien aus Stein zu sein, mit Werkzeugen bearbeitet. Es war ein schlichter Steinblock, oben abgerundet, etwa einen

Meter breit und glatt. Er fühlte über die glatte Fläche, als seine Finger einige Einkerbungen ertasteten. Sie lagen alle auf einer Höhe, aber er konnte nicht fühlen, was es war. Der Regen peitschte auf sein Gesicht und der Sturm pfiff über die Lichtung. Wieder erleuchtete ein Blitz die Lichtung. Für den Bruchteil einer Sekunde war alles in ein grelles Licht getaucht. Silvio Gorgolla stieß einen Schrei aus. Auf der Lichtung standen noch viele weitere solcher Steine, einige auch in Form von Kreuzen – er war auf einem Friedhof angekommen. Die mühevoll bewahrte Ruhe wich von ihm und der Angstschweiß brach ihm aus. Er sprang auf und wollte zurück in den Wald laufen, doch nach wenigen Metern war ihm auf einmal, als hätte sich der Boden unter ihm plötzlich geöffnet und seine Füße traten nicht auf Waldboden, sondern ins Leere. Er stieß einen weiteren, panischen Schrei aus, als er plötzlich aufschlug, und etwas unter ihm knackte und brach. Abermals schlug er auf, diesmal aber auf etwas Weichem. Nach einigen Sekunden der Benommenheit versuchte er erneut, die Umgebung zu ertasten. Er schien sich in einem Stollen zu befinden, in dem er bequem aufrecht stehen konnte. Drei Tunnel führten von hier weg, einer nach oben, durch den er gefallen war, und zwei zu jeweils entgegengesetzten Seiten. In einem war ein schwacher Lichtschein zu erkennen. Dieses schwache Flackern eines Lichtscheins und die Tatsache, dass es hier weder nass noch windig war, ermutigten Silvio Gorgolla, sich wieder aufzuraffen. Er schritt vorsichtig los. Nachdem er eine Weile gegangen war, fiel ihm auf, dass es hier unten überhaupt keine Geräusche zu geben schien. Nicht einmal das Hallen seiner eigenen Schritte hörte er hier unten. Ebenso wenig hörte er die Schritte, die ihm folgten und langsam immer näher kamen. Nach einem langen Marsch durch die Dunkelheit, immer dem Lichtschein folgend, machte der Weg eine leichte Kurve. Gorgolla folgte ihr und sah am Ende des Weges eine Holztür, von der unten ein beachtliches Stück fehlte. Durch diese Lücke zwischen Tür und Boden drang auch das flackernde Licht, dem er gefolgt war. Er lief die letzten Schritte so schnell er konnte und versuchte mit der Hand einen Türgriff zu ertasten, doch da war kein Türgriff. Die Tür ließ sich weder ziehen noch schieben. Diese Tür trennte ihn von Menschen, von Wärme, von der Zivilisation, dachte er. Er legte sich auf den Boden, um unter der Tür durchzurobben, steckte den Kopf unter der Tür durch und schaute sich im Raum um. "Impossibile!", entfuhr es ihm. Die Szene vor ihm war unmöglich, ja nahezu surreal. Hier geschahen Dinge, die für menschliche Augen nicht gedacht und für das menschliche Hirn nicht zu verarbeiten waren. Der ganze Raum stand in lodernden Flammen und das, was sich schreiend in diesen Flammen bewegte, ließ Silvio Gorgolla noch einmal aufschreien. „Dio mio!" Die Bewegung in den Flammen erstarrte, es knackte laut in Gorgollas Nacken und ein kurzer heftiger Schmerz durchzuckte ihn. Das Letzte, was er sah, war diese zu einem schrecklichen Grinsen verzogene Fratze. Er hörte eine grausame Stimme, die sprach: „Und wieder mal zu spät..." Das Leben wich aus seinem Körper. Das letzte, was er hörte, war ein grausames, heiseres Lachen.

5

2007, Köln, Deutschland

Nachdem Tobias das Büro des Professors verlassen hatte, rief er Julia an. Auch sie hatte in der Zwischenzeit versucht, in den Buchtresoren des Kirchenarchives weitere Informationen über das Karmelitinnenkloster zu finden. Sie wirkte regelrecht verzweifelt. „Es gab noch vierzehn weitere Bücher, in denen dieses Kloster verzeichnet sein müsste, aber in jedem dieser Bücher war diese Seite herausgebrannt, und zwar mit äußerster Präzision. Keine der anderen Seiten in den Büchern wies Brandflecken oder Beschädigungen durch Feuer oder Hitze auf.", berichtete sie. Tobias verstand die Welt nicht mehr. Aus seiner Jugend wusste er noch sehr gut, wie schwer es war, aus einem Buch systematisch und sauber eine Seite herauszubrennen. Damals hatte er versucht, sein Tagebuch vor seiner Schwester zu verheimlichen. Er erinnerte sich noch sehr gut daran. Seine ganze Schreibtischunterlage war dem kleinen Brand zum Opfer gefallen. Allerdings hatte seine Schwester auch nicht mehr sein Tagebuch lesen können, denn das war komplett verbrannt. „Und was hast du bei dem Professor herausgefunden?" Julia riss ihn aus seinen Erinnerungen. Tobias brauchte einen Moment, um sich zu fassen, bevor er antwortete. „Er hat mit einem Experten gesprochen, der allerdings auch nicht mehr dazu wusste als die Geschichte bis 1932. Allerdings behauptete er, dass das Kloster auch heute noch bewohnt wäre. Der Professor und ich haben uns ein Satellitenbild angeschaut, auf dem sah das Kloster eigentlich nicht so aus, als wäre es verfallen oder verlassen." Eine Pause entstand. „Sag mal, bist du auch so neugierig wie ich?", fragte Julia. „Wieso?" – „Ich mag es gar nicht, wenn ich mit einer Halbwahrheit leben muss. Das provoziert meine Neugier." Sie wirkte wie elektrisiert und Tobias ließ sich von dieser Euphorie anstecken. Sein Studium langweilte ihn derzeit ziemlich und außer seiner Hausarbeit standen keine größeren Aufgaben oder Klausuren für ihn an. „Es geht mir ganz genau so. Vielleicht sollten wir heute Abend was trinken gehen." Er stockte. „Ich meine… so als Besprechung… was wir jetzt tun sollten… oder so." Erleichtert fiel ihm auf, dass man am Telefon nicht merken konnte, dass er rot wurde. Julia lachte nur schelmisch. „Dann heute Abend um Acht in der Wunder-Bar an der Hohenzollernbrücke. Komm nicht zu spät, ich bin ein ungeduldiges Persönchen." – „Das ist gut, denn ich bin ein pünktliches Persönchen.", erwiderte er lachend.

An diesem Nachmittag saß Tobias zuhause an seinem Schreibtisch und quälte sich durch Goethes *Die Leiden des jungen Werther*. Eigentlich hatte er sich vorgenommen, dieses Werk am heutigen Tag zu beenden, doch seine Gedanken schweiften immer wieder ab. Ihm ging das Bild der verbrannten Buchseiten nicht mehr aus dem Kopf. Je mehr er darüber nachdachte, desto mehr hatte er das Gefühl, als hätte jemand diese Seiten systematisch aus den

Büchern gebrannt, denn diese perfekte Verbrennung des Inhaltes der Seite, ohne die Ränder auch nur stellenweise zu beschädigen, sahen zum einen nach sehr gründlicher Arbeit, zum anderen aber vor allem nach Absicht aus. Doch wer sollte das gemacht haben und vor allem zu welchem Zweck? Wer könnte ein Interesse daran haben, ein vermutlich nicht verfallenes oder verlassenes Kloster, welches nach wie vor der Kirche gehört, aus den Aufzeichnungen verschwinden zu lassen? Irgendwie wirkte das alles sehr widersinnig. Tobias stand auf, um etwas zu essen. Als er etwas später vor seinem Herd stand und seiner Bolognese beim Köcheln zusah, musste er an die vielen Verschwörungstheorien denken, die es über die Kirche gab. Er kannte sicherlich nur einen Bruchteil davon, doch schon der gesunde Menschenverstand verurteilte den Großteil von ihnen als völlig unglaubwürdig. Dann hatte er eine Idee. Wenn er feststellen wollte, ob dort noch Karmelitinnen wohnten, könnte er ja einfach einen Brief an das Kloster schicken, in dem er darum bitten würde, ihm einige Informationen zur Geschichte des Klosters zu geben. Schnell ging er zu seinem Schreibtisch, um einen entsprechenden Brief zu verfassen. Da er keine Adresse des Klosters finden konnte, wollte er ihn ohne Straßenangabe oder Hausnummer abschicken in der Hoffnung, dass die französischen Briefträger den Empfänger auch so verstehen würden. Dieser Brief bereitete Tobias einiges Kopfzerbrechen, denn seine Französischkenntnisse waren seit der AG in der achten Klasse ziemlich eingerostet und der mittlerweile einsetzende Regen trommelte lauter werdend an die

Fensterscheibe, was seine Konzentration weiter lähmte. Als er gerade den Brief unterschreiben wollte, nahm seine Nase einen leichten, penetranter werdenden Geruch nach etwas Verbranntem wahr. „Oh nein, die Bolognese…", seufzte er, sprang auf und lief in die Küche, um den Topf mit den angebrannten Überresten seiner Bolognese und die völlig verkochten Spaghetti vom Herd zu nehmen. Missmutig nahm er einen Apfel aus seinem Obstkorb und ging zurück in sein Schlafzimmer zu seinem Schreibtisch. Als er durch die Tür des Schlafzimmers trat, traute er seinen Augen nicht. Durch das offene Fenster regnete es auf seinen Schreibtisch, auf dem nicht nur der Brief, sondern auch die Notizen mit dem Inhalt von *Die Leiden des jungen Werther* lagen. Beides war vom Regen völlig aufgeweicht und unleserlich. Er fluchte. Er war sich ganz sicher, dass er das Fenster bereits zugemacht hatte. Schnell schloss er das Fenster und versuchte, wenigstens die Aufzeichnungen aus der morgendlichen Vorlesung über den dreißigjährigen Krieg zu retten. Anschließend trocknete er den Schreibtisch ab und sah sich den Brief an. Er ärgerte sich, dass er ihn nicht gedruckt, sondern mit der Hand geschrieben hatte. Die Tinte war vollkommen verwischt. Er warf die Überreste des Briefes in den Mülleimer und setzte sich, um ihn neu zu verfassen, doch als er auf seinem Computer sah, wie spät es bereits geworden war, riss es ihn erneut aus dem Sitz. „Verdammt, schon kurz vor Acht und Julia wartet auf mich." Er lief zur Garderobe, nahm sich eine Jacke herunter, sprang die Treppen hinab und flitzte auf seinem Fahrrad in Richtung der „Wunder-Bar".

„Welche Laus ist dir denn über die Leber gelaufen?", fragte Julia, als sie ihn sah. Sie wartete bereits vor der „Wunder-Bar" unter einem großen Regenschirm auf seine Ankunft. „Ja, irgendwie lief gerade nochmal alles schief. Tut mir leid, dass ich so spät bin. Wieso bist du noch nicht reingegangen?" Sie lächelte, bevor sie antwortete. „Es sieht immer so blöd aus, wenn man dort alleine sitzt und wartet. Ich wusste ja nicht, ob du wirklich kommen würdest, und wollte da nicht sitzen wie ein armes kleines Mädchen, das von seinem Date versetzt wurde." Trotz seiner schlechten Laune musste Tobias lachen. „Na zum Glück hat dein Date dich ja heute Abend nicht versetzt.", sagte er, während er ihr die Tür aufhielt. Nachdem sie sich hingesetzt hatten, nahm er Julia nochmal etwas genauer unter die Lupe. Schon bei ihrer ersten Begegnung hatte sie ihm sehr gefallen, aber jetzt, in ungezwungenerer Umgebung, beeindruckte sie ihn noch viel mehr. „Starrst du eine Frau beim ersten Date immer so lange wortlos an?", fragte Julia schelmisch. Völlig aus seinen Gedanken gerissen errötete er. „Nein. Also, ich... Ach, jetzt hast du mich total aus dem Konzept gebracht. Ich habe nur gerade gedacht, dass du sehr hübsch aussieht und irgendwie so anders als heute Morgen." – „Achso. Dann muss ich ja heute Morgen wohl schlimm ausgesehen haben.", grinste sie. „Nein, so meinte ich das doch auch nicht." Tobias war überfordert. Diese Frau war ihm definitiv überlegen. Ehe er aber noch überlegen konnte, wie er sich aus der Sache herausreden konnte, kam der Kellner und nahm ihre Bestellungen entgegen. Als dieser weitergegangen war, fragte Julia, was Tobias denn vorhin passiert sei.

„Zuerst ist mein Essen angebrannt, dann hab ich wohl das Fenster aufgelassen und der Brief, den ich an das Karmelitinnenkloster geschrieben habe, war völlig durchnässt.", berichtete er. „Und als ich das Chaos beseitigt hatte, war ich schon so spät dran und musste mit dem Rad auch noch durch den Regen fahren." Er seufzte. Julia lächelte schon wieder schelmisch. „Und das alles nur für mich? Du bist ja süß." Wieder einmal fühlte er sich von ihr entwaffnet und beschloss, lieber ein wenig auf sie einzugehen. „Wie ist es denn bei dir? Wie und wo wohnst du überhaupt?" - „Nett abgelenkt, das muss ich dir lassen. Also will ich mal so tun, als hätte ich das gar nicht bemerkt. Ich wohne bei meiner Tante in Müngersdorf." Sie stockte. „Eigentlich nur vorrübergehend, aber dann ist da was zwischengekommen und mittlerweile wohne ich da schon über ein Jahr." Ihr zwischenzeitliches Stocken verwirrte Tobias. „Etwas dazwischengekommen?" Sie wandte ihren Blick ab und schaute einen Moment aus dem Fenster. Tobias konnte sehen, wie ihre Augen feucht wurden. „Tut mir leid!", stammelte er, „Ich wollte nicht…" Sie unterbrach ihn. „Schon in Ordnung, du konntest es ja nicht wissen. Nun, damals nach meiner Einschreibung hatte ich erst keine Wohnung gefunden, die mir gefiel und dann wollte ich ein oder zwei Monate bei meiner Tante bleiben. Sie wohnt alleine in einem großen Haus und ist ohnehin etwas einsam. Ihr Mann war bei der Bundeswehr und ist irgendwo im Ausland gefallen, schon vor einigen Jahren. Naja, aber dann zögerten sich die ein bis zwei Monate immer weiter raus, und nach Ende des ersten Semesters hatte ich immer noch keine eigene

Wohnung. In den Semesterferien sind meine Eltern mit meinem kleinen Bruder in den Skiurlaub gefahren, nach Österreich in die Alpen." Wieder stockte sie und die Tränen liefen ihr über die Wangen. „Kurz vor dem Ziel hat Papa dann auf einer Serpentine die Kontrolle über unser Auto verloren und…" Sie konnte nicht weiterreden. Tobias begriff. Ihre Eltern waren gestorben. Er kam sich wie ein Idiot vor, gefragt zu haben. Gleichzeitig war er sehr verwundert über ihre Offenheit, denn immerhin kannten sie sich erst seit Kurzem. Er hätte Jahre der Freundschaft gebraucht, um über solche Dinge zu sprechen, doch offenbar war sie da anders. Schüchtern legte er seine Hand auf ihre und begann, sie sanft zu streicheln. Sie blickte ihn dankbar an. Für eine Weile sahen sich die beiden nur an, keiner sprach ein Wort. Als der Kellner die bestellten Getränke brachte, lösten sich ihre Hände wieder voneinander. Julia nahm einen Schluck von ihrem Kölsch, dann fuhr sie fort. „Und danach bin ich bei meiner Tante geblieben, weil ich nicht allein sein wollte. Mein Bruder hat den Unfall überlebt, er wohnt jetzt mit bei meiner Tante, aber er ist schwer behindert. Wir kümmern uns gemeinsam um ihn." Tobias war sprachlos. Er hatte mit vielem gerechnet, aber das war schlimmer als er je befürchtet hatte. „Ja, das ist meine Geschichte. Genug davon. Was ist mit dir?" – „Tja… was soll ich sagen. Ich komme aus einem kleinen Dorf in der Nähe von Hamburg." Sie nickte. „Sonst gibt es nicht viel zu erzählen." Ihr Gesicht fand das schelmische Lächeln wieder. „Soso. Also ein Landei ohne Vergangenheit und völlig ohne spannende Erlebnisse." – „Nein, so auch wieder nicht. Aber nicht so etwas Spektakuläres…" – „…wie eine Waise, die Französisch studiert und bei ihrer Tante wohnt?", unterbrach sie ihn. Er schwieg, das hatte er so nicht sagen wollen. „Keine Sorge", sagte sie, „ich weiß schon, wie du das gemeint hast. Was studierst du denn überhaupt? Anhand deiner Hausarbeit würde ich sagen, es ist irgendwas mit Kirchengeschichte." Er nickte zögernd. „Fast. Deutsch und Geschichte auf Lehramt für Gymnasium. Aber das Studium langweilt mich mittlerweile etwas. Irgendwie hat es seinen Reiz verloren, zwischen Lincoln und Lessing hin und her zu schwanken. Vielleicht habe ich auch einfach schon zu lange mit dem Kopf in den Büchern gesteckt und brauche mal ein wenig Abwechslung." – „So wie ein Date mit mir?" Sie lachte. „Aber ich kann dich schon verstehen. Zwischendurch hat man immer mal ein paar Durchhänger. So Punkte an denen man sich fragt, warum man das eigentlich macht. Ich studiere nicht nur Französisch, sondern auch noch Kunst. Für meinen Schwerpunkt – Fotografie – muss ich leider auch noch gut Englisch können. Manchmal weiß ich gar nicht mehr, welche Sprache ich gerade überhaupt spreche." Diesmal musste Tobias grinsen. „Da ich dich im Moment sehr gut verstehe, muss es Deutsch sein, oder vielleicht eben doch Englisch." Er unterbrach sich, als der Köbes ein neues Kölsch brachte und nahm einen Schluck aus seinem Glas. „Zumindest sind in zwei Wochen Semesterferien, dann haben wir Zeit, hier mal etwas rauszukommen." Ihre großen braunen Augen sahen ihn an. „*Wir?*" Tobias biss sich auf die Zunge. Wieder mal hatte er etwas gesagt, ohne vorher groß darüber nachzudenken. Das kannte er so gar nicht von sich. „Wie wäre es, wenn *wir* ein bisschen was essen gehen würden? Es ist zwar schon spät, aber wenn ich dich recht verstanden habe, ist dir ja vorhin dein Abendessen verbrannt." Erleichtert über den Themenwechsel stimmte Tobias zu und ging mit Julia in den nahe gelegenen China-Imbiss.

6

1974, Le Reposoir, Frankreich

„Warte, nimm den hier auch noch mit.", sagte der Leiter der Poststelle von Le Reposoir, Fabrice Aston, zu Jacques Barreu und reichte ihm einen einzelnen Brief. Jacques war der hiesige Postbote. Er schaute auf den Brief und stutzte. Er konnte darauf ein Siegel mit lateinischer Schrift erkennen. Der Empfänger sollte die *Chartreuse du Reposoir* sein, das Kloster in den Bergen in der Nähe des kleinen Ortes. „Was gibt´s?", fragte Fabrice ihn. „Der Brief geht an die *Chartreuse du Reposoir*. Ich glaube, dahin habe ich noch nie einen Brief gebracht.", antwortete dieser und sah seinen Vorgesetzten und Freund fragend an. Jacques war vor einigen Monaten erst nach Le Reposoir gezogen, nachdem er den Job als Postbote hier bekommen hatte. In der kurzen Zeit hatte er sich schnell mit Fabrice angefreundet. Beide mochten es eher gemütlich und niemand störte sich an der ruhigen Arbeitsweise des anderen. Fabrice Aston nahm den Brief, den Jacques ihm hinhielt und vergewisserte sich. Dorthin hatte auch der alte Briefträger Antoine Cassous seinen letzten Brief gebracht. Antoine war sehr lange der Briefträger in Le Reposoir gewesen. Er hatte jeden mit Namen gekannt, alle Einwohner des kleinen Ortes kannten und mochten ihn, denn er hatte immer Zeit für einen kleinen Plausch gehabt, besonders, wenn es um die Wanderwege in den Bergen oder um mystische Geschichten ging. Er hatte viel Zeit in den Bergen verbracht. Man munkelte, dass er dort oben eine Hütte hätte, in die er sich von Zeit zu Zeit zurückzog. Es war nicht ungewöhnlich, dass er über Nacht in den Bergen blieb und erst morgens zurückkam. Doch von einem seiner Ausflüge war er nicht zurückgekehrt. Anfangs hatte sich Fabrice darüber noch nicht gewundert. Er hatte die Post selbst verteilt, die anfiel. Doch nach einigen Tagen waren seine Sorgen angewachsen und er hatte Antoines Nachbarn befragt, ob sie ihn gesehen hätten. Alle verneinten dies. Fabrice war daraufhin zusammen mit zwei Nachbarn in Antoines Haus eingebrochen, um zu sehen, ob dem alten Mann vielleicht etwas passiert sei. Das Haus war dunkel und staubig. Antoine war sehr lange alleine gewesen und hatte augenscheinlich keinen besonderen Hang zur Sauberkeit verspürt. Niemand war zuvor in diesem Haus gewesen, seit Antoines Frau ihn vor langer Zeit verlassen hatte und ins Kloster gegangen war. Das hatte ihm das Herz gebrochen. Die Männer schauten in alle Räume. In diesem Haus hatte schon seit einigen Wochen niemand mehr gewohnt. Sie hatten beratschlagt, den Dorfpolizisten anzurufen, und gehofft, dass er eine Idee hätte, was man tun könnte. Als er hinzugekommen war, hatte er ihnen allerdings wenig Mut machen können. „In den Bergen nahe dem

Kloster hat es vor einer Woche ein Unwetter gegeben. Falls er dort oben war, sieht es sehr schlecht aus." Da es aber keine Angehörigen mehr zu geben schien, hatte niemand für eine teure Suche aufkommen wollen und so war ein leerer Sarg beerdigt worden. „Woran denkst du?" Jacques holte Fabrice aus seinen Gedanken. „An deinen Vorgänger. Der ist damals in der Nähe des Klosters verschwunden…" Jacques sah ihn verwundert an. „Verschwunden?" – „Ja, er hat sich viel in den Bergen aufgehalten und ist dann bei einem Unwetter verschwunden." Fabrice schaute aus dem Fenster in Richtung der Berge. „Er war häufig da draußen, auch öfter mal für mehrere Tage, aber er war immer sehr zuverlässig und hat sich dann vorher gemeldet, dass es länger dauern könnte. Dieses Mal aber nicht, deswegen haben wir damals geglaubt, es sei im Unwetter ein Unglück geschehen." – „Damals? Glaubst du das heute nicht mehr?", hakte Jacques nach. „Ich weiß nicht, ob du schon einmal gehört hast, was hier im Ort über das Kloster gesagt wird. Niemand ist seit den Umbauarbeiten Anfang der Dreißiger dort gewesen und nie sind die Karmelitinnen ins Dorf gekommen, um einzukaufen oder Post zu bringen. Seit damals hat niemand einen Fuß in das Kloster gesetzt oder aus dem Kloster heraus. Natürlich ist das Geschwätz, aber es heißt, das Kloster sei verflucht. Zumindest ist es aber ein unheimlicher Ort. Ich bin selbst noch nie dort gewesen, aber mein Bruder sagte, wenn man dort von einem entfernteren Berg aus hinsehen würde, wäre das schon ein sehr beklemmendes und beängstigendes Gefühl." Ungläubig entgegnete Jacques: „Aber es hat noch nie jemand dort nachgesehen, ob dort etwas faul ist?" Fabrice blieb ernst. „Nein, das nicht. Aber er ist nicht der erste Wanderer, der in der Gegend um das Kloster verschollen ist. Zumindest vermutet man das, vielleicht sind diese Leute auch einfach so abgehauen oder aus irgendeinem anderen Grund verschwunden. Wie schon gesagt, ich halte es für Geschwätz. Aber wenn ich dann so einen Brief in der Hand halte, muss ich an Antoine denken, deinen Vorgänger. Der letzte Brief, den er ausgetragen hat, ging auch an dieses Kloster. Nachdem ich ihm den Brief in die Hand gedrückt hatte, ist er gegangen und ich habe ihn nie wieder gesehen. Das erinnerte mich gerade sehr an damals. Vielleicht solltest du nicht allein hingehen, um den Brief dort hin zu bringen…"

7

2007, Köln, Deutschland

Tobias Steiner saß nachdenklich an seinem Schreibtisch und schaute in den blauen Nachmittagshimmel. Sein Treffen mit Julia war bereits drei Tage her, und sie hatten noch nichts voneinander gehört, aber ihm fehlte der Mumm, sie anzurufen und er hoffte, dass der Zufall das für ihn regeln würde. Vor zwei Tagen hatte er erneut einen Brief verfasst, den er am heutigen Nachmittag zur Post bringen wollte. Doch seine Gedanken hingen noch bei Julia und ihrem Schicksal. Es musste hart sein, die Eltern zu verlieren und sich um den Bruder kümmern zu müssen, aber es würde wohl noch härter sein, wenn dieser Bruder dann auch noch körperlich beeinträchtigt war. Wie sie das wohl alles schaffte, neben dem Studium? Ohnehin konnte er sich beim Gedanken an ihr Studium nur schütteln. Kunst war für ihn schon immer eine Folter und Französisch war in seinen Ohren ein fremdartig klingender Zungenbrecher. Niemals würde er auf den Gedanken kommen, freiwillig mehr Zeit als unbedingt nötig mit Fremdsprachen oder gar mit Kunst zu verschwenden. Schon genug, dass er für sein Studium frühere Lateinkenntnisse nachweisen musste und dass er in der Schule Griechisch hatte lernen müssen. Seit je her hatte es ihm an innerem Antrieb gemangelt, sich ernsthaft mit Fremdsprachen, abgesehen von Englisch, zu beschäftigen. Wofür auch? Mit Deutsch und Englisch kam er dort, wo er kam, bestens zurecht. Nach einer Weile kehrten seine Gedanken zu dem zurück, was ihn schon seit Tagen beschäftigte. Die *Chartreuse du Reposoir*. Aus irgendeinem Grund ließ ihn dieses Kloster nicht mehr los. Er musste schmunzeln. Endlich mal wieder etwas, was ihn an seinem Studium wirklich interessierte, ihn fesseln konnte. Vielleicht etwas, womit er die anstehenden Semesterferien verbringen konnte, denn seine Suche nach einem Job als *Saisonale Aushilfe* war erfolglos gewesen. Jetzt trieb es ihn, mehr über die Chartreuse herauszufinden. Wie wäre es, wenn er versuchen würde, andere Bibliotheken zu durchforschen, bei verschiedenen Gelehrten der Kirche anzufragen, was sie darüber wissen, oder gar eine kleine Exkursion nach Frankreich zu starten, um dem Mysterium auf die Schliche zu kommen? Er hatte gehört, dass die französischen Alpen im Sommer sehr schön sein sollten, es könnte zumindest ein angenehmer Urlaub werden, vielleicht ja sogar ein richtig spannender. Er zwang sich zur Besonnenheit. Eines nach dem anderen. Als Erstes würde er versuchen, einige Gelehrte zu finden, denen er schreiben könnte, und danach sich bemühen, in weiteren Bibliotheken etwas zu finden. Bei dem Gedanken an die Bibliotheken musste er wieder an Julia denken. Sie würde ihn jetzt entwaffnend anlächeln und seine Absichten mit ironischem Unterton infrage stellen, das wusste er genau. Trotzdem brannte er darauf, ihr von seinen Ideen zu berichten. Von seinem Aktionismus getrieben nahm er sein Handy und rief sie an. Nachdem sie sich kurz über die anstehenden Kölner Lichter auf dem Rhein unterhalten und sich dafür verabredet hatten, berichtete er ihr von seinen Ideen. „Meinst du das ernst?", fragte sie, „Willst du wirklich da runterfahren, nur um dir anzugucken, ob es das Kloster noch gibt?" – „Ja, warum nicht? Selbst wenn es damit nichts auf sich hat, wäre das doch ein schönes Urlaubsziel. Die französischen Alpen sollen im Sommer sehr schön sein. Und am Ende kann ich wenigstens sagen, dass ich der einzige bin, der etwas über die Geschichte dieses Klosters weiß, weil ich die Karmelitinnen ja einfach fragen kann." Er hörte, wie sie lachte. „Du hast Ideen…", seufzte sie, „Aber eigentlich finde ich die Idee gar nicht mal so übel. Wie du schon sagst, es soll schön sein da. Ich würde auch gerne mal wieder ein bisschen hier rauskommen." Sie seufzte wieder. „Dann komm doch mit!", sagte Tobias, ohne darüber nachzudenken. „Du willst mit mir nach dem ersten

Date direkt in Urlaub fahren? Findest du das nicht etwas zu schnell?" Als Tobias sich noch fragte, ob sie wieder schelmisch grinsen würde, beantwortete sie ihre Frage selbst. „Nein, im Ernst, es ist sehr lieb, dass du fragst. Aber du weißt ja, ich habe meine Tante und meinen Bruder, das ist alles nicht so einfach." – „Das kann ich verstehen.", sagte Tobias und verbarg seine Enttäuschung, „Daran hatte ich gar nicht gedacht, tut mir leid." Julia schien seine Enttäuschung zu bemerken. „Aber ich helfe dir von hier aus, soviel ich kann!", versprach sie, „Immerhin spreche ich fließend Französisch und habe als Aushilfe in dem Kirchenarchiv einen Zutritt zu allen städtischen Bibliotheken. Da kann ich dir sicher mit ein paar Informationen aushelfen. Also besorg dir einen Laptop mit gutem Internet, damit wir in Kontakt bleiben können, wenn du dort bist."

8

1974, Le Reposoir, Frankreich

Eigenartig war Jacques Barreu zu Mute, als er in seinem kleinen Postauto, einem Peugeot, von der Poststation wegfuhr. Auch wenn er die Angst seines Vorgesetzten Fabrice Aston lächerlich fand, so hatte ihn dieser doch nachdenklich gestimmt. Wie konnte ein Kloster, das nicht verlassen ist, so leblos sein, dass dort nie Menschen ein und aus gingen? Er hatte zwar davon gehört, dass es Ordensgemeinschaften gäbe, die sich vollkommen von der Außenwelt abschotteten, aber selbst die würden sicherlich auch einmal Post kriegen, Lebensmittel kaufen oder einen Arzt besuchen. Aber das war ihm alles egal, er würde jetzt diesen Brief abliefern und wieder nach Hause fahren. Fabrice hatte ihm befohlen, ihn nach dem Abliefern unbedingt anzurufen. Seine Sorgen hätte Jacques gerne gehabt. Seine Gedanken an die Chartreuse verdrängten seine anderen Sorgen für einen Moment. Er wollte schnellstmöglich seine Familie nachholen. Seine beiden Söhne wohnten mit seiner Frau noch in einem Vorort von Paris in einer armseligen Wohnung, jede Woche schickte er etwas Geld zu ihnen. Lange hatten sie zusammen dort gelebt, bis Jacques über einen Verwandten die Beschäftigung als Postbote in Le Reposoir angeboten bekommen hatte. Obwohl er von seiner Familie wegziehen musste, hatte er sich entschlossen, diese Chance zu nutzen und seine Lieben so bald wie möglich nachzuholen. Seine Gedanken gingen zurück zu seiner Fahrt zur Chartreuse. Aus dem Seitenfenster seines Wagens sah Jacques, wie die Sonne in diesem Moment hinter den Bergen verschwand. Als er wieder auf die Straße blickte, sah er etwas, was ihn aufschrecken ließ. Ungläubig und völlig außer Besinnung starrte er auf das, was er dort sah. Ruckartig riss er das Steuer herum und wich aus, ohne dabei zu bedenken, dass neben ihm ein bewaldeter Abhang war. Er sah den großen Baum immer schneller auf sich zukommen, spürte einen Aufprall und verlor blitzartig das Bewusstsein.

„Monsieur Barreu. Monsieur Barreu! Monsieur Barreu, wie fühlen Sie sich?" Jacques fühlte eine Hand auf seiner Wange, die ihm sanfte Backpfeifen gab. Es dauerte eine Weile, bis er die Worte verstand, die eine helle Stimme zu ihm sprach. Als er versuchte, die Augen zu öffnen, schmerzte ihn das grelle Licht und er verschloss sie sofort wieder. Er wollte sich erst mal ordnen. Was war das Letzte, an das er sich erinnern konnte? Da war das Gespräch mit Fabrice in der Poststation, dann war er losgefahren zur Chartreuse. Und dann? Dann waren da noch die pochenden Schmerzen in seinem Kopf und seiner Brust. Er versuchte, sich zu bewegen, doch die Schmerzen waren zu stark. Langsam hob er die rechte Hand, dann die linke und nahm eine davon vor die Augen, um sie dann nochmal vorsichtig zu öffnen. „Monsieur Barreu! Wachen Sie auf. Der Doktor kommt gleich." Wieder war da diese Stimme. Wer war das, woher kannte sie seinen Namen und welcher Doktor sollte kommen? Als er seine Augen etwas geöffnet hatte, sah er sehr verschwommen die Silhouette einer Frau in weißer Kleidung. Das ganze Zimmer schien weiß zu sein. Auch seine Beine waren hell eingepackt und hochgelegt. Jetzt erinnerte er sich, was nach der Abfahrt zur Chartreuse geschah. Das Bild eines auf ihn zu rasenden Baumes kam in seinen Kopf. Er schien einen Unfall gehabt zu haben. „Monsieur Barreu, nun kommen Sie. Sprechen Sie mit mir.", befahl die Stimme mit sanfter Bestimmtheit. Er öffnete den Mund, doch heraus kam nur ein Krächzen. „Ich nehme mal stark an, dass das bedeuten sollte, dass Sie mich hören können. Heben Sie doch mal den Kopf etwas hoch, dann kann ich Ihr Kissen schnell wechseln." Mittlerweile verstand er. Die Stimme schien zu einer Krankenschwester zu gehören, die ihn umsorgte. Ob seine Frau Cecile wusste, wo er war? „Meine Frau…", krächzte er. „Wir haben Ihre Frau angerufen, sie ist auf dem Weg hierher.", sagte die junge Krankenschwester. Jacques war erleichtert. „Wie lange…?", stammelte er. Zu seiner Verwunderung antwortete ihm nicht die helle Stimme der Schwester, sondern die melodische, tiefe Stimme eines Gesichtes, das durch seinen verschwommenen Blick nur aus Bart zu bestehen schien. „Seit gestern Abend, Monsieur Barreu. Sie hatten einen schweren Autounfall und haben großes Glück gehabt. Ein Baum hat Ihr Auto aufgefangen, bevor es weiter den Abhang hinunter geschleudert wurde. Sie sind quasi in den Baum hereingefallen. Danach hatten Sie gleich noch einmal Glück, denn Sie sind durch die offene Seitentür Ihres Autos nach draußen gefallen, runter vom Baum, in dem Ihr Auto hing. Ihr Auto ist komplett ausgebrannt, und Sie lagen mit lediglich zwei Beinbrüchen, ein paar gebrochenen Rippen und einer starken Gehirnerschütterung unter dem Baum im Gras. Sie müssen einen guten Schutzengel haben." Jacques versuchte, sich daran zu erinnern, doch seine Schmerzen übermannten ihn. Schon die kurzen Minuten mit offenen Augen und Ohren hatten ihn angestrengt und er schlief schnell ein.

9

2007, Köln, Deutschland

„Es ist vollbracht!" Tobias´ Sitznachbar sprach ihm aus der Seele. Sie hatten gerade ihre letzte Klausur dieses Semesters abgegeben. Das Thema war die Völkerwanderung in der Spätantike gewesen, ein sehr schwieriges Thema, doch Tobias war sich sicher, dass er zumindest bestanden haben dürfte und nur das zählte für ihn. Jetzt konnte er in die Semesterferien oder vielmehr in seinen Sommerurlaub in den französischen Alpen starten. Er hatte sich einen Bulli von einem Nachbarn aus seiner Heimat geliehen und schon seit Tagen alle Sachen gepackt, von denen er glaubte, dass er sie brauchen würde. Leider hatte er niemanden begeistern können, mit ihm dort hinauf zu fahren. Aber das hätte ihn auch überrascht, wohl niemand außer ihm würde sich von so einer Kleinigkeit derart faszinieren und mitreißen lassen. Als er den Hörsaal verließ, in dem sie ihre Klausur geschrieben hatten, empfing ihn ein strahlender Sonnenschein. Köln war einfach eine schöne Stadt, in der er sich zuhause fühlte. Es würde ihm schwer fallen, sie so lange nicht zu sehen. Auf dem Weg mit der S-Bahn zu seiner Wohnung nahm er einen Umweg und fuhr am Hauptbahnhof vorbei, um von der Hohenzollernbrücke einen vorerst letzten Blick auf den Dom und den Rhein zu werfen. An seiner Haltestelle angekommen, stieg er aus, und ging um die nächste Hausecke in seine Straße. Schon von weitem sah er dort den bepackten Bulli stehen. Wieder einmal fühlte er nach den Schlüsseln in seiner Hosentasche. Sie waren noch da. Als er sich seinem Haus näherte, sah er eine Person an den Bulli gelehnt stehen. Ein Autoknacker? An dem alten Fahrzeug? Unwahrscheinlich. Je näher er kam, desto mehr konnte er erkennen. An seinem Auto standen einige Taschen außen vor die Schiebetür gestellt und aufgestützt auf die weiß lackierte Motorhaube stand eine junge Frau – Julia. Schon von weitem sah Tobias ihr schelmisches Lächeln und nachdem er einen weiteren Blick auf die vielen Taschen geworfen hatte, wurde ihm zu seiner großen Freude klar, dass sie mit ihm kommen wollte. „Dich kann man doch nicht alleine irgendwo hinfahren lassen.", grinste sie, als er näher kam. „Wenn dich das motiviert, mit mir zu fahren, werde ich dem ausnahmsweise mal nicht widersprechen.", grinste er zurück. „Aber du weißt schon, dass wir nicht in Hotels untergebracht sind?" Sie zeigte auf ihr Reisegepäck. „Dort liegen ein Schlafsack, eine Luftmatratze, eine Decke und ein kleines Zelt. Ich bin also gerüstet. Außerdem sieht der Bulli sehr gemütlich aus." Er schmunzelte. „Nach nur einem Date willst du mit mir in einem Raum schlafen? Findest du das nicht etwas zu schnell?", fragte er in Erinnerung an ihre Reaktion, als er sie gefragt hatte, ob sie mit ihm nach Frankreich fahren wollen würde. Sie streckte ihm die Zunge raus. „Wann geht´s los?", fragte sie, „Vier Wochen lang kann ich wegbleiben, die beiden Töchter meiner Tante kommen sie im Sommer immer besuchen und als ich die beiden gesehen habe, war mir klar, dass ich dringend weg muss, und zwar für lange.

Mein Bruder ist über die Zeit in einem Feriencamp, auf den brauche ich da auch keine Rücksicht nehmen, also habe ich Zeit für einen langen Urlaub." Er schloss den Bulli auf und hielt ihr mit einer einladenden Handbewegung die Tür auf. „Also ich habe nichts anderes mehr vor, eigentlich wollte ich jetzt direkt los." Sie sah ihm direkt ins Gesicht und das von ihren Grübchen umspielte Lächeln verlosch. „Ein Problem haben wir aber noch." – „Was denn?", fragte er verwundert. „Wir müssen noch kurz einkaufen, ich kann nicht von hier weg fahren ohne eine ordentliche Ladung Tortillas mit leckerem Dip." Kopfschüttelnd ließ Tobias den Motor an. „Oh Mann. Worauf habe ich mich da nur eingelassen?", neckte er sie. „Woher weißt du eigentlich, wo ich wohne?" – „Dein Bibliotheksausweis hat eine Nummer und die führt zu seiner sehr informativen Kartei auf dem Uni-Server, Sherlock." Er seufzte erneut kopfschüttelnd und fuhr vom Hof in Richtung Frankreich.

Teil 2

10

2007, A3 bei Montabaur, Deutschland

„Ausgerechnet jetzt. So ein Mist.", dachte Tobias und er sah, dass Julia etwas Ähnliches dachte. Er hatte das Fahrzeug auf einen Parkplatz ausrollen lassen können, bevor es schließlich stehen blieb, nachdem es zuvor mitten auf der Autobahn den Geist aufgegeben hatte. Der Motor lief nicht mehr, allerdings war auch anhand der Warnleuchten auf dem Armaturenbrett nicht zu erkennen, dass irgendetwas beschädigt sei. Immer und immer wieder hatte er versucht, den Anlasser zu betätigen, bevor er resignierend auf den Standstreifen gewechselt war und den Warnblinker angestellt hatte, um sich ausrollen zu lassen. Was nun? Tobias hielt sich nicht gerade für ein technisches Genie, vielmehr hätte er auf Nachfrage bestätigt, dass er definitiv zwei linke Hände hätte. Vor Julia konnte er das aber so nicht eingestehen, das wäre ihm peinlich gewesen. Also stieg er aus, öffnete die Motorhaube und bemühte sich, eine wissende Miene aufzusetzen, als er in den Motorraum schaute. Julia stand mit offen ahnungslosem Gesicht daneben und schaute ihn an. „Verstehst du was davon?" – „Naja…", sagte er, „so viel kann ich schon mal sagen: Der Motor ist noch da." Sie lachte. Ihre Unbekümmertheit wunderte ihn. Er selbst war genervt von dieser unnötigen Verzögerung, die ihn womöglich zur Umkehr zwingen würde. Julia hatte einen Vorschlag. „Wie wäre es, wenn wir den ADAC anrufen? Die kennen sich mit sowas aus und sind hoffentlich nicht so ganz weit weg, sodass die schnell hier sein könnten." Tobias schwieg einen Moment und dachte darüber nach, dass er vielleicht doch nicht das Geld für die Mitgliedschaft hätte sparen, sondern lieber ein paar Euro mehr investieren sollen, um solchen Problemen aus dem Weg zu gehen. Aber es schien nichts anderes übrig zu bleiben. Obwohl? Wo waren sie hier überhaupt gestrandet? Er wusste, dass er einen Cousin hatte, der irgendwo ein Stück südlich von Köln eine Werkstatt führte. „Weißt du, wo wir hier genau sind?", fragte er Julia. „Weiß der kleine Junge nicht mehr, wo wir sind?", neckte sie ihn. „Wir sind vorhin am Schloss Montabaur vorbeigefahren – aber was nützt uns das?" Er jubelte innerlich, denn er glaubte sich zu erinnern, dass sein Cousin irgendwo in der Nähe von hier seine Werkstatt habe. Doch wie konnte er ihn erreichen? „Ich habe irgendwo hier einen Cousin, der sich mit Autos auskennt.", erklärte er Julia auf ihren fragenden Blick hin. „Aber ich weiß nicht sicher, wo, und ich habe nicht die geringste Ahnung, wie ich ihn erreichen kann. Vielleicht rufe ich mal eben zuhause an und frage meine Eltern, ob sie eine Telefonnummer haben." – „Ja", spottete Julia, „der kleine Junge sollte jetzt erst mal seine Mami anrufen. In der Zwischenzeit schaue ich mal, ob ich hier irgendwo etwas zum Essen finden kann, denn so mittlerweile hab ich ein kleines Loch im Bauch. Wo wir ja schon nicht unterwegs anhalten konnten, um mir meine Tortillas zu kaufen…" Tobias seufzte. Manchmal schaffte Julia ihn mit ihrem Humor. Er nahm sein Telefon aus der Tasche und wählte die Nummer seiner Eltern. Nachdem seine

Mutter ihn einige Minuten lang darüber ausgequetscht hatte, was er denn jetzt mache in einem kaputten Bulli auf der Autobahn und warum er unbedingt nach Frankreich fahren wolle und ob er auch genügend warme Kleidung eingepackt habe, da es auf den Bergen ja sehr kalt sei, gab sie ihm die Telefonnummer seines Cousins. Das Telefonat mit diesem war ausgesprochen kurz. Sehr lange hatten die beiden nichts voneinander gehört und auch vorher hatte sie nicht mehr als die gleichen Großeltern verbunden. Trotzdem versprach sein Cousin, sich auf den Weg zu machen und möglichst schnell zu dem Parkplatz zu fahren, auf dem er sie vermutete. In der Zwischenzeit hatte Julia auf dem Gras neben dem Bulli eine Decke ausgebreitet und es sich auf ihr mit einem Brötchen und einer Flasche Wasser gemütlich gemacht. Als er sich ihr näherte, lud sie ihn ein, sich neben sie zu setzen und sich auch ein Brötchen zu nehmen. „Nett, dass du mir eins von den Brötchen anbietest, die ich mir geschmiert habe.", frotzelte er. „Ja, man merkt schon, dass die nicht von mir sind…", seufzte sie mit ironischem Unterton, „aber dafür sind sie trotzdem ganz in Ordnung."

Gemeinsam hatten die beiden auf die Ankunft des Cousins gewartet, der dann mit einem Kombi, dessen Kofferraum voller Werkzeug war, vorfuhr. Oder besser gesagt vorbeifuhr, denn er hatte Tobias im ersten Moment nicht erkannt und kam erst nach einer Runde über den sonst leeren Parkplatz wieder zurück. „Willst du Details wissen?", fragte er Tobias, nachdem er sich das Auto gründlich angesehen hatte. „Nein, danke. Es reicht mir, wenn ich gleich weiterfahren kann." – „Das wird ein Problem.", sagte sein Cousin zu Tobias Ernüchterung. „Denn bei dir scheint das Steuergerät defekt zu sein, auch wenn ich nicht genau weiß, warum, und ohne Steuergerät läuft da quasi gar nichts. Entweder muss ich den ganzen Bulli hier abschleppen lassen oder ich fahre jetzt los, hole ein neues Steuergerät für dich, sofern ich eins auftreiben kann, komme dann wieder und baue es dir hier vor Ort ein." – „Was geht denn schneller?", fragte Tobias ungeduldig. „Am Schnellsten ginge es, wenn ich losfahren würde, aber ich kann dir nicht garantieren, dass ich das Gerät auftreiben kann. Schlechtestenfalls müsste ich dich dann hinterher doch noch abschleppen." Tobias sah Julia fragend an. „Macht ihr das unter euch aus.", sagte sie, „Ich hab Ferien, also hab ich Zeit." – „Dann riskiere ich es", sagte Tobias. „Fahr los und versuch, ob du eins ergattern kannst." Kaum hatte er das gesagt, sah er nur noch die Rückseite des Kombis, der sofort losbrauste. „Du scheinst es nicht eilig zu haben, anzukommen.", sagte er zu Julia. „Nein.", bestätigte sie, „Für mich ist das hier Urlaub und Entspannung, da lass ich mich durch nichts aus der Ruhe bringen. Außerdem, was soll´s, wir verlieren höchstens ein paar Stunden und wir haben ja noch einige Wochen Zeit." Tobias musste zugeben, dass sie recht hatte. Diese Verzögerung konnte er keinesfalls verhindern, also musste er sie hinnehmen. Er sah, wie sich Julia auf der Decke ausbreitete, und musste schmunzeln. Sie schien sich selbst hier neben der lauten Autobahn noch in der Sonne entspannen zu können. Bewundernswert. Er brauchte wesentlich mehr Ruhe und eine angenehmere Situation, um sich entspannen zu können. Darum schaute er nochmal nach, ob er auch an alles gedacht hatte, was er mitnehmen wollte. Proviant, Kleidung, Zelt, Schlafsack, Teddy,… Moment! Er hatte, um sich in seinem Zelt in den Alpen nicht so allein zu fühlen, seinen alten Teddy aus der Kindheit eingepackt. Den durfte Julia auf keinen Fall sehen. Er nahm ihn und sah sich nach einem Versteck um. Unter den Sitz? Nein, da würde er zu sehr in Mitleidenschaft gezogen. Im Schlafsack? Hektisch öffnete er den Beutel, in dem sein Schlafsack verstaut war, und versuchte, den Teddy in den Schlafsack zu stopfen, als er auf einmal von einer Stimme aufgeschreckt wurde. „Also wenn ich du wäre, würde ich ihn unten in meiner Reisetasche verstecken, da schaut bestimmt niemand nach." Julia hatte hinter ihm gestanden und lachte jetzt aus vollem Halse über seine Verblüffung. „Kleiner Tobi, du bist wirklich niedlich, aber du brauchst deinen Teddy absolut nicht vor mir verstecken." Sie wurde ernst. „Ich verstehe dich sehr gut. Wer ist schon gern allein?"

11

1974, Le Reposoir, Frankreich

Seine Krankschreibung hatte Jacques ans Bett gefesselt. Mit gebrochenen Beinen konnte ein Briefträger schließlich nicht arbeiten. Lange hatte er seine Zeit ausschließlich mit Schlafen und Essen verbracht. Doch er musste nicht länger allein sein, denn Fabrice Aston hatte ihm das leer stehende Haus von Antoine Cassous verschafft. Dieser hatte keine Verwandten und das Haus wäre der Gemeinde zugefallen. Fabrice hatte sich direkt nach dem Unfall darum gekümmert, dass Jacques es für wenig Geld von der Gemeinde hatte abkaufen können, damit er seine Familie schnell zu sich holen konnte. Seine beiden Söhne und seine Frau hatten einige Zimmer des Hauses soweit vorbereitet, dass sie alle bei seiner Rückkehr aus dem Krankenhaus dort einziehen konnten. Nun lag er also in einem Bett in seinem neuen Haus. Während seine Frau Cecile in der Küche das Mittagessen zubereitete und er hörte, wie sein älterer Sohn Jules an ihrem neuen Badezimmer arbeitete, versuchte er, sich zu erinnern, warum er seinen Wagen von der Straße weggelenkt hatte. Er erinnerte sich an die Worte seines Freundes und Vorgesetzten Fabrice über das, was mit Antoine passiert war. Er war nicht mehr zurückgekommen, nachdem er einen Brief zum Kloster gebracht hatte und auch er, Jacques, war aufgebrochen, um dort Post abzuliefern, doch auf dem Weg dorthin war er verunglückt. Zu allem Überfluss war außerdem noch sein kleines Postauto und mit ihm der Brief an das Kloster verbrannt. Was hatte es nur mit diesem Kloster auf sich? Er konnte sich darauf keinen Reim machen und er konnte sich auch nicht daran erinnern, weshalb sein Wagen von der Straße abgekommen war. Eigentlich hatte er sich immer für einen guten Fahrer gehalten. Als seine Frau Cecile ihn gefragt hatte, wie es passiert sei, hatte sie auf seine Antwort hin gesagt, dass jedem mal ein unachtsamer

Moment passieren könne, doch er konnte ihr nicht beipflichten. Ihm konnte so etwas nicht passieren. Irgendetwas Ungewöhnliches musste geschehen sein. Außerdem konnte das kein Zufall sein, nach dem, was auch Antoine passiert war. Jetzt befand er sich in Antoines Haus, lag sogar in dessen alten Zimmer in einem klapprigen, unbequemen Bett. Wie war er nur verschwunden? Sein Blick durchsuchte das Zimmer. Neben dem Bett stand ein Nachtschränkchen, daneben zierte ein schwerer Holzschreibtisch mit vielen Schnitzereien unterhalb eines verdreckten Fensters die Zimmerwand. Dieser Schreibtisch faszinierte Jacques. Er lag gefüllt mit Büchern und Papieren. Die Bücher wirkten zum Teil sehr alt, nicht alle waren auf Französisch verfasst, einige waren mit für ihn fremden Zeichen beschrieben. Von den örtlichen Stromanbietern hatte er erfahren, dass Antoine die letzten Monate vor seinem Verschwinden schon keinen Strom mehr bekommen hatte, da er mit seinen Zahlungen im Verzug gewesen war. Dementsprechend standen auf dem Schreibtisch viele Kerzen, halb heruntergebrannt, einige umgefallen, das Wachs über einzelne Zettel verteilt. Rechts und links neben dem darüber liegenden Fenster hingen wild an die Wand geklebt weitere Zettel, teils alte Zeitungsausschnitte. Bei genauerem Hinsehen stellte Jacques fest, dass sie alle rund um eine Zeichnung hingen. Auf dieser war eine Karte der Berge zu sehen, mit Bleistift auf schon leicht braunwerdendes Papier gezeichnet. In der Mitte der Karte lag die Chartreuse, dort herum waren verschiedene Orte dargestellt, kleinere Hütten, die irgendwo in Wäldern oder auf

Bergen gelegen waren, sowie Höhlen. Außerdem waren die Wälder dort eingezeichnet, in einem davon waren zwischen den gezeichneten Bäumen Kreuze zu erkennen. Was hatte das zu bedeuten? War es einfach nur eine Karte der Berge, die Antoine so sehr fasziniert zu haben schienen oder war der eigentliche Fokus hier gar nicht auf die Berge gerichtet? Jacques verstand die Karte nicht. Von einigen der kleinen Hütten oder Höhlen waren kleine Linien zum Kloster gezogen worden und an einigen Stellen waren auf der Karte mit kleinen Nadeln ausgeschnittene Zeitungsartikel angepinnt. Was hatte Antoine so in seinen Bann gezogen, dass er diese Karte und alles, was an ihr und um sie hing, so mühevoll gestaltet hatte? Es erinnerte Jacques an die Wände in den Büros der Profiler in den amerikanischen Krimi-Serien, die seine Söhne so gerne im Fernsehen sahen. Ja, wie eine Ermittlung oder eine Recherche sah es aus. Er wünschte sich, er könnte aufstehen und all die Dinge näher untersuchen, denn von seinem Bett aus konnte er die Beschriftungen auf der Karte sowie die Zeitungsartikel nicht entziffern. Während er seinen Kopf in Richtung der Wand streckte, kam sein ältester Sohn Jules ins Zimmer. „Was machst du da, Papa?" – „Ich versuche mir die Wand anzusehen, es ist so langweilig, hier zu liegen und nichts zu tun zu haben.", antwortete er. „Soll ich dir etwas davon geben?", fragte sein Sohn. „Aber viel Zeit zum Lesen wirst du nicht haben, gleich kommt ein Polizist vorbei, der dir ein paar Fragen stellen will." Fragen? Er konnte sich gut vorstellen, was für Fragen ihm der Polizist stellen wollte. Wenn er sich doch nur an den Unfall erinnern könnte. Warum war er von der Straße abgekommen? Sein Blick fiel wieder auf die Karte an der Wand. „Leg mir doch bitte einfach den Stapel dort auf dem Schreibtisch hier neben das Bett.", bat er seinen Sohn, „Dann kann ich das nachher mal anschauen, wenn der Polizist wieder weg ist. Viel erzählen kann ich ihm ja doch nicht." – „Du erinnerst dich immer noch an gar nichts?" – „Nein, nicht an das Geringste, sonst müsste ich mir nicht die ganze Zeit den Kopf zerbrechen." Sein Sohn legte ihm den gewünschten Stapel neben das Bett. „Sieht ziemlich alt aus. Und langweilig.", urteilte er. Jacques schmunzelte. „Viel langweiliger als das Starren an die Decke hier, von der schon der Putz abbröckelt, kann es nicht sein." – „Ich habe schon verstanden, ich soll die Decke hier neu verputzen. Sag das doch einfach.", lachte sein Sohn und verließ das Zimmer.

Kaum ein Nickerchen später klingelte es an der Tür des neuen Hauses von Jaques. Das musste der angekündigte Polizist sein. Eigentlich hatte Jacques aufstehen wollen, um ihn nicht in seinem Schlafzimmer und schlimmer noch, in seinem Bett, empfangen zu müssen, doch dafür fühlte er sich noch zu schwach. Seine Frau bat den Beamten herein, führte ihn in das Krankenzimmer ihres Mannes und schloss danach die Tür, nachdem sie das Zimmer verlassen hatte. Jacques freute sich, dass er mit dem Beamten allein sein konnte, denn seine eigene Unwissenheit über den Unfall war ihm vor seiner Familie unangenehm. „LeBeau", stellte der Beamte sich vor, „Frank LeBeau. Wundern Sie sich nicht über meinen amerikanischen Vornamen, mein Vater hatte ein Faible für alles, was irgendwie mit Amerika zu tun hatte." – „Ich brauche mich Ihnen wohl nicht vorzustellen.", sagte Jacques mit einem Lächeln. „Nein, Monsieur Barreu, das ist nicht nötig. Ich will Sie auch nicht lange stören. Wie geht es Ihnen, nachdem jetzt etwas Zeit vergangen ist?" Jacques überlegte. Wie ging es ihm eigentlich? Er fühlte kaum Schmerzen, der Arzt hatte ihm starke Schmerzmittel gegeben, und die darauffolgende leichte Schläfrigkeit machte ihn etwas benommen, aber eigentlich ging es ihm gut. „Soweit ganz gut, danke.", antwortete er Inspecteur LeBeau. „Ich weiß nicht, was der Arzt mir gegeben hat, aber es hilft." LeBeau kam direkt zum Thema. „Können Sie sich wieder an den Unfall erinnern?" – „Leider nicht. Ich grüble und grüble, aber es will mir einfach nicht wieder einfallen, was genau passiert ist. Das letzte, woran ich mich erinnere, ist, dass ich auf dem Weg zum Kloster war." Er machte eine kurze Pause, um nachzudenken. „Und dass die Sonne unterging. Ich mag es, wenn die Sonne hinter den Bergen verschwindet, das schaue ich mir immer gerne an, wenn ich einen Moment Zeit dazu habe. Aber danach weiß ich erst wieder, dass ich im Krankenhaus aufgewacht bin." Inspecteur LeBeau nahm sich ein paar Sekunden Zeit, um sich genau die Worte zu überlegen, die er nun sprach. „Ich nehme an, Sie wissen, was mit Ihrem Vorgänger passiert ist? Er ist bei einem Unwetter in den Bergen nahe dem Kloster verschwunden. Zumindest nehmen wir das an, dass es so war. Genau genommen kam es schon öfter vor, dass Leuten irgendwo hier in den Bergen verschwunden sind. Eigentlich ist das nicht unbedingt etwas

Besonderes, dass in irgendwelchen Bergen Leute verschwinden, aber rund um dieses Kloster geschieht das auffallend oft. Ich vermute da einen Zusammenhang. Allerdings habe ich keinerlei Anhaltspunkte und auch zugegeben noch nicht sehr viel Mühe darin investiert, die Sache genauer zu untersuchen, aber das will ich jetzt ändern. Wenn Ihnen also irgendetwas einfallen sollte, kontaktieren Sie mich bitte, damit ich herausfinde, was dahinter steckt." LeBeau wollte den Raum bereits verlassen, doch Jacques hielt ihn zurück. „Hören Sie, das interessiert mich, was genau hat es mit diesen anderen Fällen auf sich? Mein Freund hat mir ein paar Dinge über das Verschwinden meines Vorgängers erzählt und jetzt erwähnen Sie weitere Fälle. Das klingt interessant." Insgeheim fragte sich Jacques, ob man das, was Inspecteur LeBeau bereits gesagt hatte oder noch sagen würde, als Dorfgeschwätz abtun konnte oder ob wirklich mehr dahinter steckte. Allenfalls würde es ihn eine Weile von seiner Langeweile ablenken. „Mir ging es genauso, als ich zum ersten Mal von dieser Sache hörte. Ich war noch neu hier im Ort, war erstmalig mit ein paar Nachbarn am Abend in die Dorfkneipe gegangen und dort saß ein alter Mann, der etwas Besonderes an sich zu haben schien. Als ich meine Nachbarn fragte, wer das sei, erzählten sie mir von ihm. Er war sehr bekannt, im Laufe des Abends gingen viele Leute zu ihm an seinen Tisch, an dem er saß und sich von jedem, der zu ihm kam, ein Glas Wein mitbringen ließ, um sich mit ihm zu unterhalten. Jede dieser Unterhaltungen schien aber mehr ein Monolog zu sein. Der Mann erzählte und die Leute hörten ihm zu. Dieser Mann war Briefträger, er war ihr Vorgänger, der wenig später verschwand. Einige Male habe ich mich selbst mit ihm unterhalten, mir angehört, was er zu erzählen hatte." – „Worüber hat er gesprochen?" – „Oft ging es über irgendwelche Dinge, die er in der Zeitung gelesen hatte, oder über irgendwelche Mythen. Ich habe ihm zugegebenermaßen nicht immer wirklich zugehört. Manchmal war es einfach auch schön, bei ihm zu sitzen und ihn reden zu hören, ohne dabei wirklich zuhören zu müssen, sondern sich in Ruhe seine eigenen Gedanken zu machen. Manchmal hatte ich mehr das Gefühl, als würde er einfach laut nachdenken und mich an seinen Gedanken teilhaben lassen." Der Inspecteur unterbrach sich für einen kurzen Blick aus dem verschmutzten Fenster. „Später sah man ihn allerdings immer seltener. Die Leute sagten, er sei zu oft allein und werde deswegen etwas wunderlich." – „Wunderlich?" – „Ich persönlich glaube eher, dass irgendetwas passiert sein muss mit ihm, denn er war von einem Tag auf den anderen ein anderer Mensch. Er wurde immer schweigsamer und man sah ihn immer seltener, außer wenn er seiner Arbeit nachging. Aber selbst die erledigte er zuletzt nur noch hastig und ohne die Heiterkeit und Freundlichkeit, die man von ihm gewohnt war. Als er dann verschwand, fühlte ich mich bestätigt in dem Glauben, dass irgendetwas mit ihm geschehen sei, was ihn verändert hat, aber ich wusste nicht, was es hätte sein sollen." – „Warum sind Sie dem nicht nachgegangen?" – „Damals war ich noch nicht der einzige Polizist hier im Dorf, sondern hatte einen

Vorgesetzten. Der war von meiner Neugierde nicht sonderlich begeistert. Ich hatte ihn damals nach Antoines Verschwinden auf diese Veränderung in seinem Wesen angesprochen und wollte sein Verschwinden näher untersuchen, aber mein Vorgesetzter stand nahe an der Pensionierung, er wollte seine Ruhe und hat mich mit anderen Aufgaben so sehr beschäftigt, dass ich es völlig vergessen habe. Als ich dann von Ihrem Unfall hörte, kamen meine Zweifel von damals wieder hoch." Wieder unterbrach er sich und diesmal huschte ein verschämtes Grinsen über sein Gesicht. „Jetzt komme ich hierher um Sie zu verhören und stattdessen verhören Sie mich.", sagte er zu Jacques. Dieser lächelte. „Entschuldigen Sie meine Neugierde, ich langweile mich hier im Bett ziemlich." Er stockte und überlegte sehr genau, wie er das Folgende sagen konnte. „Außerdem mein Unfall, die Geschichte von Antoine, jetzt Ihre Erzählungen – all das lässt mich nicht in Ruhe. Mein Chef, Fabrice Aston, hat mir erzählt, dass Antoines letzter Brief ihn auch zum Kloster geführt hat. Und danach war er verschwunden. Jetzt muss ich dort einen Brief hinbringen und ich verschwinde beinahe auch von der Bildfläche. Das ist schon ein komischer Zufall." Inspecteur LeBeau nickte zustimmend. „Ich verstehe Sie gut." Er sah sich im Zimmer um. Sein Blick fiel auf den Schreibtisch. „Was ist das hier alles? Sind das Ihre Sachen?" Jacques schüttelte den Kopf. „Nein, all diese Dinge gehören noch Antoine, ich habe sein Haus ja sehr überstürzt übernommen und seine Sachen sind noch hier. Ich wollte gerade einen Blick darauf werfen, als Sie kamen. Schauen Sie sich diese alte Karte dort an." Er wies mit dem Gesicht in Richtung der Landkarte an der Wand neben dem Fenster. „In der Mitte ist die Chartreuse. Außerdem all diese ausgeschnittenen Artikel, die dort herum kleben. Es sieht fast so aus, wie man sich eine Wand im Büro eines Ermittlers in einem amerikanischen Krimi anschaut.", schmunzelte er. Frank LeBeau stand auf, ging zu der Karte und schaute auf die Papierfetzen an der Wand. „Oder wie bei einem Psychopathen…", sagte er nachdenklich.

12

1968, Le Reposoir, Frankreich

Alphonse, Juliette und Christine waren mittlerweile bereits seit einigen Monaten zusammen unterwegs. Nachdem sie zusammen das Abitur gemacht hatten, wollten sie sich aus dem System von Erziehung und Schule befreien und waren zusammen losgezogen. „Vor uns liegt unsere Freiheit. Ganz ohne Zwänge und Einschränkungen, nur wir und die Natur. Frieden und Freiheit.", hatte Alphonse damals zu den beiden jungen Frauen gesagt und schließlich hatte er sie überzeugt. Als sie in Straßburg losgelaufen waren, war es Juni gewesen. Es war warm und die Nächte waren lang. Zuerst waren sie zum Bodensee gewandert und hatten einige Tage dort campiert, doch Alphonse hatte schnell begriffen, dass die Untätigkeit der Laune seiner Begleiterinnen nicht gut tat, denn an solchen Tagen wurden die Schwächen ihrer Dreiecksbeziehung mehr als deutlich. Schon nach zwei Tagen hatte es den ersten großen Streit gegeben und er hatte Juliette nur mit Mühe davon überzeugen können, nicht in den nächsten Zug zurück nach Straßburg zu steigen. Schließlich hatte er beschlossen, als nächstes Ziel das Mittelmeer anzusteuern. Er hoffte, dass die italienische Lebensart seinen Begleiterinnen gut tun würde. Ihm war klar, dass ihre Reise nicht mehr ewig dauern würde, denn das Geld, das sie mitgenommen hatten, wurde langsam knapp und auf ihrem Weg vom Bodensee durch die Alpen nach Süden gab es wenige Gelegenheiten, sich mit seiner Gitarre ein paar Franc zu verdienen. Viele Bergbauern hatten ihnen unterwegs einen Schlafplatz im Heu angeboten und hier und da hatten sie auch eine warme Mahlzeit bekommen, doch inzwischen hatten sie seit drei Tagen nichts Anderes essen können als Obst aus der Dose. Außerdem war es inzwischen Anfang November und nicht nur die Nächte, sondern auch die Tage wurden immer kälter. An diesem Tag waren sie einige Kilometer durch den Regen gelaufen, ohne zwischendurch auf andere Menschen zu stoßen. Zwei Bergbauernhöfe hatten sie auf ihrem Weg gesehen, doch die waren beide verlassen und so waren sie mit knurrenden Mägen und halb durchgefroren weitergezogen. Mittlerweile wurde es zunehmend dunkler und Alphonse war froh, dass er im letzten Sonnenlicht noch eine kleine Hütte erkannte. Als sie näher kamen, mussten sie feststellen, dass auch sie verlassen war und dass sie hier nichts Essbares finden würden, aber immerhin würden sie in der nächsten kalten Nacht ein Dach über dem Kopf haben. Juliette und Christine erklärten sich bereit, Feuerholz zu holen, während Alphonse versuchte, ein Nachtlager für die drei zu bereiten. Er fand sogar zwei alte Strohmatratzen. Diese waren zwar feucht und stanken fürchterlich, doch sie waren allemal bequemer als der Holzboden. Nach einer Weile kam Juliette allein zurück, die Arme voll mit nassen, dünnen Tannenzweigen. „Tut mir leid, Alphonse, etwas Besseres habe ich nicht gefunden. Vielleicht hat Christine mehr Glück." Alphonse seufzte. Es war beinahe unmöglich, nasse Tannenzweige zum Brennen zu bringen. Außerdem waren sie, wenn sie erst einmal brannten, fürchterlich laut und würden ihnen eine weitere, unruhige Nacht bescheren. Er blickte sich im Raum um und sah dort zwei kaputte Stühle stehen. Vielleicht konnte er deren Holz für ein erstes Feuer nutzen und die Tannenzweige daran trocknen. Er versuchte, Juliette in ein Gespräch zu verwickeln, doch sie war schweigsam und blickte traurig ins Leere. Den Grund für ihr eigenartiges Verhalten wollte sie Alphonse aber nicht sagen. Er zuckte mit den Schultern und kümmerte sich um die alten Stühle. Tatsächlich ließ sich das morsche Holz sehr gut zerkleinern und schließlich brachte Alphonse in dem Kamin des Hauses damit ein Feuer zustande. Juliette und er zogen die Strohmatratzen vor den Kamin und ließen sich darauf nieder, während sie Hände und Füße in Richtung des Feuers streckten und eng zusammenrückten, um sich aufzuwärmen. Schließlich zogen sie die nassen Kleider aus, hängten sie zum Trocknen an den Kamin und legten sich gemeinsam unter einen ausgebreiteten Schlafsack. Die Wärme, die

Nähe und die Nacktheit erregte Alphonse und er brauchte nur wenige Küsse, um Juliette ebenfalls zu erregen. Im Schein des Kaminfeuers schliefen die beiden miteinander und fielen danach in den Schlaf.

Etwas später wurde Alphonse wach und sah sich um. Juliette lag neben ihm und ihr gleichmäßiger Atem verriet ihm, dass sie fest schlief. Das Feuer war mittlerweile heruntergebrannt und die zweite Matratze neben ihnen war leer. Wo war Christine? Vorsichtig, um Juliette nicht zu wecken, stand er auf. Christines Rucksack stand noch unberührt an der Wand, sie war also noch nicht hier gewesen. Rasch zog sich Alphonse die mittlerweile fast trockenen Klamotten wieder an und versuchte, Juliette zu wecken. „Juliette, wach auf. Juliette! Christine ist weg." Doch Juliette brummelte nur unverständliches Zeug und schließlich gab Alphonse auf und machte sich auf die Suche. Der Regen draußen hatte inzwischen aufgehört, aber der wolkenverhangene Himmel verhinderte jegliches Mondlicht, sodass Alphonse sich in völliger Dunkelheit vorsichtig vorwärts tasten musste. Schon nach wenigen Metern gelang er in einen Tannenwald. Dabei rief er immer wieder nach Christine, doch jedes Mal blieb es still. Nach einer Weile beschloss Alphonse, wieder zurück zum warmen Feuer zu gehen und die Suche am nächsten Tag fortzusetzen, doch er musste feststellen, dass er sich verlaufen hatte. In dieser Dunkelheit würde er nicht zurückfinden. Er würde die Nacht hier draußen verbringen müssen. Langsam drang die Kälte durch seine Jacke und er spürte einen Anflug von

Angst. Im Sommer waren die Nächte unter freiem Himmel toll gewesen, doch durch den beginnenden Winter und deutlich gefallene Temperaturen war eine Nacht unter freiem Himmel gefährlich, zumal seine Jacke noch nicht völlig getrocknet war und sein Pullover darunter langsam wieder feucht zu werden begann. Er musste einen Platz finden, wo er wenigstens vor dem Wind geschützt war, am besten eine kleine Höhle oder wenigstens eine Mulde unter einem Baum. Vorsichtig tastete er sich vorwärts, um nicht gegen einen Baum zu laufen. Er hoffte innig, dass er in einem soliden Tal unterwegs war und es hier nicht unerwartete Klippen oder tiefe Spalten im Boden gab, denn die hätte er nicht erkennen können. Er schob seinen rechten Fuß langsam vor, setzte ihn auf und spürte plötzlich, wie der Boden darunter nachgab. Seine Arme ruderten in der Luft, doch es war zu spät – er fiel vornüber in die Dunkelheit.

Zum Glück war der Fall nicht sonderlich tief gewesen. Er stand nun in einem Loch, das sich bei genauerem Abtasten als rechteckiges Loch von etwa zwei mal drei Metern herausstellte. Mit ausgestreckten Armen konnte er an der Oberseite die Kante fühlen, von der er abgerutscht war, aber die Kanten waren zu rutschig, um sich selbst daraus zu befreien. Auch wenn er den Versuch nicht für sonderlich erfolgreich hielt, beschloss er, um Hilfe zu rufen. „Hallo? Ist da jemand? Hilfe!" Einen kurzen Moment war es still, dann hörte er eine Stimme. „Alphonse? Bist du das?" Alphonse erkannte die Stimme, es war Christine. „Christine! Ich habe dich gesucht!" – „Alphonse! Ich bin so froh, dass du da bist." – „Es tut gut, deine Stimme zu hören. Leider bin ich auf der Suche nach dir in ein Loch gefallen. Hilf mir hier raus." Er hörte, wie sie freudlos auflachte. „Das würde ich ja gerne, aber ich sitze selber in einem Grab und komme nicht raus." In einem Grab? Alphonse versuchte erneut, in der Dunkelheit etwas zu erkennen. Die Größe und Tiefe des Lochs passte. An der Kopfseite des Lochs erkannte er einen Steinquader, der oben abgerundet war. Ein Grabstein! Alphonse wich ein Stück zurück und tastete hektisch den Boden ab, doch er fühlte nur Erde. „Bist du sicher, dass es ein Grab ist? Wenn ja, ist meins zumindest leer." – „Ja, als ich herkam, habe ich die Grabsteine und Kreuze oben gesehen. Und hier drinnen liegen… glaub mir, es ist ein Friedhof." Alphonse bewunderte Christine. Sie wirkte gefasst. Wie lange mochte sie hier in völliger Dunkelheit in einem Grab neben Überresten ausgehalten haben? Ihre Stimme riss ihn aus seinen Gedanken. „Ist Juliette auch hier?" – „Nein, die schläft." Erneut lachte Christine freudlos. „Wir sind zusammen hierhergegangen. Dann bin ich in dieses Grab gefallen und habe nach ihr gerufen, aber sie hat nicht geantwortet. Sie kann nicht weit weg gewesen sein und muss es gehört haben, da bin ich mir sicher." Alphonse riss die Augen weit auf. Hatte Juliette sich deshalb so komisch verhalten? Sie und Christine hatten in den letzten Tagen kaum noch miteinander gesprochen und manchmal hatte er das Gefühl gehabt, sie würden miteinander um ihn konkurrieren. Gerade Juliette, die eigentlich recht unnahbar war, hatte ihm zuletzt oft schöne Augen gemacht und ihn auffällig angeschmachtet. Und trotzdem – würde sie so etwas fertig bringen? „Sie hat dich bestimmt nicht gehört, Christine. Ich kann mir nicht vorstellen, dass sie dich absichtlich hier lassen würde. Wir leben doch in Frieden und Freiheit!" Christines Stimme wurde aufgebracht. „Du bist unglaublich naiv, Alphonse. Mach doch mal die Augen auf! Frieden und Freiheit? Seit dem Streit damals am Bodensee hat sie versucht, dich von mir fernzuhalten. Hat dich angehimmelt, als ob du Keith Richards wärst. Du kapierst wirklich gar nichts." Eine Weile herrschte Schweigen. Dann hörte Alphonse Schritte und er erkannte schemenhaft, wie jemand an seinem Loch stehenblieb. „Christine, bist du das?" Ihre Stimme kam aus der gleichen Ferne wie schon vorhin. „Bin ich was? Ich sitze hier in meinem Grab und mache gar nichts." – „Hallo, Sie da oben, helfen Sie mir!", rief Alphonse. Er hörte, wie Christine aufsprang. „Ist da jemand? Hallo! Hilfe!" Der Schatten über seinem Grab regte sich nicht mehr. Alphonse bekam es mit der Angst zu tun. Wenn das nicht Christine war, wer war es dann und wieso unternahm er nichts? Hatten seine Augen sich getäuscht und es war nur ein Schatten gewesen? Er kniff die Augen zusammen. Der Schatten setzte sich jetzt wieder in Bewegung und ging vom Grab weg. „Halt! Nicht weggehen! Warten Sie!", schrie Alphonse panisch. „Alphonse, was ist denn da? Hast du etwas gese…", Christines Frage brach abrupt ab und wurde durch einen markerschütternden Schrei abgelöst. „Christine, was ist los? Christine!" Panisch versuchte Alphonse erneut, die Mauern seines irdischen Gefängnisses zu erklimmen, doch er rutschte immer wieder ab. Als er schließlich aufgab, erstarb auch das Geschrei und stattdessen ertönte ein Röcheln. „Christine!" Seine Stimme überschlug sich. „Christine! Was hast du? Antworte mir! Christine!" Doch Christine antwortete ihm nicht. Der Schatten trat erneut an sein Grab. „Wer sind Sie?", fragte Alphonse mit verzweifelter Stimme, „Hilfe!" In der Dunkelheit sah er einen glänzenden, länglichen Gegenstand in der Hand des Fremden aufblitzen und hörte eine schreckliche Stimme. „Wie immer zu spät." Alphonse wollte antworten, aber er brachte kein Wort heraus. Er sah, wie sich der Gegenstand langsam in Bewegung setzte und plötzlich schnell auf seinen Hals zuschnellte. Alphonse riss die Arme hoch, doch er war zu langsam. Das Letzte, was er spürte, waren Frieden und Freiheit.

13

2007, A3 bei Montabaur, Deutschland

Tobias wurde langsam ungeduldig. Nach mittlerweile drei Stunden Wartezeit saßen die beiden immer noch auf dem Rastplatz fest. „Dein Cousin hat scheinbar noch einen Kunden, der ihn auch für seine Arbeit bezahlen will.", stichelte Julia. „Will ich das nicht?" – „Wenn du etwas bezahlen wollen würdest, hättest du nicht deinen Cousin, sondern den ADAC angerufen. Besonders wenn ich bedenke, dass du deinen Cousin nicht sonderlich gut zu kennen scheinst." In diesem Moment fuhr der erwartete Kombi auf den Parkplatz und ersparte Tobias eine Antwort. Danach ging alles ganz schnell. Das neue Steuergerät entpuppte sich als ein Gebrauchtes, welches aber hervorragend zu funktionieren schien. Nachdem Tobias und sein Cousin eine Weile höflichkeitshalber über einen Preis gestritten hatten – Tobias wollte etwas bezahlen, sein Cousin aber nichts haben – versprach Tobias seinem Cousin eine echte französische Salami und dieser brauste dann ohne lange Abschiede weiter zu seinem nächsten Kunden. „Dann mal los.", sagte Tobias, während er in den Bulli einstieg. Julia saß bereits auf dem Beifahrersitz und sah ihn herausfordernd an. „Schaffst du es, die Zeit wieder aufzuholen?", fragte sie lachend. Er nickte, was bei ihr einen geschockten Gesichtsausdruck hervorrief. „So meinte ich das nicht…", sagte sie, als er mit quietschenden Reifen anfuhr und jeden Gang bis in sein Drehzahlmaximum auskostete. Er lachte und mäßigte seinen Fahrstil. „Endlich hab ich es mal geschafft, dass dir mal die Worte im Halse stecken bleiben.", freute er sich. „Gewöhn dich nicht daran.", sagte sie und schob schmollend die Unterlippe vor.

Einige Stunden später hatten sie die Autobahn bereits hinter sich gelassen. Sie hatten sich entschieden, einen Zwischenhalt einzulegen und eine Nacht in einem kleinen Dorf nahe der Grenze zur Schweiz zu verbringen. Es war bereits dunkel geworden und sie fuhren durch die Straßen und suchten nach einer Gelegenheit zum Übernachten. Das Dorf hatte kein richtiges Zentrum, es bestand viel mehr aus vielen einzelnen Häusern und einer Kirche. Eigentlich hatten sie erwartet, in der Nähe der Kirche eine Gaststätte zu finden, allerdings war dort nichts, außer dem

Parkplatz der Kirche. Dort hielten sie an und Julia sah Tobias fragend an. „Hier?" Tobias sah nach draußen auf den langsam einsetzenden Regen. „Es geht wohl nicht anders. Mittlerweile ist es schon nach Zwölf und ich habe wirklich nicht die geringste Ahnung, ob wir hier noch irgendwo etwas finden könnten." Sie grinste ihn an. „Zumindest aus dem Zelten wird dann aber wohl nichts, ich habe keine Lust, bei dem Sauwetter ein Zelt aufzubauen. Ich bleibe hier im Auto, da ist es wenigstens trocken." Tobias sah sie zweifelnd an. „Was ist?", fragte sie ihn. „Kann der konservative Herr Altertumswissenschaftler etwa nicht mit einer Frau in einem Auto schlafen? Dann musst du wohl draußen im Regen noch ein Zelt aufbauen. Aber, glaub mir, so schlimm bin ich gar nicht. Vermutlich schnarche ich nicht mal, aber das weiß ich nicht so genau. Da musst du andere fragen." Sie lächelte ihn an und sein Stirnrunzeln brachte sie zum Lachen. „Nun komm schon.", sagte sie. „Stell dich nicht so an, sonst brauchen wir noch die ganze Nacht, um das auszudiskutieren und dafür bin ich zu müde." Sie wandte sich ab, griff nach hinten in den Bulli und holte eine Decke aus einer ihrer Taschen. Während sie den Beifahrersitz zurückkurbelte und sich in ihre Decke einkuschelte, saß Tobias völlig perplex neben ihr. Wie schnell entschlossen und wie selbstsicher sie war. Ohne groß darüber nachzudenken hatte sie einfach das getan, was das momentan Naheliegende war. Er beneidete sie um diese Eigenschaft. Er selbst war eher ein Grübler, der jede Tat, jedes Wort bis ins Detail durchdachte. Deswegen saß er jetzt auch wie ein Trottel neben ihr und sah gedankenverloren aus dem Fenster. Er beschloss, es einmal wie sie zu versuchen und einfach etwas zu tun, ohne lange darüber nachzudenken. Als er nach hinten in den Bulli kletterte, um aus einer seiner Taschen eine Decke zu kramen, warf er noch einen Blick auf die Kirche neben dem Parkplatz. Im nächtlichen Regen wirkte sie finster und bedrückend, obwohl sie kein besonders großes Gebäude war. Das erinnerte ihn wieder an den Grund ihrer Reise. Die „mysteriöse Chartreuse" hatte Julia sie heute auf der Fahrt genannt, als sie darüber sprachen. Aber diese Gedanken wollte er lieber auf morgen verschieben. Aus einer Reisetasche nahm er eine Decke, aus einem Umzugskarton ein Buch und kletterte wieder nach vorne. „Jetzt weiß ich auch, was in dieser Umzugskiste ist: Bücher.", lächelte Julia. „Nicht nur.", verteidigte sich Tobias, „Da sind auch jede Menge Lebensmittel drin. Ich will ja nicht verhungern und man weiß ja nicht, ob das Essen in Frankreich wirklich so gut ist, wie sein Ruf."

Tobias wurde davon wach, dass rund um ihn herum auf einmal alles hell und vor allem laut war. Noch bevor er die Augen öffnete, hörte er helles Geläut von Kirchenglocken, außerdem das Zuknallen von Autotüren und gedämpftes Gerede. Der erste Versuch, die Augen zu öffnen, schlug fehl, denn eine Quelle von gewaltiger Helligkeit schien direkt vor seinen Augen zu sein. Nach einigen schmerzhaften Versuchen, etwas sehen zu können, konnte er schemenhaft etwas erkennen. Vorerst versuchte er, sich klar zu werden, wo er überhaupt war. Er erinnerte sich langsam, dass er mit Julia in dem Bulli saß und sie dort übernachtet hatten. Sein Blickfeld begann klar zu werden und er sah vor sich die Kirche und rund um den Bulli herum lauter ältere Leute, die das Fahrzeug und seine Insassen mit grimmigem Gesicht böse anblickten, während sie hinter hervorgehaltener Hand miteinander sprachen. Wäre die Situation nicht so unangenehm gewesen, hätte er lachen müssen. Er stieß Julia an, um sie aufzuwecken. Als unter der Decke nur ein leises, brummendes Knurren zu hören war, schlüpfte Tobias eilig aus seinem Schlafsack, ließ den Motor an und wollte so schnell wie nur eben möglich vom Parkplatz fahren. Das allerdings scheiterte schon im Ansatz, denn als er losfahren wollte, versagte das Fahrzeug den Dienst und das leichte Knattern des Motors erstarb. Der böse Gesichtsausdruck der Kirchgänger wich einen Moment lang einem spöttischen. Tobias selbst musste auch lachen, wenigstens für einen kurzen Moment. Das hier war wirklich zu komisch, um real zu sein. Neben ihm regte sich langsam etwas unter der Decke und ein unverständliches Brummeln drang hervor. „Wie bitte?", sagte Tobias. „Warum… Motor anstellen?", stammelte Julia schläfrig. Tobias verlor keine Zeit mit langen Erklärungen. „Wir müssen hier weg.", sagte er, „Und zwar schnell." Wieder versuchte er, den Motor anzulassen, wieder erstarb er schnell. Beim dritten Versuch gab er sofort Gas, der Motor heulte auf, danach erstarb er allerdings sofort wieder. Mittlerweile waren alle unfreiwilligen Schaulustigen in der Kirche verschwunden. Julia kam unter ihrer Decke hervor. „Was hast du denn?", fragte sie. „Hast du nichts mitbekommen?", fragte Tobias zurück. „Die

Sonne ist aufgegangen, das sehe ich, aber ist das ein Grund für so viel Hektik am frühen Morgen?" Julia schien kein Morgenmensch zu sein. Tobias lachte. „Na gut, du hast wirklich nichts mitbekommen. Wir stehen hier auf dem Kirchenparkplatz und ich schätze mal, dass da jetzt Messe ist, weil eben standen eine ganze Menge fein angezogene ältere Herrschaften um unser Auto herum und haben uns etwa so freundlich angeschaut, als wenn du einen Niederländer nach den WM-Erfolgen seines Landes fragst." Jetzt stimmte sie in sein Gelächter mit ein. „Uuups.", sagte sie trocken. „Jetzt verstehe ich, warum du losfahren wolltest." Sie unterbrach sich kurz. „Warum bist du eigentlich nicht losgefahren?" – „Der Motor will schon wieder nicht so, wie ich will." Julia seufzte. „Schon wieder? Was hat er denn diesmal?" Tobias verzog den Mund zu einem Grinsen. „Ich weiß es nicht, aber wir haben eine ganze Stunde Zeit, das herauszufinden, bevor die Leute wieder aus der Messe kommen und wir uns nochmal als allgemeines Spektakel zur Verfügung stellen müssen für die Leute hier." Während die Gottesdienstbesucher die Kirche verließen, stand der Bulli der beiden Reisenden nach wie vor an seinem Platz. Neben ihm stand ein deutlich erröteter, beschämt blickender junger Mann, Tobias. Als die Kirchenbesucher an ihm vorübergingen, versuchte er, jemanden mit einem leisen flehenden „Entschuldigung…", um Hilfe zu bitten, aber niemand reagierte darauf. Julia kam ihm zur Hilfe. Sie ging auf einen Mann mittleren Alters zu und fragte ihn direkt, ob er ihnen vielleicht helfen könne. Unsicher blickte der Mann zu den anderen Leuten, doch Julia lächelte ihn an und bat ihn erneut um Hilfe. Von ihrem Lächeln in den Bann gezogen ging er mit ihr zu Tobias und erklärte den beiden, dass er zwar kein gelernter Kfz-Mechaniker sei, aber dass er sich ein bisschen mit Dieselmotoren auskennen würde, da er einen Bauernhof habe und dort gelegentlich seinen Trecker reparieren müsste. Nachdem er die Motorhaube geöffnet hatte, ein paar Handgriffe unter derselben getan und schließlich das Fahrzeug erfolgreich angelassen hatte, verließ er die beiden, ohne sich ihre Dankesworte wirklich anzuhören. „Komische Menschen sind das hier.", sagte Julia. „Ungewöhnlich verschlossen. Hast du gesehen, wie viel Angst er davor hatte, etwas zu tun, was den anderen nicht gefällt?" – „Wir sind hier auf dem Dorf. Er lebt wahrscheinlich schon seit seiner Geburt mit den Menschen hier zusammen und er wird auch noch bis zu seinem Tod hier leben. Da würde ich es mir mit meinen Mitmenschen auch nicht verscherzen wollen." Julia sah ihn fragend an. Als er nichts Erklärendes sagte, hakte sie nach: „Das klingt ein bisschen nach eigener Erfahrung." Tobias schwieg eine Weile, bevor er leise antwortete. „Wir haben noch viel Zeit, um uns näher kennenzulernen." Seine Stimme enthielt einen Hauch von Sarkasmus und gleichzeitig eine tiefe Melancholie, als er fortfuhr. „Und viel Zeit für alte Geschichten und längst verdrängten Krempel." Für eine Weile sprach keiner von den beiden ein Wort. Tobias hing seinen Gedanken an den Ort nach, an dem er aufgewachsen war und den er jetzt hinter sich gelassen hatte. Er konnte nicht behaupten, dass er darüber traurig war. Julia sah ebenfalls schweigend aus dem Fenster, Tobias hätte gerne gewusst, woran sie dachte. Vielleicht an ihre verstorbenen Eltern? Oder an ihren schwerkranken Bruder? Oder dachte sie vielleicht an das Ziel ihrer Reise? Er beschloss, ihre Gedanken dorthin zu lenken. „Was erwartest du eigentlich von unserer kleinen Reise?" Er hatte das Gefühl, sie aus tiefsten Gedanken gerissen zu haben, denn sie erschreckte, als er sie ansprach und sah ihn völlig verständnislos an. „Sorry, ich war gerade woanders. Was hast du gefragt?" Er wiederholte seine Frage. Einen Moment lang schien sie mit der Frage überfordert. „Nun ja…", setzte sie an, „ehrlich gesagt hoffe ich, ein bisschen auf andere Gedanken zu kommen. Den Kopf ein bisschen freikriegen, weißt du? Mal ein bisschen rauskommen." Langsam wurde sie wieder klar. „Außerdem ist es doch sehr abenteuerlich, mit einem fremden Kerl in einem klapprigen Auto an einen mysteriösen Ort zu fahren, ohne zu wissen, was einen vor Ort wohl erwartet." Während ihres letzten Satzes war ihr keckes Grinsen auf ihr Gesicht zurückgekehrt. Jetzt war sie wieder voll da und Tobias wusste, dass er sich in Acht nehmen musste, wenn er nicht wieder Opfer ihres Humors werden wollte. Er lächelte über den Unsinn in seinen eigenen Gedanken. Opfer war hier wohl kaum das richtige Wort. Er mochte es, von ihr auf freundschaftliche Art geärgert zu werden und es ihr gleich zu tun. „Und du? Ist es nur eine Hausarbeit, oder warum machst du dir die Mühe, extra so weit zu fahren wegen ein paar kleiner Brandlöcher?" Tobias wurde klar, dass er sich darüber selbst nicht ganz sicher war, was er eigentlich erwartete. Urlaub, Bildungsreise, Recherche,

Abenteuer? Oder war es eine Mischung aus allem zusammen? „Da lass ich mich mal überraschen.", antwortete er ihr. „Vielleicht wird es spannend mit dieser Kloster-Sache, vielleicht wird das aber auch langweilig und ich muss mir andere Unterhaltung suchen. Mal schauen." Sie schmunzelte. „Andere Unterhaltung? Was hast du mit mir vor?" Wieder einmal hatte sie ihn und wieder einmal fiel ihm auf die Schnelle nichts ein, was er hätte erwidern können. Er beschloss, sich bedeckt zu halten. „Wer weiß…", sagte er mit rauchiger Stimme. „Wer weiß, weshalb ich dich mitgenommen habe?" Sie lachte. „Du mich mitgenommen? Du wärst ohne mich gefahren, wenn ich mich nicht aufgedrängt hätte." – „Siehst du?", konterte er, „Du sitzt jetzt hier neben mir. Vielleicht hatte ich das ja von langer Hand geplant…" – „Gib dir keine Mühe, du machst mir keine Angst.", lachte sie. „Ist auch nicht nötig.", sagte er, „Angst hast du ohnehin schon genug vor dem, was uns dort erwartet, oder etwa nicht?" – „Redest du von mir oder von dir?" Tobias schmunzelte. „Hättest du wohl gerne.", sagte er mit deutlich mehr Bestimmtheit, als er eigentlich verspürte.

14

1973, Le Reposoir, Frankreich

Es war Freitag und nur noch drei Briefe und ein Päckchen hatte Antoine Cassous in seiner Posttasche, er würde also bald sein Wochenende genießen können. Nicht ganz zufällig hatte er diese vier Sendungen noch nicht abgeliefert. Ihr Adressat war ein Milchbauer, Noah, der seinen Hof etwas außerhalb hatte. Seine Kühe weideten auf den Bergwiesen und Antoine sah sie oft auf seinen langen Wanderungen. Auch heute wollte er wieder eine Wanderung unternehmen und seiner Berghütte einen Besuch abstatten. Der Hof, zu dem er noch die Post bringen musste, lag da perfekt auf dem Weg dorthin. Also fuhr Antoine zuerst nach Hause, packte etwas Proviant in seinen Rucksack, zog seine Stiefel an und stapfte los. Früher hatte er noch eine Karte mitgenommen, doch inzwischen kannte er die Berge. Er kannte Abkürzungen und Wege, die noch auf keiner Karte standen, wusste die besten und schönsten Plätze für Pausen und vor allem sämtliche Orte, die nach seiner Theorie irgendetwas mit dem seltsamen Kloster zu tun hatten. Von diesen Orten gab es einige. Antoine war sicher, dass mehrere Gänge vom Kloster zu verschiedenen Hütten und Höhlen führten. Er hatte einige Eingänge zu Stollen gefunden, aber er war jedes Mal zu ängstlich, um seinem Verdacht weiter nach und damit in die Stollen hinein zu gehen. Alle im Dorf sprachen darüber, dass das Kloster verflucht sei und man sich davon besser fernhalte, doch keiner von ihnen wusste die Wahrheit. Deshalb hatte Antoine schon vor Jahrzehnten angefangen, das Kloster näher in Augenschein zu nehmen – immer aus sicherer Entfernung. Er hatte sich alle Theorien der anderen Dorfbewohner angehört und war einigen nachgegangen, die er für möglich gehalten hatte. Aus den Zeitungsarchiven hatte er in monatelanger Arbeit alle Artikel herausgesucht, die in seinen Augen im Zusammenhang mit dem Kloster standen: Vermisste, Todesfälle, merkwürdige Unfälle – alles gründlich festgehalten auf der Karte, die er gezeichnet hatte. Danach hatte er viele Bibliotheken besucht und dort recherchiert. Schließlich fand er zu einer für ihn einleuchtenden Erklärung für alle Vorfälle. Der derzeitige Favorit bei den Dorfbewohnern war die Theorie, dass im Kloster Außerirdische ihr Unwesen trieben. Außerirdische – darüber konnte Antoine nur müde lachen. Er wusste es besser und eines Tages würde er das Geheimnis des Klosters aufklären. Doch bis dahin musste er weiter gründlich recherchieren, beobachten und vor allem notieren, denn er hatte in den letzten Monaten gemerkt, dass er zunehmend vergesslicher wurde. Beinahe hätte er nun die Briefe für den Milchbauern zuhause vergessen. Er kehrte um und ging wieder nach Hause. Vor dem Haus stand das Auto seines Chefs, Fabrice Aston. Dieser wollte gerade wieder einsteigen, als er Antoine kommen sah. „Antoine, bist du gar nicht auf dem Weg in die Berge?" Antoines Gewohnheit, in jeder freien Minute in die Berge zu gehen und meist die kompletten Wochenenden dort zu verbringen, war im Dorf bekannt. „Doch, aber ich habe etwas vergessen und musste noch mal wiederkommen." – „Das trifft sich sehr gut, ich habe hier noch einen Brief. Er geht an das Kloster. Kannst du den mitnehmen, oder…?", Fabrice Aston stockte und Antoine verstand ihn. „Das ist schon in Ordnung, ist lange her. Ich nehme den Brief mit." Antoine war nicht immer allein gewesen. Er hatte mit achtzehn Jahren geheiratet. Das war mittlerweile fast fünfzig Jahre her. Marie. Er konnte sie nicht vergessen. Sie hatte ihn nach zwei Jahren Ehe ohne ein einziges Wort, einen Brief oder sonst eine Erklärung verlassen. Später hatte er herausgefunden, dass sie ins Kloster gegangen und dort dem Orden beigetreten war. Oft hatte er dort vor der Tür gestanden, um mir ihr zu reden, doch jedes Mal wurde er abgewiesen. Schließlich hatte er es geschafft, sich während der Umbauarbeiten in den 30ern dort als Bauarbeiter einzuschleichen und da stand sie plötzlich vor ihm – am letzten Tag der Umbauarbeiten. Seine Marie. Sie trug ihre strenge Kluft, doch ein Blick in ihre Augen reichte ihm, um sie zu erkennen. Sie hatte ihn ebenfalls erkannt, doch sie war vor ihm in die Kapelle geflüchtet und hatte ihm die Tür vor der Nase zugeschlagen und sie verschlossen. Er hatte eine Weile gebraucht, um die Tür zu öffnen, und als er die Kapelle betrat, war sie leer. Jeden Winkel hatte er durchsucht, doch seine Marie war verschwunden. Verzweifelt war er auf die Knie gesunken. Kurz darauf waren zwei rabiate, großgebaute und kräftige Schwestern gekommen, hatten ihn aus dem Kloster geschleift und ihm die Klosterpforte vor seiner Nase zugeschlagen. Auf Knien hatte er vor der Tür gelegen, seine Fäuste an die Tür geschlagen, geweint und nach Marie gerufen, doch niemand hatte ihm geöffnet, bis er schließlich aufgab. Er wusste noch genau, wie er damals vor dem Kloster gestanden und alle seine Bewohner lautstark verflucht hatte. Seine Marie hatte er dadurch aber nicht zurückbekommen und durch das Ende der Umbauarbeiten hatte er auch keine Chance mehr, sich einzuschleichen. Seit jenem Tag hatte niemand aus dem Kloster mehr das Dorf betreten und niemand aus dem Dorf war im Kloster gewesen. Nun führte der Brief in der Hand seines Chefs Antoine erneut zu diesem Kloster. Er nahm Fabrice Aston den Brief aus der Hand und steckte ihn in die Tasche zu den anderen Briefen. Fabrice wünschte ihm angenehmes Wetter für seine Wochenendwanderung und fuhr mit seinem Auto davon. Antoine machte sich erneut auf den Weg. Zuerst würde er bei dem Milchbauern, Noah, vorbeigehen und dann hoch in die Berge. Der Brief für das Kloster hatte noch bis Sonntag Zeit. Der Weg zum Hof von Noah war kurz, dafür war die Pause auf dem Hof recht lang. Antoine kannte alle Menschen im Dorf gut, schließlich war er hier aufgewachsen, und mit Noah konnte er sich stundenlang über die Wege in den Bergen unterhalten. Zuletzt schaffte er es aber, noch pünktlich den Hof wieder zu verlassen, um noch bei Tageslicht zu seiner Berghütte zu gelangen. Der Anstieg dorthin fiel ihm immer schwerer. Er merkte sein Alter inzwischen sehr deutlich in den Knochen und war froh, dass er nächstes Jahr in den Ruhestand gehen konnte und nicht mehr täglich die Post austragen musste. Das würde seinen Knien sicherlich gut tun. Keuchend bewältigte Antoine endlich den letzten Anstieg, bevor er auf das Plateau gelangte, auf dem seine Hütte stand. Er hatte sie vor einigen Jahren selbst gebaut, nachdem er es leid war, nur über das Kloster zu lesen und es stattdessen lieber beobachtete. Er hatte ein bodenlanges, breites Fenster eingebaut, vor dem ein Sessel stand – von diesem Platz aus hatte er einen hervorragenden Blick auf das Kloster. Eigentlich saß er nicht besonders oft dort, denn nachdem er die Hütte gebaut und den Sessel hergebracht hatte, hatte er ein ganzes Wochenende dort gesessen und das Kloster beobachtet. Das Einzige, was sich dort unten bewegte, war das Wasser des Sees im Wind. Selbst die Vögel schienen um das Kloster einen Bogen zu machen und auch nachts war nichts zu beobachten. Kein Licht, kein Flackern einer Kerze, kein Zuziehen des Vorhanges. Es gab dort überhaupt kein Lebenszeichen. Damals hatte er sich darüber sehr gewundert – heute war er sich sicher, warum es dort kein Lebenszeichen gab. Es gab dort kein Leben.

Als er die Hütte aufgeschlossen hatte, begann es draußen bereits dunkel zu werden. Antoine hatte eine feste Reihenfolge für seine Wochenendbesuche bei seiner Hütte. Zuerst fachte er im Kamin ein Feuer an und hängte einen Kessel Wasser darüber. Dann prüfte er von draußen, ob das Dach und die Wände in Ordnung waren. Wenn er davon zurückkam, brühte er sich einen Tee auf, nahm ein Baguette und eine Salami aus der Tasche, schnitt von beidem einige Scheiben ab und aß zu Abend. Danach nahm er sein Bettzeug aus dem Schrank, legte es auf sein Bett, nahm sich ein Buch, das er von zuhause mitgebracht hatte und las, bis er schließlich einschlief, um für eine lange Wanderung am Samstag ausgeschlafen zu sein.

Am heutigen Abend musste er seinen üblichen Ablauf allerdings verändern. Kaum hatte er die Hütte erreicht, begann es zu regnen und während er das Feuer anfachte, tropfte der Regen bereits über seinem

Bett von der Decke. Missmutig betrachtete Antoine den Schaden von innen und flickte ihn notdürftig mit einer Plastiktüte. Wenn der Regen morgen aufgehört hatte, würde er das Dach von außen reparieren. Bis dahin musste die Plane das Schlimmste abhalten. Doch was nun? Sein Bett war schon zu nass, um darin zu schlafen. Er kochte sich wie üblich seinen Tee, nahm sein Bettzeug aus dem Schrank und machte es sich damit, so gut es ging, im Sessel vor dem Fenster gemütlich. Er aß wie sonst auch Baguette und Salami und trank dazu seinen Tee. Schließlich kramte er das Buch, das er sich mitgebracht hatte, aus seinem Rucksack, setzte sich in den Sessel, legte sich die Decke über und begann zu lesen. Unermüdlich prasselte der immer stärker werdende Regen auf das Dach seiner Hütte. Sturm und fernes Donnergrollen kündigten ein kräftiges Gewitter an. Schon zuckten die ersten Blitze über den Himmel und erleuchteten die Dunkelheit vor seinem Fenster. Er legte sein Buch beiseite und betrachtete das Naturschauspiel. In dieser Hütte war er keineswegs vor Blitzeinschlägen geschützt, aber er hatte hier schon einige Gewitter überstanden und würde das auch dieses Mal schaffen. Das Licht eines Blitzes erhellte das Kloster. Ein Schatten huschte über den Hof. Antoine kniff die Augen zusammen und blickte angestrengt zum Kloster hinab. Hatte sich da tatsächlich etwas bewegt? Da er nichts erkannte, griff er rasch ein Fernglas aus einem Schrank und blickte erneut hinab zum Kloster. Ein weiterer Blitz erhellte die Szenerie. Dort mitten auf dem Rasen im Klosterhof stand eindeutig etwas, das dort sonst nicht gestanden hatte. Es war völlig schwarz und rechts und links erstreckte sich etwas Dünnes, ebenfalls Schwarzes gen Himmel. Antoine taumelte zurück. Es war eine Gestalt, die ihre Arme in den Himmel reckte. Wieder ein Blitz. Dieses Mal erkannte Antoine die Gestalt besser. Sie wandte ihm den Rücken zu. Nun zuckte eine ganze Reihe von Blitzen über die Berge. Antoine starrte die Gestalt durch sein Fernglas wie gebannt an. Plötzlich drehte die Gestalt sich um und blickte ihn an. Antoine sprang hinter seinen Sessel. Das konnte unmöglich sein, er war viel zu weit entfernt. Die Gestalt konnte ihn nicht gesehen haben. Oder etwa doch? Antoine begann zu schwitzen. Mit einem Mal kam ihm das Feuer viel heißer vor, die Hütte enger. Die Wände schienen sich zusammenzuziehen. Er spürte sein Herz viel zu schnell in seiner Brust schlagen. Er schnappte nach Luft und fiel japsend zu Boden. Antoine versuchte sich zu beruhigen. Dies war bloß eine Panikattacke, wie er sie schon öfter gehabt hatte. Er versuchte, seinen Atem zu beruhigen und schließlich schlug auch sein Herz wieder im normalen Takt. Er wischte sich den Schweiß von der Stirn und fand es mit einem Mal nicht mehr zu warm, sondern eher zu kalt im Raum. Vorsichtig setzte er sich wieder auf den Sessel, schloss die Augen und versuchte, sich weiter zu beruhigen. Eine plötzliche Müdigkeit überkam ihn und seine Augen fielen zu.

Am nächsten Morgen wurde Antoine früh geweckt. Als er langsam die Augen öffnete, blendete ihn die gerade über den Bergen aufgehende Sonne so sehr, dass er sie sofort wieder schloss. Er brauchte einige Minuten, bis er sich schließlich überwinden konnte, aufzustehen. Er blickte sich um. Die Plastiktüte hatte tatsächlich gehalten, dafür hatte der Sturm seinen Vorrat an Kaminholz, der zwischen ein paar Buchen unter einer Plane lag, umgeworfen. Eine lange Wanderung würde er heute nicht schaffen, zuerst musste er das Dach reparieren und dann später das Kaminholz in Ordnung bringen. Er hing den Wasserkessel über das Feuer und ging nach draußen, um das Dach zu reparieren. Es hatten sich nur drei Schindeln gelöst, sodass der Schaden schnell behoben war. Antoine ging wieder in die Hütte und brühte sich eine Kanne Kaffee auf. Nachdem er sich eine Tasse eingeschenkt hatte, blickte er aus dem großen Fenster. Plötzlich fiel ihm der gestrige Abend wieder ein. Das Kloster! Die Gestalt! Seine Kaffeetasse fiel zu Boden. Er musste sofort aufbrechen. Wenn seine Theorie über das Kloster stimmte, war jetzt die beste Gelegenheit, sich dort gefahrlos umzusehen. Vielleicht würde er etwas finden, was seine Theorie bewies. Er griff seinen Rucksack, schloss das Vorhängeschloss an der Tür der Hütte hinter sich und machte sich auf den Weg zum Kloster. Seine Hütte stand etwa 90 Meter höher als das Kloster, also hatte er einen längeren Abstieg vor sich. Er entschloss sich für den Weg über eine der Wiesen, auf der im Sommer die Kühe des Milchbauern grasten. Dieser Abstieg war zwar deutlich länger als der andere, dafür aber nicht besonders steil. Er hatte noch nicht einmal die Hälfte der Strecke geschafft, als er die erste Pause einlegen musste. Seine Knie schmerzten und er setzte sich ins Gras. Von dort blickte er erneut zum Kloster. Hatte er letzte Nacht wirklich etwas gesehen oder war es nur ein Schatten gewesen? Oder hatte er das am Ende sogar nur geträumt? Nein, er war sich sicher. Dort unten war etwas gewesen. Und er würde herausfinden, was es war. Neue Kraft durchströmte ihn. Er ignorierte den Schmerz in seinen Knien und stand auf. Nach wenigen Metern kreuzte sein Weg einen Feldweg. Der Feldweg führte ins Dorf und war sein üblicher Rückweg, doch den würde er erst am morgigen Sonntag wieder gehen. Für heute stand das Kloster ganz oben auf seinem Programm. Während er noch darüber nachdachte, was er dort wohl finden würde, fand er sich schließlich an der Hintertür des Klosters wieder. Ihn schauderte. So nah hatte er sich noch nie an das Kloster herangewagt, seit er alle Menschen darin verflucht hatte. Er versuchte, die Tür zu öffnen, doch er wusste noch von früher, dass sie meist abgeschlossen war. Aus dem Rucksack holte er den Brief und bückte sich, um ihn unter der Tür durchzuschieben. In diesem Moment öffnete sich die Tür knarzend. Dahinter war es dunkel. Antoine war einen Augenblick lang unschlüssig. Sollte er hineingehen? Schließlich hatte er eine Ahnung, was sich darin verbarg. Doch letztlich siegte seine Neugier über die Angst und er betrat den dunklen Raum. Als sich seine Augen an die Dunkelheit gewöhnt hatten, erkannte er den Raum wieder. Hier hatte er während der Umbauarbeiten einige Kühlschränke eingebaut. Damals waren Kühlschränke noch etwas Besonderes gewesen. Der nächste Raum musste also die Küche sein. Vorsichtig tastete Antoine nach der Tür, fand sie schließlich und öffnete sie. Der nächste Raum war noch dunkler als der vorherige. Antoine erinnerte sich aber trotz der langen Zwischenzeit noch gut an den

Aufbau dieses Flügels und er hatte eine Ahnung, wie er in den Innenhof kommen konnte. Doch gerade als er die Tür zum Verlassen der Küche gefunden hatte, hörte er hinter sich eine Stimme. „Spioniert die Post jeden Adressaten aus, bevor sie einen Brief überbringt?" Die Stimme war kratzig und tief. Sie schien aus der Dunkelheit zu kommen. Antoine brachte vor Angst kein Wort heraus. „Du bist Antoine, ich erinnere mich an dich." Die Stimme kam näher. „Ich habe sehr, sehr lange auf dich gewartet." Plötzlich spürte Antoine einen furchtbaren Schmerz in seinem Bein. Er sank zu Boden und fasste nach seinem Knie. Eine warme Flüssigkeit rann über seine Hände. Es war sein Blut. Stöhnend wand er sich auf dem Boden und versuchte, fortzukriechen. „Du hast dich seit fast vierzig Jahren nicht in meine Nähe getraut und jetzt willst du einfach so wieder verschwinden? Dafür ist es nun zu spät." Ein nie gekannter Schmerz durchzuckte Antoines ganzen Körper. Dieses Mal war sein anderes Knie verwundet worden. Antoine kämpfte gegen die drohende Ohnmacht an, doch die Schmerzen waren zu stark. Er fiel in die Dunkelheit.

Als er später erwachte, spürte er seine Beine nicht mehr. Er wusste nicht mehr, wie oft er im Delirium seiner Schmerzen halbwegs erwacht war. Sein Peiniger hatte ihm Fragen gestellt, viele Fragen. Antoine konnte sich nicht mehr genau an die Fragen erinnern, aber er wusste, dass er ihm alles gesagt hatte. Wirklich alles. Wieder trat sein Peiniger an den Tisch, hob sein Schwert und rammte es in seine Brust. Als Antoine die Augen geschlossen hatte, sah er Marie hell und leuchtend vor sich. Aller Schmerz und alle Sorgen fielen von ihm ab. „Endlich.", hauchte er.

15

1974, Le Reposoir, Frankreich

Etwa ein Jahr nach dem Verschwinden von Antoine Cassous stand Inspecteur Frank LeBeau immer noch vor der Landkarte, die Antoine Cassous damals gezeichnet hatte, mit den um sie herum angeordneten Zeitungsartikeln. „Die scheint er selbst gezeichnet zu haben.", sagte er nach einer Weile zu Jacques Barreu, Antoines Nachfolger. „Aber die ist definitiv schon ziemlich alt. Hier sind die neueren Wohnsiedlungen gar nicht verzeichnet, dafür aber einige Häuser in den Bergen, in denen jetzt ganz sicher niemand mehr wohnt. Außerdem sind hier Linien zum Kloster eingezeichnet. Komisch, wirklich." – „Was steht denn in den Zeitungsartikeln? Ich konnte das vom Bett aus nicht lesen.", erklärte Jaques und blickte den Inspecteur erwartungsvoll an. Dieser reagierte erst wenig, er schien völlig gebannt von dem, was er da sah. Nach einer Weile durchbrach er die Stille. „Das sind Zeitungsartikel aus vier Jahrzehnten. Alle Berichte schreiben von Menschen, die hier im Gebirge verschwunden sind oder die hier in der Nähe aus mysteriösen Gründen einen Unfall hatten. Ich wusste gar nicht, dass es so viele waren." – „Von wie vielen reden wir?" – „Hier stehen sieben Todesfälle und vier Unfälle. Aber da sind noch ein paar mehr Artikel." Er las einen der anderen Artikel. „Hier steht etwas von einer Person, die ein paar Tage nach einem Unfall an einer unbekannten Todesursache verstorben ist, obwohl sie eigentlich vom Unfall her nur leicht verletzt war. An die meisten Artikel hat Antoine das Datum geschrieben, das Datum hier ist nur zwei Tage nach dem Artikel des einen Unfalls. Das ist mehr als seltsam." Inspecteur LeBeau sah Jacques an. „Würden Sie mir vielleicht gestatten, dass ich nach Dienstschluss noch einmal vorbeikomme, um mir das in Ruhe durchzulesen? Ich muss jetzt leider los, gleich ist ein Treffen mit den Polizisten der umliegenden Dörfer in Cluses zum Thema Jugendkriminalität." Er lächelte entschuldigend. „Nicht spannend, aber wer ein Amt hat, hat auch Pflichten." Jacques nickte zustimmend. „Aber gerne. Mich interessiert diese Landkarte wahrscheinlich ebenso, wie sie auch Sie fasziniert. Vielleicht können wir zusammen darüber nachdenken, was Antoine so sehr beschäftigt hat." Frank LeBeau gab ihm zum Abschied die Hand. „Dann bis heute Abend." Der Inspecteur grüßte, drehte sich um und verließ nach einem kurzen Gespräch mit Jacques Frau über alle Geschäfte im nahen Cluses, die man kennen sollte, auch das Haus des ehemaligen Postenboten Antoine Cassous.

Jacques hatte sich vorgenommen, vor seiner abendlichen Zusammenkunft mit dem Inspecteur noch ein paar Stunden zu schlafen, doch dazu war er viel zu aufgeregt. Er versuchte, seine Frau zu begeistern, ihm einige Details der Landkarte vorzulesen, aber sie schien mit seiner Bettlägerigkeit und dem damit für sie größeren Aufwand für das zu renovierende Haus schon genug beschäftigt zu sein. Auch seine Söhne spielten lieber Fußball, als ihrem Vater die aus ihrer Sicht langweiligen Kritzeleien des letzten Wohnungsinhabers vorzulesen. So blieb Jacques nichts Anderes übrig, als wach im Bett zu liegen und auf den Inspecteur zu warten. Doch schon nach kurzer Zeit wurde seine Langeweile von einem anderen Besucher durchbrochen. Es war Fabrice, sein Chef bei der Post, der ihm einige Kreuzworträtsel mitbrachte. „Als ich damals nach einem Unfall beim Skifahren vier Wochen im Bett liegen musste, war das meine einzige Unterhaltung. Aber ich muss dich warnen, nach spätestens drei Wochen kennst du die meisten Lösungen auswendig.", sagte er mit einem Schmunzeln. Fabrice blieb einige Zeit und berichtete ihm von den heutigen Geschehnissen bei ihrer gemeinsamen Arbeit. Eigentlich waren diese Erzählungen nicht besonders spannend, aber Jacques war dankbar für die Ablenkung, die seine Wartezeit verkürzte. Als später Inspecteur LeBeau mit einer Aktentasche unter dem Arm zurückkehrte, verließ Fabrice die beiden nach einem kurzen Gespräch mit dem Polizisten über die neuesten Einkäufe von Olympique Lyon. „Ich hoffe, dass sie es dieses Jahr schaffen.", sagte er im Gehen zu Inspecteur LeBeau, „Und dir eine gute Besserung, Jacques!" Vom Bett aus winkte Jacques seinem Chef zum Abschied. Nachdem die Zimmertür sich geschlossen hatte, wandte er sich an Frank LeBeau. „Haben Sie etwas herausgefunden, Inspecteur LeBeau?" – „Nennen Sie mich Frank, ich bin schließlich nicht dienstlich hier." – „In Ordnung,

Frank. Also?" Der Inspecteur ließ sich viel Zeit mit einer Antwort und legte stattdessen seine geöffnete Aktentasche auf den Tisch. Der lädierte Briefträger sah, dass sich einige Papiere in der Tasche befanden, bevor der Inspecteur sie wieder schloss, aber er wollte nicht allzu neugierig sein. Der Polizist ergriff das Wort. „Lassen Sie uns zu der Karte kommen, Jacques. Ich habe mich vorhin erkundigt, wann die Ansiedlungen hier gebaut wurden, es war in den Sechzigern. Da die neuen Häuser nicht auf der Karte sind, ist diese Karte wohl älter, oder sie waren für Antoine nicht wichtig. Viel interessanter sind da wohl die anderen Gebäude, die er hier eingezeichnet hat. Sie stehen heute eigentlich alle leer, sofern es sie überhaupt noch gibt. Soweit ich weiß ist diese kleine Kapelle im Westen eingestürzt, wie es auch in dem Zeitungsausschnitt daneben steht und die Überreste mittlerweile schon völlig zugewuchert. Das Haus im Südosten der Karte gibt es heute auch nicht mehr, es ist vor ein paar Jahren niedergebrannt. Die Hütte im Nordosten war zwischenzeitlich einige Jahre von ein paar Obdachlosen bewohnt, aber die sind irgendwann einfach verschwunden." Er starrte auf einen brauen Fetzen Papier, der einmal ein Zeitungsausschnitt gewesen war. „Ja, hier ist der Zeitungsartikel dazu." Die eingezeichneten Wege gibt es heute alle noch, aber was diese anderen Linien zu bedeuten haben, kann ich nicht sagen. Wege sind es wohl nicht." Jacques hatte dem Inspecteur genau zugehört und sah ihn jetzt abschätzend an. „Was halten Sie davon, Frank?" – „Ich bin nicht sicher. Auf den ersten Blick dachte ich, Antoine hätte die Verschwundenen mit dieser Karte gesucht und einige der Zeitungsausschnitte passen auch dazu. Aber dann sind da noch die Artikel vom Umbau des Klosters und vom Einsturz der Kapelle bei dem Erdbeben. Das passt nicht ins Bild. Antoine hat sehr akribisch gearbeitet, war ein sehr genauer Mensch. Irgendetwas wird er sich bei diesem Zusammenhang gedacht haben, aber ich weiß nicht, was. Sein eigenes Verschwinden im letzten Jahr passt da auch nicht so recht ins Bild, denn immerhin verschwand er nicht während seiner Erkundungstouren, sondern während der Arbeit. Der letzte, der ihn gesehen hat, war dieser Milchbauer, da hat er Post hingebracht. Ich weiß nicht, was ich davon halten soll." Er grübelte einen Moment vor sich hin. „Was halten Sie denn davon, Jacques?" – „Ich? Nun, ich bin nur ein Postbote. Aber es ist schon seltsam, dass Antoine bei der Arbeit auf dem gleichen Weg verschwindet, auf dem ich beinahe verunglückt wäre. Sind das nicht ein paar Zufälle zu viel?" Der Inspecteur nickte, antwortete aber nicht. „Vielleicht können uns diese Bücher weiterhelfen, etwas über Antoines Verschwinden herauszufinden.", sagte Jacques, „Sie scheinen in irgendeinem Zusammenhang mit der Karte zu stehen, sonst lägen sie nicht so aufgeschlagen daneben." Frank schmunzelte. „Sie wären ein guter Ermittler geworden, Jacques." Danach wurde er wieder ernst. „Ich denke, Sie haben recht. Wenn Sie nichts dagegen haben, werde ich den Stapel Bücher mitnehmen und morgen damit nach Cluses fahren. Dort in der Bibliothek kann mir hoffentlich jemand sagen, was für Bücher das sind. Ich habe hier ein paar Akten von einigen Fällen mitgebracht.

Eigentlich sind es interne Akten, aber wenn ich meine Tasche hier vergesse, kann ich wohl nicht verhindern, dass Sie die lesen." Jacques nickte verstehend und nach einer kurzen Verabschiedung verließ Frank das Zimmer – ohne seine Aktentasche.

16

2007, A5, Deutschland

Bevor sie wieder zurück auf die Autobahn fuhren, beschlossen sie ein ausgiebiges Frühstück. Direkt am Rhein fanden sie ein kleines Cafe. „Nicht gerade Studententarif…", seufzte Julia nach einem kurzen Blick auf eine aushängende Speisekarte. Tobias nickte, doch verwundert war er nicht, denn schließlich musste der Blick auf den Rhein mitbezahlt werden. Letztlich siegte ihr Hunger und sie setzten sich an einen der freien Tische. Während sie auf das junge Mädchen warteten, das in dem Cafe bediente, betrachtete Tobias den Rhein. „Wie lange es wohl dauert, mit dem Strom von hier bis nach Köln zu schwimmen?" Julia sah ihn erst verständnislos an und grinste kopfschüttelnd. „Worüber du dir Gedanken machst…". Wenig später kam die Kellnerin und nahm ihre Bestellungen auf. Julia blickte Tobias mit merkwürdigem Blick an, nachdem er Tee zu seinem Brötchen geordert hatte. „Es gibt also noch Studenten, die nicht der Kaffeesucht verfallen sind?" Um nicht in ein Fettnäpfchen zu treten, versuchte sich Tobias zu erinnern, was Julia bestellt hatte, doch er war zu sehr mit dem Gedanken an die Schwimmstrecke beschäftigt gewesen und hatte nicht aufgepasst. Er beschloss, in die Defensive zu gehen. „Was spricht gegen Tee?" – „Unter Französischstudenten sagt man, Tee wäre nur was für Sozialpädagogen und Weicheier." – „Und für was von beidem hältst du mich jetzt?" – „Das wird sich wohl erst herausstellen, wenn wir an unserem Ziel ankommen." Tobias zog eine Augenbraue empor. „Was erwartest du denn dort?" Das Frühstück kam, bevor Julia antworten konnte und auch danach ließ sie sich viel Zeit damit, ihrem Kaffee Milch und Zucker hinzuzufügen und gründlich umzurühren. Schließlich legte sie ihren Löffel neben die Tasse und sah ihn mit ernster Miene an. „Wer weiß? Etwas merkwürdig ist die ganze Sache schon. Während du deine Klausur geschrieben hast, habe ich bei der Auskunft angerufen und mir die Telefonnummer des Klosters geben lassen. Fünfmal habe ich versucht, anzurufen…" – „Davon hast du ja gar nichts gesagt! Was ist dabei herausgekommen?" – „Überhaupt nichts. Mehr als ein Besetzt-Ton war nicht zu hören. Ich bleibe dabei, es ist merkwürdig. Ein Kloster, das zwar da ist, aber das man nicht erreichen kann und über das alle Aufzeichnungen verschwunden sind? Da könnten uns die ungewöhnlichsten Dinge erwarten." Ihr Blick verlor sich in der Ferne und erst Tobias Stimme holte sie zurück. „Zum Beispiel?" Ihre nachdenkliche Miene wich einem kecken Grinsen und Tobias wusste, dass die folgende Antwort sicher nicht sonderlich ernst sein würde. „Vielleicht wurde das Kloster von einem Rudel Wölfe überfallen? Oder die Frauen dort wurden von Aliens entführt? Oder sie sind alle mit dem Sultan von

Absurdistan durchgebrannt und leben jetzt als dessen Harem in einem Zelt in der Wüste?" Sie sah ihn herausfordernd an und biss in ihr Brötchen. Er lächelte. „Du hast eine verrückte Fantasie." – „Manchmal ist die Wirklichkeit verrückter als alle Fantasien…"

Wenig später fuhren sie wieder zurück auf die A5 in Richtung Süden, doch ihre Fahrt dauerte nicht lange. Schon nach wenigen Kilometern erreichten sie den Stau am Grenzübergang. Schon von Weitem erkannte Tobias, dass die Uniformierten des Schweizer Grenzwachtkorps sämtliche hellen Lieferwagen und Bullis aus der Schlange winkten und auf einen nahegelegenen Parkplatz schickten. Er seufzte und wunderte sich. War die Schweiz nicht eigentlich Teil des Schengener Abkommens? Julia war eingenickt, kurz nachdem sie auf die Autobahn zurückgefahren waren. Jetzt steuerte Tobias den Bulli auf den Parkplatz und weckte sie. „Zollkontrolle…" Ruckartig öffnete Julia ihre Augen und schloss sie sofort wieder. „Haben die einen Suchscheinwerfer vor unsere Windschutzscheibe gehängt?" – „Nein, das ist bloß die Sonne. Trotzdem befürchte ich, dass wir gleich unsere Sachen auspacken dürfen. Die haben wohl jeden hellen Transporter auf diesen Parkplatz geschickt und so wie es da vorne aussieht, durchsuchen sie jeden einzelnen gründlich." Ein Zöllner näherte sich ihrem Wagen. Tobias kurbelte das Fenster herunter. „Guten Morgen. Wir machen hier eine routinemäßige Kontrolle. Ihre Ausweise bitte." Der Uniformierte wirkte nicht übermäßig streng, deswegen fragte

Tobias neugierig nach. „Für eine Routinekontrolle sieht das aber schon recht gezielt aus. Eher als würden Sie etwas Bestimmtes suchen." Er reichte dem Beamten die Ausweise und dieser nickte. „Glauben Sie mir, ich wäre auch lieber noch im Bett als hier mit den Kollegen Zusatzschichten zu schieben. Die im Finanzdepartement haben wohl einen Tipp bekommen und wir durchsuchen jetzt schon seit Stunden die Autos. Mehrere Tausend haben wir schon durchsucht, aber außer ein paar kleineren Zollvergehen war noch nichts dabei." Er seufzte. „Das ist meistens so, wenn es einen ‚Tipp' gibt." Mit einem kurzen Kopfschütteln nahm er die Ausweise und ging damit zu einem Auto. Tobias drehte sich zu Julia. „Caspers heißt du also. Wie der letzte Präsident des FC." Sie nickte. „Leider keine Verwandtschaft von mir, sonst hätte ich einen Haufen Ford-Aktien und könnte mich zur Ruhe setzen." Tobias lachte. „Zur Ruhe? In deinem zarten Alter?" Bevor sie etwas erwidern konnte, kehrte der Beamte mit drei weiteren Beamten zurück. „Herr Steiner, Frau Caspers, würden Sie uns bitte folgen?" Julia sah Tobias fragend an und wandte sich dann an den Beamten. „Was ist denn los? Stimmt etwas mit den Ausweisen nicht?" Einer der dazugekommenen Beamten sah sie kühl an. „Die Fragen stellen wir hier. Steigen Sie sofort aus und folgen uns. Jetzt. Und lassen Sie den Schlüssel stecken." Erneut wechselten Julia und Tobias einen fragenden Blick, doch dann stiegen sie aus und gingen, flankiert von den vier Beamten, zu einem Mannschaftswagen. Einer der Uniformierten öffnete die hintere Tür und bat sie, einzusteigen. Nachdem er selbst auch eingestiegen war, schloss er die Tür. Ein Beamter ging zu ihrem Bulli und setzte sich auf den Fahrersitz, die anderen beiden nahmen vorne im Mannschaftswagen Platz. Julia versuchte, mehr aus dem Beamten zu erfahren, der bei ihnen saß. „Was ist hier los? Haben wir irgendetwas falsch gemacht?" Der Beamte schüttelte nur schweigend den Kopf. Tobias sah aus dem Fenster, wie sich sein geliehener Bulli in Bewegung setzte. Der Mannschaftswagen folgte ihm.

„Hast du vergessen, mir zu sagen, dass du ein gesuchter Verbrecher bist?" Julia versuchte, die Situation mit Humor zu nehmen, doch Tobias sah aus dem Fenster und war zu verwirrt, um darauf eingehen zu können. „Was? Ich… Also… nein." Nun blickte er ihr direkt in die Augen. „So ein Quatsch, natürlich nicht. Ich habe keine Ahnung, was hier los ist." Wenig später hielten beide Fahrzeuge auf dem Parkplatz einer Polizeiwache. Die Beamten stiegen aus und forderten die beiden auf, ihnen zu ihrem Bulli zu folgen. „Dürfen wir uns ihren Wagen mal näher anschauen?" Tobias nickte. „Dann steigen sie bitte aus und räumen die Taschen aus dem Wagen. Wir müssen sie alle durchsehen." – „Alle? Sie wollen jede Tasche komplett durchschauen?" Der Beamte nickte ungeduldig. Mit einem Seufzen begannen Julia und Tobias, ihr Gepäck auszuräumen. Nachdem die Beamten tatsächlich jede Tasche einzeln ausgepackt und gründlich inspiziert hatten, stieg einer von ihnen in den Bulli und durchsuchte auch das Fahrzeug gründlich. Als ein zweiter damit begann, die hinteren Sitze auszubauen, wurde es Tobias zu viel. „Jetzt sagen Sie uns doch, was hier überhaupt los ist. Was wollen Sie von uns?" Der Beamte, der ihre Ausweise an sich genommen hatte und offensichtlich der Ranghöchste war, blickte ihn über seine Lesebrille prüfend an. „Wie ich schon sagte, haben wir einen Tipp bekommen. In einem weißen Transporter sollen zwei Leute versuchen, eine große Menge Falschgeld über die Grenze zu bringen. Wir haben sogar die Namen der beiden und jetzt raten Sie mal, wie die lauten?" Tobias schüttelte abermals verwundert den Kopf. „Ich kann es mir denken. Aber das ist doch Blödsinn! Wir sind beide Studenten und sind auf dem Weg nach Frankreich. Alles, was sie bei uns finden werden, sind Klamotten, Fressalien und was man sonst so braucht für einen Urlaubsausflug in die Berge." Julia hatte ihre Fassung zurückgewonnen und flüsterte so laut, dass nur Tobias es hören konnte. „Und einen Teddybären…" Der Uniformierte zuckte mit den Schultern. „Wir werden sehen, Herr Steiner." Resignierend drehte sich Tobias zu Julia um und verdrehte die Augen. „Keine Sorge, das kann nur ein Missverständnis sein. Es wird nicht lange dauern." Sie sah ihn mit ernstem Blick an. „Ich weiß. Glaub mir, wenn ich dich für einen Kriminellen gehalten hätte, wären wir niemals zusammen einen Kaffee trinken gewesen. Und ich wäre ganz sicher nicht zu dir ins Auto gestiegen."

Nach einer Weile ließen die Beamten von dem Bulli ab. Sie blickten zu ihrem Vorgesetzten und schüttelten den Kopf. Dieser nickte seinen Kollegen zu und blickte Tobias und Julia erst prüfend, dann nachdenklich an.

„Nun, wir haben nichts gefunden. Das muss natürlich nichts heißen, aber zumindest haben wir keinen ausreichenden Verdacht, um sie weiter festzuhalten." Er gab beiden ihre Ausweise zurück. „Sie können ihre Fahrt fortsetzen." Daraufhin machten sich die Beamten auf den Weg in ihren Mannschaftswagen. Tobias blickte auf das Chaos vor ihm und rief ihnen nach. „Und was wird jetzt mit den Sitzen?" Der Ranghöchste blickte sich um und grinste freudlos. „Das gehört leider nicht zu unserem Aufgabenbereich. Fragen Sie drinnen in der Wache nach, vielleicht haben die dort wenigstens Werkzeug." Er hob die Hand kurz zum Gruß und setzte sich in den Polizeiwagen, der daraufhin davonfuhr. „Das kann doch wohl nicht wahr sein…" – „Tja. Jetzt weiß ich wenigstens ganz genau, was du in der Tasche hast – und du kennst meine komplette Unterwäschekollektion…", erwiderte Julia mit Blick auf seine verstreuten Sachen.

Es hatte eine ganze Stunde gedauert, bis Julia mit viel Charme den Beamten in der Wache ihr Werkzeug gegen eine gepfefferte Leihgebühr abschwatzen konnte und weitere drei Stunden, bis die beiden es gemeinsam geschafft hatten, die Sitze wieder einzubauen und ihr Gepäck wieder zu verstauen. Die Sonne verschwand bereits hinter den Bergen, als sie schließlich erschöpft neben dem Bulli im Gras saßen. Julia sah zu Tobias herüber. „Ich weiß nicht, wie du das siehst, aber ich bin dafür, heute nicht mehr weiterzufahren. Lass uns den Tag vergessen und morgen weiterfahren und so tun, als hätte es den heutigen Tag nie gegeben." – „Guter Plan. Aber zumindest von dieser ätzenden Polizeiwache will ich vorher noch wegfahren. Sonst kriege ich nur Albträume... Wo sind wir hier überhaupt?" Er stand auf, öffnete die Fahrertür und nahm die Karte vom Armaturenbrett. Auf dem Schild an der Wache stand *Polizeistation Schönenbuch*. Er brauchte eine Weile, bis er den Ort auf der Karte gefunden hatte. „Und, Herr Reiseleiter, wo sind wir nun?" – „Die gute Nachricht ist, wir sind kurz vor der französischen Grenze." – „Und die schlechte?" – „Das hilft uns überhaupt nicht weiter, wir müssen erst noch ein ganzes Stück durch die Schweiz nach Süden." Er seufzte. „Vorschlag. Wir suchen jetzt hier einen Supermarkt, kaufen ein bisschen was zum Essen ein und fahren dann nach Westen, da scheint ein größerer Wald zu sein. Da gibt es bestimmt irgendwo einen hübschen Parkplatz. Bevor wir wieder vor irgendeiner Kirche parken…" Sie grinste ihn an. „Was hast du denn? So hatten die Leute beim Stammtisch nach der Messe wenigstens etwas zu reden. Wir haben ihnen einen Gefallen getan."

Nachdem sie am nächsten Morgen die Autobahn wieder gefunden hatten und sich schließlich wieder auf ihrem geplanten Weg nach Süden befanden, kamen sie an einem Schild vorbei, das eine Abfahrt nach Bern ankündigte. Julia hatte eine Idee. „Wie wäre es, wenn wir einen kurzen Zwischenstopp in Bern einlegen? Dort gibt es sicherlich eine große Bibliothek oder ein Stadtarchiv, wo wir nach Aufzeichnungen über dieses Kloster suchen könnten." – „Gute Idee. Dort gibt es sogar die Schweizer Nationalbibliothek.

Von da habe ich mir mal ein Buch wegen eines Aufsatzes schicken lassen. Außerdem soll die Berner Altstadt wunderschön sein." Sie lächelte. „Wird aus der Forschungsreise etwa doch noch ein Urlaub?" – „Na klar, schließlich haben wir doch Semesterferien. Ein bisschen Erholung muss da schon auch sein." Wenig später fuhren sie von der Autobahn ab und suchten in einem Vorort einen Platz für ein gemütliches Mittagessen.

17

1972, Le Reposoir, Frankreich

Siebzehn Monate lang hatte Günther Wallinger Archive durchsucht, alte Aufzeichnungen gewälzt, mit Zeitzeugen gesprochen und war sich schließlich sicher. Dieses Tal musste es sein. Wallinger war auf der Suche nach einem verschollenen Goldtransport der Nazis, der zwar den heranrückenden Alliierten entkommen, aber nie in München, seinem Zielort in Deutschland, eingetroffen war. Bei seiner Suche nach Hinweisen war er auf das Tagebuch einer französischen Pensionswirtin gestoßen, die vermerkt hatte, dass zwei deutsche Soldaten im fraglichen Zeitraum mit einem LKW bei ihr gewesen waren und dort übernachtet hatten. Vor ihrer Weiterfahrt hatten sie die alte Frau nach dem Weg gefragt und dabei fallen lassen, dass sie auf dem Weg nach München seien und wertvolle Fracht geladen hatten. Daraufhin hatte Wallinger all die neuen Informationen in sein Notizbuch eingetragen und war nach Cluses gefahren, wo die Pension gewesen war, um dort nach weiteren Hinweisen zu suchen und fand schließlich in Le Reposoir zwei Einheimische, die damals noch Kinder gewesen waren. Sie konnten sich daran erinnern, dass die Alliierten damals so nahe gewesen waren, dass die Soldaten sich nicht mehr trauten, den Weg nach Westen und dann nach Norden zu nehmen. Letztlich waren sie stattdessen mit dem LKW in Richtung Norden in den bergigen Wald gefahren waren.

Zwölf Höhlen hatte er auf seinen Wanderungen durch den Wald bereits untersucht und stand nun vor einer weiteren. Sie war nicht leicht zu finden gewesen, denn häufig waren die kleinen Höhlen in diesem Wald verfallen oder zugewachsen. Diese hier war unter einem umgestürzten Baum versteckt und er hatte sie nur gefunden, weil einer seiner Reisebegleiter aus Cluses mit dem Bein in der Decke der Vorhöhle eingesunken war und durch sein anschließendes Zappeln die Vorhöhle komplett zum Einsturz gebracht hatte, sodass dahinter der Eingang in einen natürlichen Stollen sichtbar wurde. Wallinger sah dies als Wink des Schicksals. „Es ist die dreizehnte Höhle, Männer, und wir stoßen hier nur ganz zufällig auf sie? Nein, nein. Das ist unser Schicksal, sie zu finden. Hier muss das Gold liegen." Da es bereits dämmerte und sie die Reste der Vorhöhle noch zu beseitigen hatten, bevor sie die eigentliche Höhle untersuchen konnten, beschlossen sie, trotz aller Vorfreude und Neugier erst am nächsten Morgen die eigentliche Expedition zu beginnen. Sie banden das Maultier, das sie zum

Lastentransport mitgenommen hatten, an einen Baum, luden ihre Ausrüstung ab und schlugen die Zelte auf. Währenddessen suchte einer von ihnen einigermaßen trockenes Holz und schaffte es schließlich mit Hilfe einiger morscher Holzreste aus dem umgefallenen Baum, ein Feuer zu entzünden. Als es dunkel geworden war, kroch ihnen eine unerwartete Kälte in die Glieder und sie rückten nah ans Feuer, während sie schweigend ihr Abendessen aus Brot und Schinken verzehrten. Danach zogen sich bald in ihre warmen Schlafsäcke zurück. Wallinger hörte aus den Nachbarzelten das Schnarchen seiner Begleiter, doch er konnte angesichts des nahenden Erfolges noch keinen Schlaf finden. Er nahm sein Notizbuch und las zum wiederholten Mal seine Aufzeichnungen. Ob diese Höhle endlich die Richtige sein würde? Zu lange war er schon auf der Suche nach dem Goldschatz und so langsam wurde ihm das Geld knapp. Eine, vielleicht zwei Wochen würde er seine Begleiter noch mit der Versprechung eines Anteils am Schatz bei der Stange halten können, dann würden sie von ihm Bares verlangen. Sobald sie schließlich merken würden, dass er bereits pleite war, würden sie ihn sofort im Stich lassen. Und was dann? Allein hatte er in diesem Gebiet keine Chance. Er kannte sich hier nicht aus, Kartenmaterial gab es nur aus Kriegszeiten und selbst das Maultier und die Ausrüstung gehörten einem seiner Begleiter. Er selbst war mittlerweile 59 Jahre alt und brauchte dringend einen Erfolg. Wenn auch diese Suche erfolglos blieb, würde er mit seinen 59 Jahren völlig pleite und ohne Familie sein und somit wohl keine Chance mehr haben, später noch eine weitere

Expedition zu starten. All seinen Sorgen zum Trotz war er optimistisch. Es konnte kein Zufall sein, wie sie heute auf die Höhle gestoßen waren. Und es war die Dreizehnte. Ausgerechnet die Dreizehnte! Wallingers Geburtstag war der 1.3.1913. Dieser Ort, diese Höhle – es war sein Schicksal. Mit diesem Gedanken döste er langsam ein.

Doch kaum war er eingenickt, als ein Geräusch ihn aufschrecken ließ. Es klang wie ein knisterndes Knacken und obwohl es sehr leise war, schien die Geräuschquelle direkt hinter seinem Zelt zu sein. Ob es hier wilde Tiere gab? Bestimmt. Aber welche? Er schälte sich aus seinem Schlafsack, griff zu seinem Messer und einer Taschenlampe und spähte aus dem Eingang seines Zeltes. Das Feuer war mittlerweile heruntergebrannt, es glühte kaum noch. Die Zelte seiner Begleiter, die rund um die Feuerstelle errichteten waren, lagen ruhig da. Ansonsten war es dunkel in ihrem kleinen Lager. Dunkel? Nicht ganz. An den Zeltwänden der Zelte seiner Begleiter war ein leichtes Flacken zu erkennen, dessen Quelle hinter seinem eigenen Zelt liegen musste. Wallinger verließ langsam und vorsichtig auf allen Vieren sein Zelt. „Seid ihr das?", flüsterte er, doch es blieb still. Er erhob sich schnell, drehte sich um und blickte zu den Bäumen hinter seinem Zelt. Die Quelle des Lichts konnte er nicht erkennen, aber etwas leuchtete dort im Wald flackernd. Flackernd! Es musste ein Feuer sein! Wallinger war erleichtert, denn wo ein Feuer war, da waren keine wilden Tiere, sondern Menschen. Neugierig lief er in den Wald in Richtung des Feuers, doch er schien diesem nicht näher zu kommen. Wie konnte das sein? Vielleicht hatte er die Entfernung unterschätzt. Er würde einfach noch ein Stück weiter darauf zugehen. So folgte er dem Feuer einige Minuten lang, bis ihm bewusst wurde, dass er sich mittlerweile weit von seinem Lager entfernt hatte. Zwischendurch hatte er durch die Bäume immer mal wieder kurz einen Blick auf ein kleines Feuer erhaschen können, doch es schien sich zu bewegen. Was konnte das bloß sein? Während er still stand, bewegte sich auch das Feuer nicht mehr weiter. Er blickte sich um, doch um ihn herum war nichts anderes zu sehen als die Finsternis des Waldes. Die Taschenlampe! Er zog seine kleine Taschenlampe aus dem Gürtel und drückte auf den Knopf, doch nichts geschah. Hatte er in der Pension vor seinem Aufbruch die Batterien gewechselt? Unsicher ärgerte er sich über seine Nachlässigkeit. Er blickte wieder in Richtung des Feuers. Es war noch immer an der gleichen Stelle. Vorsichtig machte er einen kleinen Schritt in die Richtung und dieses Mal schien das Feuer stehen zu bleiben. Er wagte einen weiteren Schritt auf das Feuer zu. Noch einen. Und noch einen. Das Feuer blieb, wo es war, und seine Schritte wurden größer. Bald schon war es nur noch einige Meter entfernt und durch die Bäume erkannte er nun, dass es eine Fackel war. Eine Fackel! Erneut ärgerte er sich. Darauf hätte er auch selbst kommen können. Eine Fackel deutete erst recht auf Menschen hin. „Hallo? Ist da jemand?" Einen Moment lang horchte er in die Stille, doch dann ging er weiter auf die Fackel zu und stand schließlich genau vor ihr. Sie sah ungewöhnlich aus. Die Fackeln, die er kannte, bestanden alle aus dicken Ästen, um die man ein Tuch gewickelt und mit irgendetwas getränkt hatte. Doch dieser Ast sah ungewöhnlich aus. Er war weiß. Vielleicht eine Birke? Doch dafür fehlte die typische raue Rinde. Vorsichtig strich er mit einem Finger über das Material. Es war zu glatt für eine Baumrinde, aber zu rau für ein Stück Metall. Auch die Form war ungewöhnlich. Die Fackel wurde zu den beiden Enden hin dicker. Das obere Ende war in ein Tuch gehüllt, wie er es kannte, doch das untere Ende sah aus, als wären dort zwei runde Kugeln befestigt worden. Er beugte seinen Kopf zu der Fackel herab. Die Farbe… die Form… es sah fast aus wie… Wie vom Blitz getroffen zuckte er zurück. Ein Knochen! Er schrie auf. Ihm wurde übel. Nichts wie weg von diesem Ort! Panisch drehte er sich um und wollte wegrennen, doch in diesem Moment spürte er einen Schlag auf den Kopf und die Finsternis des Waldes verschlang ihn.

Als Wallingers Begleiter am nächsten Morgen erwachten, fachten sie zunächst das Feuer wieder an, um einen Kaffee zu kochen. Ihr Auftraggeber war noch nicht aufgestanden, doch das war häufig der Fall. Er war ein Langschläfer und morgens unerträglich. Sie bereiteten das Frühstück vor und stritten leise, wer Wallinger aufwecken sollte. Schließlich fiel die Wahl auf den Jüngsten von ihnen, Gabriel Marchand. Er trat vor das Zelt und rüttelte an den Stangen. „Monsieur Wallinger! Die Höhle wartet auf uns!" Als sich im Zelt nichts bewegte, wurde der junge Mann misstrauisch. Gabriel schlug die Plane zur Seite und blickte ins Zelt hinein. „Hier ist er nicht." Seine Freunde hatten schon mit dem Frühstück begonnen und blickten jetzt ärgerlich in seine Richtung, missmutig über die Unterbrechung. „Was?" – „Hier ist er nicht, das Zelt ist leer. Sonst ist aber alles noch da, sogar sein Notizbuch. Das hat er doch sonst gehütet wie seinen Augapfel." – „Dann kann er noch nicht weit sein. Vielleicht musste er nur mal und ist in den Wald gegangen?" Gabriel rief nach ihm, doch Wallinger schien ihn nicht zu hören. „Vielleicht ist er schon in die Höhle gegangen? Könnte ja sein, dass er das Gold für sich allein will." Gabriel sah seinen Begleiter an und blickte danach zur Höhle. „Das kann nicht sein, der Eingang ist noch viel zu sehr voll mit Geröll. Das hätte er vorher freiräumen müssen." Schließlich beschlossen die drei, nach Wallinger zu suchen.

Den ganzen Vormittag suchten sie nach ihm, doch als sie sich mittags in ihrem Lager trafen, konnte keiner von ihnen gute Nachrichten melden. Sie beratschlagten, was nun zu tun sei und beschlossen, zuerst die Höhle zu untersuchen und abends ins Dorf zurückzukehren, um die Gendarmerie zu informieren. Nachdem sie die Überreste der Vorhöhle und den umgestürzten Baum entfernt hatten, konnten sie die eigentliche Höhle betreten, doch auch diese war zum Teil bereits eingestürzt und als sie versuchten, sich einen Weg zu bahnen, bröckelte die Decke der Höhle bedenklich. „Das hat keinen Sinn", winkte der Älteste von ihnen schließlich ab, „da bringen wir uns nur um. Lasst uns die Sachen packen und nach Le Reposoir gehen. Dann sehen wir weiter." Nachdem sie alles, auch Wallingers Besitz, zusammengepackt und auf das Maultier gepackt hatten, wurden die Schatten bereits länger und die Männer beeilten sich, um noch vor der Dunkelheit das Gasthaus des Ortes zu erreichen. Da es bereits vollkommen dunkel war, nahmen sie sich im Gasthaus drei Zimmer, um dort die Nacht zu verbringen. Nachdem sie ausgiebig gebadet hatten, trafen sie sich im Schankraum und stießen dort auf ihre Tour an. Im Schankraum saßen einige Einheimische und schnell kamen die Männer miteinander ins Gespräch. Als die Einheimischen das Gasthaus schließlich verließen, lagen die drei Begleiter Wallingers bereits in ihren Betten und schliefen ihren Rausch aus. Die Männer aus Le Reposoir hatten die Tür des Gasthauses kaum hinter sich geschlossen, als ein kurzer, gequälter Schrei durch die Straßen gellte. Verdutzt eilten die Männer nach Hause, um bei ihren Familien nach dem Rechten zu sehen, doch die Quelle des Schreis war nicht zu finden. Schließlich weckten die Männer auch all ihre Nachbarn, doch niemand wusste, woher der Schrei kam. Nach einigen unruhigen Stunden gingen die Einwohner von Le Reposoir wieder in ihre Häuser und legten sich nieder, um noch ein wenig zu schlafen. Wallingers Begleiter hatten von all dem nichts mitbekommen.

Als die drei am nächsten Mittag langsam aufgestanden waren, setzten sie sich in die Gaststube und nippten unter stetigem Seufzen und Stöhnen an ihrem Kaffee. Die Kopfschmerzen plagten alle drei, doch am Nachmittag blickte Gabriel seine Freunde an. „Freunde, wir müssen jetzt zur Polizei. Wallinger ist schon seit fast zwei Tagen weg und ich will die nächste Nacht wieder im Bett bei meiner Frau verbringen." Seine Gefährten nickten, doch keiner von ihnen war imstande, ihn zur Polizei zu begleiten. Gabriel seufzte ein letztes Mal und erhob sich stöhnend, um langsam zur örtlichen Polizeiwache zu gehen. Dort herrschte ein großes Tohuwabohu wegen des nächtlichen Schreis. Noch immer gab es keine Erklärung, woher der Schrei gekommen war und so langsam glaubte der diensthabende Polizist, dass die Männer im Gasthaus vielleicht ein Glas zu viel getrunken und sich den Schrei eingebildet hatten. Als Gabriel Marchand schließlich vor ihm stand und ihm vom Verschwinden des deutschen Schatzsuchers berichtete, griff der Polizist zum Telefon und rief bei der Polizeistation in Cluses seinen Vorgesetzten an und fragte ihn, was nun zu tun sei. Dort beschloss man, mit Blick auf die einsetzende Dunkelheit eine Suche lieber auf den nächsten Tag zu verschieben. Gabriel Marchand und seine Begleiter wurden gebeten, sich am folgenden Morgen pünktlich bei der Polizeistation einzufinden, um bei der Suchaktion zu helfen.

Als Gabriel morgens pünktlich bei der Polizeistation eintraf, wurde er kurz den vier Beamten vorgestellt, die ihn in den Wald begleiten sollten. Gabriel stellte fest, dass die Polizisten eher gelangweilt aussahen und von dem Einsatz offensichtlich nicht begeistert waren. Er konnte es ihnen nicht verübeln, denn mittlerweile hatte es zu regnen begonnen. Eine halbe Stunde warteten die Männer auf die anderen beiden Begleiter

Wallingers, doch als sie nicht erschienen, zuckten die Beamten nur mit den Schultern und fuhren mit Gabriel zu dem Wald, in dem sie campiert hatten. Dort angekommen mussten sie noch ein gutes Stück durch den Wald laufen, um an den Lagerplatz zu gelangen. Während drei Polizisten die nähere Umgebung untersuchten, setzte sich einer mit Gabriel auf den noch trockenen Boden unter einem dicht belaubten Baum und befragte ihn zum Abend von Wallingers Verschwinden. Viel konnte Gabriel ihm nicht berichten. Es war zu spät gewesen, um an dem Abend noch die Höhle zu untersuchen, also hatten sie gegessen und sich wegen der einsetzenden Kälte danach schlafen gelegt. Der Polizist notierte sich alles und fragte dann nach dem Zweck ihrer Wanderung. Gabriel erzählte, dass Wallinger auf der Suche nach einem Goldschatz war, offenbar schon seit vielen Jahren, und reichte dem Polizisten Wallingers Notizbuch. Dieser blätterte es kurz durch und las nur die letzten Seiten. Dabei stutzte er. „Hier steht, sie hätten den Schatz unter sich aufgeteilt, wenn sie ihn gefunden hätten?" – „Ja, so war es abgemacht." – „Und falls sie ihn nicht gefunden hätten?" – „Dann hätte er uns so bezahlen müssen. Sowohl für die Hilfe als auch für die Ausrüstung." Der Polizist notierte eifrig, was Gabriel ihm gesagt hatte. „Wussten Sie, dass Wallinger völlig pleite war? Er hätte sie gar nicht bezahlen können, wenn Sie den Schatz nicht gefunden hätten. Sie wären also leer ausgegangen." Verwundert sah Gabriel ihn an. „Aber er hat doch gesagt, er würde uns sonst bezahlen?" – „Das war offensichtlich gelogen. Sie haben davon nichts gewusst?" – „Nein, natürlich nicht. Sonst wäre ich doch gar nicht mitgekommen." Der Polizist sah ihn prüfend an. „Nehmen wir mal an, sie hätten es herausgefunden. Wären Sie dann nicht alle drei ziemlich wütend auf Wallinger gewesen?" – „Schon möglich, ja." – „Und was hätten Sie dann gemacht? Sie hätten ihm ja nicht sein Portemonnaie leeren können, denn es war ja schon leer. Hätten Sie ihn Ihre Wut vielleicht spüren lassen? Hätten ihn in den Wald geschleppt und dort zur Rechenschaft gezogen?" Gabriel schüttelte eifrig den Kopf. „Das ist doch Unsinn. Er war ein alter Mann. Außerdem haben wir nichts davon gewusst. Warum sonst hätte ich zu Ihnen kommen sollen?" Der Polizist blickte Gabriel erneut abschätzend an. „Diese Frage ist der Grund, warum Sie noch keine Handschellen tragen, Monsieur Marchand."

Die Polizisten glaubten Gabriel seine Geschichte offensichtlich nicht, doch da sie Wallinger weder tot noch lebendig finden konnten, blieb ihnen keine andere Wahl, als ihn abends wieder laufen zu lassen. Sobald er zuhause war, rief Gabriel seine Freunde, die ihn begleitet hatten, an und bestellte beide zu sich, um ihnen zu erzählen, was die Suchaktion ergeben hatte. Als er geendet hatte, sahen ihn die beiden anderen verwundert an. „Wir sollen den Alten umgebracht haben?" – „Ja, das scheinen sie zu glauben." – „Woher hätten wir denn wissen sollen, dass er uns nicht bezahlen konnte?" – „Aus seinem Tagebuch. Oder von ihm. Ich weiß es nicht." Die drei Männer waren sich einig. „Das ist doch Blödsinn!", sagte einer von ihnen und die anderen nickten. Gabriel blickte nachdenklich aus dem Fenster. „Was ist bloß mit ihm passiert? Erinnert ihr euch, wie sein Zelt aussah? Es war völlig normal. Keine Spur von wilden Tieren oder sonst irgendeinem Ärger. Und gehört habe ich auch nichts." – „Vielleicht war er einfach schon ein bisschen bekloppt und ist weggelaufen?" Gabriel blieb stutzig. „Hat er auf dich bekloppt gewirkt?" Sein Gegenüber wog seinen Kopf abwägend hin und her. „Ein bisschen verrückt war er schon. Immerhin war er seit Jahren wie ein Irrer hinter einem Goldschatz her, den angeblich die Nazis hier versteckt haben sollen. Wenn ich es recht bedenke, ja, er war sicher nicht mehr ganz richtig im Kopf." Diese Erklärung reichte Gabriel nicht, doch eine bessere Idee hatte er auch nicht. Eines Tages würde man Wallinger finden, tot oder lebend, und dann würde es sich schon aufklären.

18

2007, Ittigen, Schweiz

„Das ist ja noch schlimmer als am Rhein!", klagte Julia nach einem Blick in die Speisekarte. Tobias zuckte mit den Schultern und grinste sie herausfordernd an. „Dann gibt´s wohl doch nur Toast mit Marmelade anstatt mit Kaviar…" – „Blödmann! Egal. Was machen wir heute noch hier in Bern?" Tobias hatte am Eingang einen Stadtplan mitgenommen und breitete ihn nun auf dem Tisch aus. „Wir sollten uns auf jeden Fall die Altstadt und den Bundesplatz ansehen, die haben es immerhin zum Welterbe geschafft. Das ist auch nicht weit von der Nationalbibliothek. Und dann sollten wir irgendwann heute Abend aufbrechen, damit wir noch wenigstens zum Genfer See kommen, da finden wir bestimmt einen schönen Campingplatz, wo wir schlafen können." – „Und vor allem morgens eine richtige Dusche bekommen, hoffe ich."

Nachdem die beiden das Restaurant verlassen hatten, entschieden sie sich, den Bulli stehenzulassen und in Bern mit Bus und Bahn zu fahren, um mehr von der Stadt zu sehen. Vom Bahnhof aus liefen sie zu Fuß bis zum Bundesplatz und von dort aus weiter über die Aare bis zur Nationalbibliothek. Auf der Brücke über die Aare blieb Tobias kurz stehen und sah sich die Umgebung genau an. „Schau an. Nicht nur die Kölner wissen, wie man an einem Fluss eine hübsche Stadt baut. Aber eins fehlt hier eindeutig." Julia sah ihn fragend an und zuckte mit den Schultern. „Was denn?" – „Der Dom natürlich!" Kopfschüttelnd lachte Julia. „Du bist wirklich schon ein richtiger Kölner…" – „Ist das gut oder schlecht?" – „Das sage ich dir nach dem Karneval…"

Wenig später standen sie vor dem Gebäude. Tobias war überrascht. Er hatte ein riesiges, altes, protziges Gebäude erwartet. Marmor, Säulen, Stuck oder Türmchen suchte man hier allerdings vergeblich. Stattdessen lag vor ihnen ein schlichtes, überwiegend in Weiß gehaltenes Gebäude. Trotzdem verriet ein Flyer, dass das Gebäude unter Denkmalschutz stehe. „Es muss eine Zeit gegeben haben, als dieses Gebäude seiner Zeit weit voraus war…", grinste Tobias. Julia streckte ihm die Zunge raus. „Du hast vielleicht bloß einfach keine Ahnung, Herr Architekturbanause." Als sie die Eingangstür durchquerten, wollte Tobias geradewegs in die Richtung laufen, in der er die gesuchten Werke vermutete, doch Julia hielt ihn zurück. „Es gibt da noch etwas, das ich dir vielleicht vorher hätte sagen sollen." Fragend blickte er sie an. „Nun ja… Normalerweise meldet man sich hier vorher an und sagt, was man einsehen möchte. Außerdem sollte man einen Wohnsitz in der Schweiz angemeldet haben." – „Du machst Witze! Was machen wir denn jetzt?" – „Keine Panik", beruhigte sie ihn, „ich habe vorher angerufen und die Sache geklärt. Wenn man in einem Archiv arbeitet, hat das auch gewisse Vorteile." Suchend blickte sie sich um, als eine brünette, junge Frau auf die beiden zutrat und sie mit deutlich einheimischem Akzent ansprach. „Grüezi! Ihr seid die beiden deutschen Studenten, die für ihren Professor etwas recherchieren sollen, oder?" Tobias blickte Julia an, verzog aber keine Miene. Sie ignorierte seinen Blick und streckte der Schweizerin ihre Hand entgegen. „Genau, wir hatten telefoniert, richtig? Ich bin die Julia, das ist der Tobias." – „Lena. Schön, dass ihr hier seid. Kommt mit. Habt ihr gut hergefunden?" Julia und Tobias ließen ihr kleines Problem an der Grenze unerwähnt, lobten die Schweizer Autobahnen und folgten ihr in ein kleines Büro. Der Schreibtisch war aufgeräumt, nur einige Bücher lagen dort auf einem Stapel. Außerdem standen ein Tablett mit Kaffee und Keksen auf einem kleinen Tisch in der Mitte dreier Sessel bereit. „Das sind wirklich sehr spezielle Werke, die ihr euch da ausgesucht habt. Ich muss euch bitten, euch Handschuhe anzuziehen, wenn ihr darin blättert. Und bitte geht vorsichtig damit um, aber das muss ich euch als Mitarbeitern eines Archivs sicher nicht sagen, oder?" Sie nahm in einem der Sessel in der Ecke Platz, goss sich einen Kaffee ein und zog ihr Handy aus der Handtasche. Tobias rückte nah an Julia heran, um ihr unauffällig ins Ohr flüstern zu können. „So so. Wir machen das also für unseren Prof? Und ich arbeite in einem Archiv?" Julia reckte ihr Kinn vor, rückte etwas ab und antwortete ihm so laut, dass Lena es auf jeden Fall hören musste. „Wir sind zum Arbeiten hier, lieber Kollege, nicht zum Flirten." Danach streckte sie ihm unauffällig die Zunge raus und grinste ihn frech an. Er verdrehte die Augen, zog sich die Handschuhe an und griff sich ein Buch. Als er es aufgeschlagen hatte, sah er, dass es auf Französisch verfasst war, legte es wieder zur Seite, nahm das nächste und machte die gleiche Feststellung. Als er zu der Seite blickte, auf der Julia stand, sah er, dass sie die Arme verschränkt hatte, ihn offen anschaute und wieder frech grinste. „Können wir etwa nicht gut Französisch, Herr Kollege? Wenn du mich nicht hättest. Gib her." Sie nahm das erste Buch, blätterte das Inhaltsverzeichnis auf und suchte nach einem Eintrag, der ihr weiterhelfen würde. Im ersten Buch wurde sie jedoch nicht fündig und auch im zweiten und dritten Buch war nichts, das mit der *Chartreuse du Reposoir* zu tun gehabt hätte. Erst im vorletzten Buch des Stapels fand sie schließlich einen entsprechenden Eintrag im Inhaltsverzeichnis. Wobei die Bezeichnung ‚Buch' es nicht so recht traf, denn es handelte sich eher um eine lose Blattsammlung mit restlichen Fetzen eines Buchrückens. Tobias Herz klopfte schneller, während Julia nach der passenden Seite suchte. Julia seufzte. „Die Seiten sind durcheinander und Seitenzahlen gibt es nicht mehr…" Es blieb ihr nichts Anderes übrig, als jede Seite einzeln zu überfliegen und zu hoffen, dass sie etwas finden würde. Doch sie wurde enttäuscht. „Sag mal, Lena, kann es sein, dass hier einzelne Seiten fehlen?" Lena blickte von ihrem Handy auf, einen Augenblick lang verwirrt, bis ihr Blick auf die lose Blattsammlung in Julias Hand fiel. „Ja, leider. Tut mir leid." Dann wand sie sich wieder ihrem Smartphone zu. Julia verzog das Gesicht, zuckte mit den Schultern und widmete sich dem letzten Buch. „Hier im Inhaltsverzeichnis steht auch was. Allerdings ist das hier gewissermaßen ein Lexikon und ich weiß nicht recht, ob uns das weiterhilft. Schauen wir mal…" Sie blätterte im Buch und schlug schließlich eine Seite auf, auf der auch Tobias mit seinem schwachen Französisch die Worte ‚*Chartreuse du Reposoir*' lesen konnte. Ein eigener Artikel über das Kloster! „Und, was steht da?" Julia las, grinste freudlos und ließ den Kopf in ihre Hände fallen. „Das darf doch nicht wahr sein." – „Was ist denn? Sind wir umsonst losgefahren?" – „Hier steht kaum etwas drin, aber ein Verweis, ein ausführlicher Artikel über das Kloster stünde in einem anderen Buch." – „Ja dann nichts wie los, fragen wir Lena, ob sie uns das Buch holt!" – „Das hat sie schon." – „Wie, hat sie schon? Verstehe ich nicht." Anstatt einer Antwort wies Julia mit dem Finger auf die lose Blattsammlung, die sie zuvor untersucht hatte.

Langsam war sich Tobias nicht mehr sicher, ob er verzweifeln oder doch lieber darüber lachen sollte. Jeder Hinweis, dem die beiden nachzugehen versuchten, schien eine Sackgasse zu sein. Sie hatten sich von der hilfsbereiten Lena verabschiedet und waren noch einige Zeit durch die Altstadt geschlendert. Julia hatte sich für die vielen schönen Gebäude begeistern können, doch Tobias war viel zu abgelenkt durch die Ereignisse der vergangenen Wochen. Während er gedankenverloren neben Julia herlief, bemerkte er nicht, dass sie schon eine ganze Weile aufgehört hatte zu reden und nun aus dem Brunnen, an dem sie vorbeiliefen, eine Handvoll Wasser schöpfte. Plötzlich spürte er eine kalte Nässe in seinem Nacken und zuckte erschreckt zusammen, während sich Julia neben ihm vor Lachen bog. „Aber… ich… was… wieso?", stammelte er. Julia wischte sich eine Lachträne aus dem Auge und sah ihn aufmunternd an. „Ich dachte, vielleicht kann ich dich damit etwas aufheitern." Tobias sah sie missmutig an, doch sie musste daraufhin nur erneut lachen. „Na komm schon", sagte sie, „du hast dich doch heute Morgen noch beschwert, dass du eine Dusche willst…" Sie drehte sich um und wollte schon weitergehen, als auch sie eine Ladung Wasser im Nacken erwischte. Sie stieß einen spitzen Schrei aus, sprang einen Schritt zur Seite und sah neben dem Brunnen Tobias stehen – diesmal grinste er breit. „Ich dachte mir, es wäre ja blöd, wenn einer von uns geduscht wäre und es mit einer ungeduschten Person im Auto aushalten muss…", feixte er. Julia lachte, setzte sich in der Nähe ins Gras und entledigte sich ihres Tops, welches sie neben sich in die Sonne legte. Tobias war verdutzt. Obwohl sie ein Bikini-Oberteil unter ihrem Top trug und an einem heißen Tag wie diesem damit nicht allzu ungewöhnlich bekleidet war, war er auf diesen Anblick nicht gefasst. Auch wenn sie auf der langen Fahrt viel Zeit auf engem Raum verbracht hatten, hatten sie sich bisher immer auf Raststätten umgezogen. Sein Shirt war ebenfalls nass und er überlegte noch, ob er es ihr gleichtun sollte. „Hast du noch nie eine Frau im Bikini gesehen? Steh da nicht so rum, sondern setz dich her. Wir müssen uns ohnehin überlegen, was wir als nächstes machen und das ist im Liegen viel angenehmer als im Stehen." Tobias fühlte sich wieder einmal von ihr ertappt und setzte sich schnell neben sie ins Gras, um einen Rest seiner Würde zu wahren.

Während Julia im Gras lag, beobachtete er sie und eine ganze Weile sagte keiner von ihnen ein Wort. Obwohl sie bisher hauptsächlich im Auto gesessen hatten, hatte Julias Haut bereits ein wenig Farbe bekommen – das kam durch ihren weißen Bikini noch viel stärker zur Geltung. Zum ersten Mal entdeckte Tobias, dass Julia ein silberfarbenes Bauchnabelpiercing in Form eines kleinen Elefanten hatte. „Du hast wirklich noch nie eine Frau im Bikini gesehen, sonst würdest du nicht so starren.", riss sie ihn aus seinen Gedanken. Erneut fühlte er sich ertappt. „Ich… ich wollte nur… also… was machen wir denn jetzt als nächstes? Wollen wir heute noch weiterfahren zum Genfer See?" – „Oh, möchte der Herr etwa auch noch den zweiten Teil des Bikinis kennenlernen?" Tobias ärgerte sich, dass es

Julia immer und immer wieder gelang, ihn peinlich berührt zum Schweigen zu bringen. Sie kostete ihren kleinen Triumph eine Weile sichtlich aus und ergriff dann wieder das Wort. „Um deine Frage zu beantworten: Ja, lass uns weiterfahren. Schließlich wollen wir ja auch noch vor Ort ein bisschen nachforschen und dafür müssen wir auch erst irgendwann in Frankreich ankommen. Es ist jetzt schon später Nachmittag und bis wir wieder am Auto sind, wird es sicher noch etwas dauern. Trotzdem müssten wir dann heute Abend am Genfer See sein und dann bleiben wir da eine Nacht. Aber bei aller Eile, ich möchte unbedingt wenigstens kurz im Genfer See schwimmen. Soviel Zeit haben wir doch sicher, oder?" Mittlerweile hatte Tobias sich wieder gefangen. „Na klar, soviel Zeit haben wir. Wenn der kleine Elefant baden will, dann soll er ruhig."

19

1944, Cluses, Frankreich

„Schneller, Feldwebel Hannemann, schneller!", rief Hauptmann von Bläkefeld seinem Fahrer zu und trommelte nervös an das Fenster ihres Lastwagens. Die beiden saßen im Führerhaus eines Opel Blitz und waren erst vor wenigen Stunden eilig aus Marseille aufgebrochen, nachdem über Funk die Nachricht gekommen war, dass alliierte Truppen in der Nähe von Toulon gelandet waren. Eigentlich wollte von Bläkefeld über Lyon fahren, doch dann hatte er die

Order bekommen, über Bern zu fahren, um dort einen SS-Major mitzunehmen, der den Transport begleiten sollte. „Mensch, Günther, schneller geht es nicht. Die Fracht ist zu schwer und ich sehe kaum was bei dem Schnee.", antwortete der Fahrer. Der Hauptmann seufzte. Das duzen würde er seinem Fahrer noch abgewöhnen müssen, bevor der Schwarzrock mit in den Lastwagen steigen würde, sonst gäbe es nur unnötige Nachfragen. Und überhaupt, wozu sollten sie den Herrn Sturmbannführer denn mitnehmen? Ohne den Umweg hätten sie es in einem Tag nach München schaffen können, aber so mussten sie einen Tag warten, weil der SS-Mann noch anderweitig beschäftigt war. Günther von Bläkefeld konnte sich gut vorstellen, was das für eine Beschäftigung war. Der Krieg war so gut wie verloren, das konnten auch die Schwarzröcke nicht ignorieren, und so würde der Herr Sturmbannführer vermutlich versuchen, sich noch schnell einen Teil des großen Kuchens zu schnappen, bevor die Alliierten endgültig gewonnen hätten und nicht einmal mehr Krümel übrig wären. „Tut mir leid, Fritz. Es hat ja eh keinen Zweck, wir müssen sowieso noch einen Tag auf den SS-Heini warten. Ich möchte nur so viel Entfernung wie möglich zwischen uns und die Landungstruppen bringen. Bei dem Schneetreiben werden wir aber sowieso nicht mehr weit kommen. Es wird eh langsam dunkel, vielleicht sollten wir uns im nächsten Dorf eine Übernachtungsmöglichkeit suchen." – „Lass den SS-Heini lieber nicht hören, wie du über ihn redest." – „Ach es ist doch wahr. So ein Unfug, den mitzunehmen. Das kostet uns mindestens einen Tag, vielleicht sogar noch mehr, wenn wir Ärger mit der Resistance kriegen. Wenn bei dem Transport was schief geht, bin ich es, der dafür die Rübe hinhalten muss. Der Herr Sturmbannführer in seinem schwarzen Mantel wird dann sagen, er sei nicht zuständig – es sei denn, es läuft glatt. Manchmal bin ich mir nicht sicher, ob wir den Krieg wirklich gegen die Roten verloren haben oder wegen der Schwarzen…" Fritz Hannemann lachte. „Wie war das mit den Dingen, die der Schwarze nicht hören darf?" Der Hauptmann verzog das Gesicht. „Reden wir besser nicht mehr davon. Wird noch schlimm genug, wenn der erst mit im Wagen sitzt. Vielleicht sollten wir ihn hinten zur Ladung… Warte, brems mal!" Feldwebel Hannemann bremste sofort, doch bis der schwere Lastwagen auf dem glatten Boden zum Stehen kam, waren sie an der Pension, die der Hauptmann entdeckt hatte, bereits vorbeigerutscht. Hannemann legte den Rückwärtsgang ein. „Fahre am besten mit der Stoßstange hinten direkt bis ans Haus, dann kann uns keiner die Ladung klauen. Es gab einen leichten Ruck und ein leicht knirschendes Geräusch, als das Heck des Opel Blitz dem Putz der Hauswand seinen Stempel aufdrückte. Hauptmann von Bläkefeld warf seinem Freund und Fahrer einen kurzen vielsagenden Blick zu, sprang dann vom Lastwagen und eilte zur Tür. Nachdem er feststellen musste, dass sie verschlossen war, hämmerte er mit der Faust gegen das Holz und rief militärisch-zackig „Aufmachen! Sofort!" Aus dem Haus war eine dünne Stimme zu hören. „Un moment, s'il vous plaît." Etwas später hörten die beiden Männer, wie drinnen ein Schlüssel herumgedreht wurde. Langsam öffnete sich die Tür und eine runzelige kleine Alte öffnete die Tür. „Wir brauchen zwei Zimmer für die Nacht. Zimmer! Chambre! Verstehen Sie?" – „Oui, entrez." Die Frau führte sie durch den Flur und schließlich zu zwei Zimmern. Der Hauptmann richtete sich erneut an sie. „Wir wollen morgen Frühstück. Déjeuner. Tu comprends?" – „Oui, pas de problème." – „Was für Probleme? Ach ist auch egal. Kann man hier etwas zu trinken bekommen? Trinken! Boire! Bistro?" Er wies mit seiner Hand in Richtung Tür. Sie nickte. „Oui, à gauche." – „Que?" Sie zeigte mit der Hand zur Tür und dann nach links. „Merci. Komm Fritz, lass uns einen trinken gehen, sofern wir von der Kneipe aus den Lastwagen im Auge behalten können. Du hast doch die Tür verschlossen, oder?" – „Jawohl Herr Hauptmann." – „Auf einmal so förmlich?" Feldwebel Fritz Hannemann grinste seinen Hauptmann an. „Na klar. Der Ranghöhere zahlt die erste Runde."

Als Hauptmann von Bläkefeld am nächsten Morgen erwachte, war es schon viel heller, als er es geplant hatte und seine Augen ertrugen das Licht deutlich weniger, als er es sich gewünscht hätte. Er blickte auf die Uhr, sprang dann auf und hämmerte an die Wand zwischen seinem und dem Zimmer von Fritz Hannemann. „Fritz, verdammt, Fritz! Steh auf, es ist schon fast elf Uhr! Verfluchter Mist, wir müssen los, aber schnell." Eilig blickte er sich um und suchte schimpfend seine Uniform. Nachdem er einige Male durch das ganze Zimmer geblickt hatte, fiel sein Blick auf den Spiegel und er sah, dass er seine – mittlerweile ziemlich zerknitterte und fleckige – Uniform noch immer trug. „Das geht ja gut los.", seufzte er und brüllte erneut nach seinem Fahrer, während er sein Zimmer verließ. Die Tür des Nachbarzimmers öffnete sich, kurz bevor die Faust des Hauptmanns gegen sie hämmern konnte. Fritz Hannemann, ebenfalls in zerknirschter Uniform, schleppte sich langsam in den Flur. Seine dunklen Augenringe, seine Fahne und deutlich gelbliche Flecken auf seinen Kleidern zeigten ziemlich klar, was in der letzten Nacht passiert war. „Mein Gott, siehst du beschissen aus." – „Danke gleichfalls…" Der Hauptmann trat an einen der zahlreichen Spiegel auf dem Flur und betrachtete sein eigenes Gesicht. „Gütiger Himmel! Was war den gestern Abend los?" Die Pensionsbesitzerin hatte den Lärm vernommen und kam jetzt langsam durch den Flur gehumpelt. „Déjeuner?", fragte sie. „Nein, nein, wir haben es eilig. Pressé. Wie kommen wir denn am schnellsten nach München? Après München?" Die Alte antwortete, doch schon nach wenigen Sätzen winkte Hauptmann von Bläkefeld ab. „Hat keinen Sinn. Wenn wir das nächste Mal ein Land erobern, dann sollten wir den Leuten zuerst unsere Sprache beibringen. Lass uns einfach nach Norden fahren und dann schauen wir mal, wann wir unterwegs einen Posten finden, der uns weiterhelfen kann." Er warf der Alten ein paar Scheine zu, während er zum Lastwagen schritt. „Hier, nimm. Bei der Ladung kommt es auf ein paar Reichsmark nicht mehr an. Merci und au revoir. Spätestens im nächsten Krieg…" Die Alte grinste und ging wieder zurück an ihren Küchentisch. Der Hauptmann konnte durch das Küchenfenster sehen, dass sie etwas in ein Büchlein schrieb und war sich plötzlich ziemlich sicher, dass die Alte viel mehr verstanden hatte, als sie gezeigt hatte. Er zuckte die Schultern. Die Frau hatte von ihnen keine Geheimnisse erfahren und selbst wenn sie der Gestapo von der durchzechten Nacht erzählen würde, hätte das wohl kaum noch nennenswerte Folgen. Schließlich überprüfte er die Ladung und stieg ein. „Ich würde ja sagen, fahr nach Norden, aber bei dem Schneesturm habe ich keine Ahnung, wo Norden ist. Fahr einfach los, Fritz. Ohne einen Meldeposten, der uns sagen kann, welche Routen frei sind, haben wir sowieso keine Chance." Der Hauptmann schloss die Augen, als Feldwebel Hannemann Gas gab. Der helle Schnee überall war nach so einer Nacht schon schlimm genug, aber das laute Motorengeräusch und der Dieselgestank machten es keineswegs besser. Als er ein paar Minuten später die Augen wieder öffnete, sah er ein Ortsschild. „Le Reposoir. Sagt mir nichts, wahrscheinlich nur ein kleines Kuhkaff. Hier muss doch irgendwo mal ein Meldeposten kommen." Am Horizont erblickte er ein großes Gebäude. „Siehst du das große Gebäude da drüben? Fahr da mal hin, vielleicht haben wir Glück und es ist eine Kaserne." Sie fuhren an einem kleinen See vorbei und hielten schließlich vor der Tür des Gebäudes. Über der Tür war ein großes Kreuz. „Wohl eher eine Nonnenschmiede als eine Kaserne", bemerkte Feldwebel Hannemann, „oder brauchst du Messwein zum Nachtanken, Günther?" – „Nein danke. Aber vielleicht kann jemand von denen uns sagen, wo wir hin müssen." Hauptmann von Bläkefeld hämmerte mit seiner Faust gegen die hölzerne Tür. „Aufmachen!" Eine Weile wartete er, aber nichts rührte sich. Seine Faust drosch erneut auf die Tür ein. „Aufmachen! Aber zügig! Ouvrir!" Wieder geschah nichts. Feldwebel Hannemann war mittlerweile ausgestiegen und stand nun auch vor der Tür. „Hast du mal die Klinke versucht?", sagte er, griff nach der rostigen Türklinke und drückte sie herunter. Die Tür ließ sich problemlos öffnen. Der Feldwebel grinste seinen Freund breit an, doch jener blickte nur mit zusammengekniffenen Augen zurück. „Halt jetzt bloß die Klappe, sonst läufst du zu Fuß nach Bern." – „Und wer soll dann den Lastwagen fahren? Du kannst das doch nicht." Der Hauptmann ließ seinen Fahrer kommentarlos stehen und betrat den Eingang des Klosters. „Hallo? Ist hier jemand? Hallo!", rief er in die Stille des leeren Ganges vor ihm. Wieder war nichts zu hören. Der Feldwebel trat ebenfalls ein. „Vielleicht die falsche Taktik", sagte er. „Hier sind zwei reuige Seelen auf der Suche nach Umkehr. Kommt raus, damit wir zusammen Buße tun können." – „Ganz ehrlich, Fritz, geh wieder in den Lastwagen. Ich ertrage deinen Humor so früh am Morgen einfach noch nicht." – „Zu Befehl, Herr Hauptmann Humorlos…" von Bläkefeld sah ein, dass er zu harsch zu seinem Freund gewesen war und wand den Kopf, um sich zu entschuldigen, als er zuerst ein Sirren und dann einen leisen Aufprall hörte. Als er sich umdrehte, sah er den Kopf seines Freundes auf dem Boden liegen, der Körper selbst stand noch daneben. Ein Schrei entfuhr dem Hauptmann, während er hektisch nach seiner Waffe tastete. Der Körper des Feldwebels sackte in sich zusammen und von Bläkefeld sah dahinter eine Gestalt stehen, in einen schwarzen Mantel gehüllt, den Kopf von einer Kapuze verdeckt. Der Fremde sprach zu ihm mit einer grausamen Stimme, doch der Angesprochene verstand ihn nicht und stand wie gelähmt dort. Die Hand suchte noch immer nach seiner Waffe. Was war das hier für ein Ort? Endlich hatte er seine Walther aus dem Gürtel gezogen und auf den Fremden gerichtet. Bevor er schießen konnte, sprach der Fremde erneut zu ihm. „Trop tard…" Der Hauptmann verstand sein Gegenüber nicht, aber er versuchte es auch nicht. Mit seiner Waffe zielte er kaum, aber trotzdem einen Moment zu lange. Währenddessen erklang erneut ein Sirren, doch von Bläkefeld hörte es schon nicht mehr. Sein Kopf wurde von seinen Schultern abgetrennt und fiel auf den Boden.

20

2007, Genfer See, Schweiz

Nach einem kurzen Blick in den Atlas beschlossen die beiden, den See trotz des kleinen Umweges östlich zu umfahren und am Südufer des Sees schließlich einen Platz für eine Nacht außerhalb des Bullis zu finden. Sie hatten den See schon fast komplett umfahren, als sie wenige Kilometer vor Genf einen großen Campingplatz direkt am See fanden. Zu ihrem großen Glück war dort gerade ein Platz direkt am Wasser unter einem Baum für genau eine Nacht freigeworden.

Tobias fuhr den Bulli in den Schatten des Baumes vor einen Graben und räumte noch das Armaturenbrett auf, als Julia sich schon eilig von Shirt und Hose befreite und in ihrem weißen Bikini in den See rannte. Schmunzelt beobachtete Tobias, wie sie einige Minuten wie ein kleines Kind im Wasser planschte und dann im Wasser stehend nach ihm winkte. Er stieg aus dem Bulli und öffnete die Schiebetür, um in seinen Sachen nach der Badehose zu suchen. Nachdem er sie nach einer Weile noch immer nicht gefunden hatte, hörte er Julias Stimme direkt hinter sich. „Was suchst du denn da?" – „Meine Badehose." Julia schüttelte seufzend den Kopf und griff seine Hand. „Man kann es sich auch kompliziert machen", sagte sie, während sie ihn in Richtung Wasser zog. Tobias überlegte kurz, ob er sich wehren sollte, befreite seine Hand aus ihrer und rannte selbst in das kühle Nass. Als er wieder auftauchte, hörte er neben sich wieder Julias Stimme. „Na also, war das denn so schwer?" Nachdem die beiden sich eine Weile im Wasser abgekühlt und den Dreck der langen Fahrt abgewaschen hatten, holte Tobias zwei Handtücher aus dem Bulli. Er legte sie ins Gras und ließ sich mit einem zufriedenen Stöhnen auf eines fallen. Wenig später legte sich Julia auf das zweite. Er drehte den Kopf zu ihr. „So. Baden im Genfer See hätten wir abgehakt. Was kommt als nächstes auf deiner Liste?" – „Schlafen unter freiem Himmel mit Blick auf die Sterne." – „Also von Mücken zerstochen morgens um 4 Uhr wegen des hellen Sonnenlichts inmitten einer Insektenkolonie wachwerden?" Julia blickte ihn mit schmalen Augen an. „Unfassbar. Einem Germanisten hätte ich ein wenig mehr Romantik zugetraut. Und einem Forscher, der einfach so nach Frankreich fährt, ein wenig mehr Abenteuerdrang. Wir packen uns nachher mit unseren Schlafsäcken hier ins Gras, keine Widerrede!" Schicksalsergeben seufzte Tobias und legte sich nach einer ausgiebigen warmen Dusche und dem späteren Abendessen mit seinem Schlafsack neben Julia ins Gras. Mittlerweile war es dunkel geworden. Eine Weile lang betrachtete Tobias schweigend die vielen Sterne am Himmel. „Unvorstellbar, dass viele davon schon gar nicht mehr existieren, obwohl wir ihr Leuchten noch sehen können. Jeder einzelne von ihnen ist so winzig und geht in der Masse völlig unter, dabei sind sie eigentlich so groß. Wie unwichtig ein kleiner Mensch dagegen mit einem Mal wirkt..." Eine Zeit lang sagte keiner von ihnen ein Wort und Tobias dachte schon, dass Julia bereits eingeschlafen sei, doch dann antwortete sie mit leiser Stimme. „Und trotzdem ist jedes einzelne Leuchten einzigartig und besonders. Jedes einzelne würde mir fehlen, wenn es nicht da wäre. Wie jeder Mensch..." Tobias sah sie an. Solche Worte war er von ihr nicht gewohnt. Sonst beantwortete sie viele Dinge ironisch oder zumindest mit einer gesunden Prise Humor, doch jetzt erkannte er an ihr wieder einen melancholischen Zug, den er schon damals bei ihr gesehen hatte, als sie ihm bei ihrem ersten Treffen von ihren verstorbenen Eltern erzählt hatte. Er betrachtete im Sternenlicht ihr Gesicht, das stur in den Himmel gerichtet war und sah eine stumme Träne über ihre Wange rinnen. Wortlos nahm er ihre Hand und drückte sie vorsichtig. Dankbar drückte sie ebenfalls seine Hand und fasste sie fester, als er sie wegziehen wollte. Wenig später waren beide eingeschlafen.

Als Tobias am nächsten Morgen erwachte, war es bereits hell. Julia lag noch schlafend neben ihm und hielt noch immer seine Hand. Rund um sie herum war es noch still. Tobias vermutete, dass er am Vorabend recht gehabt hatte und die Helligkeit ihn sehr früh geweckt hatte. Vorsichtig, um Julia nicht zu wecken, blickte er sich um. Vor ihnen lag der See, neben ihn stand der Baum und neben ihm war das Gras leer. Leer? Tobias schreckte auf. Wo war der Bulli? Hektisch blickte er sich um und sah die hintere Hälfte des großen Gefährtes aus dem Graben hinter dem Baum herausgucken. Er sprang auf und lief zum Graben. Der Bulli war offenbar in Richtung des Grabens gerollt und schließlich über die Kante vornüber hinein gekippt. „Du sollst doch nachts nicht mehr trinken und dann autofahren…" Julia stand neben ihm, ihre Stimme klang noch sehr müde. Entsetzt blickte Tobias sie an. „Ich… also… ich war das nicht, aber… aber wie ist das passiert?" – „Hast du vielleicht die Handbremse vergessen?" – „Nein, also… ja, doch, schon. Aber es ist ein Gang drin und der Boden ist hier viel zu flach, als das der Wagen trotzdem ins Rollen kommen könnte. Was machen wir denn jetzt?" Julia hatte sich bereits wieder in ihren Schlafsack gelegt und antwortete mit einem Gähnen. „Zuerst weiterschlafen und dann suchen wir uns später jemanden, der den wieder rauszieht. Alleine kriegst du den Bulli da eh nicht raus." Tobias staunte noch über so viel Ruhe, während Julia bereits wieder eingeschlafen war. Für ihn war an

Schlaf nicht zu denken. Er kletterte umständlich auf den Fahrersitz des Bullis. Wie konnte das bloß passieren? Ob es ein paar Deppen mit Langeweile waren? Wohl kaum, die hätten das schwere Gefährt mit eingelegtem Gang niemals so weit schieben können. Aber was sonst? Wenigstens war der Graben ziemlich trocken, sodass der Bulli außer ein paar Blechschäden keine größeren Blessuren davontragen würde. Trotzdem würde es nicht leicht werden, ihn herauszuziehen. Ohne einen Traktor wäre es wohl völlig unmöglich. Hoffentlich mussten sie keinen Kran bestellen, denn Tobias´ Reisekasse hatte sich durch die vielen Zwischenstationen schon deutlich weiter geleert, als er es geplant hatte und er wusste genau, dass er nach den Kosten für schweres Bergungsgerät sofort umdrehen müsste. Missmutig kletterte er wieder aus dem Wagen und warf die Tür hinter sich zu. „La paix!", rief eine Stimme aus einem Zelt. Tobias blickte auf die Uhr. Es war gerade mal sechs Uhr morgens. Da er ohnehin schon hellwach war, beschloss er, in den nächsten Ort zu gehen und Brötchen zu kaufen. Nachdem er den Campingplatz verlassen hatte und einem Hinweisschild über einen Waldweg zum nächsten Dorf folgte, fiel ihm ein, dass er sich hier im französischsprachigen Teil der Schweiz befand und dass er mit seinen wenigen, restlichen Französisch-Kenntnissen nicht allzu weit kommen würde. Nur wenig später stand er vor der Tür eines kleinen Lädchens, durch dessen Schaufenster verschiedene Backwaren zu erkennen waren. Er war sich nicht sicher, ob der Laden schon geöffnet haben würde, weil niemand in dem Laden zu sein schien, doch als er gegen die Tür drückte, öffnete sie sich und das schrille Bimmeln eines Glöckchens über der Tür erklang. „Un moment, s'il vous plaît." Die Stimme kam aus einer Tür hinter dem Tresen, über die ein Fliegenvorhang gespannt war. „Bonjour, Monsieur. Je peux vous aider?", fragte eine dunkelhaarige Frau in den Vierzigern, die sich den Mehlstaub ihrer Hände in einer fleckigen weißen Schürze abwischte. Nun war Improvisationstalent gefragt. „Ähm… vier Brötchen… quatre baguette petit." – „Schau an, een Deutscher. Hierher verirren sich selten Touristen, die meisten kaufen unten am See im Laden auf dem Campingplatz ein. Sie kommen doch ooch von da, wa?" Die Frau sprach sehr schnell. Ein Akzent war deutlich zu hören, aber Tobias war sich ziemlich sicher, dass es sich um einen ostdeutschen handelte. „Ja, genau. Also vier Brötchen hätte ich gerne. Aber sagen Sie, von hier stammen Sie nicht, oder?" – „Een bisschen hört man datt wohl noch, wa?", fragte sie. „Mein Mann und icke haben ´83 zusammen rübergemacht in den Westen, dit war eene ziemliche Tortur, kann ick Ihnen sagen, schon die Vorbereitungen und dann die Flucht vor den Jrenztruppen… Mein Mann hat eene Kugel abbekommen, mitten ins Gesäß, aber wir sind eenfach weiterjelaufen, watt hätten wa ooch sonst tun sollen, zurück ging ja ooch nicht mehr und ick hab ihm noch jesagt, er soll sich nicht so anstellen, aber stützen musste ick ihn ja trotzdem, weil so janz richtig selber loofen konnte er nicht mehr und…" Ein lautstarker Ruf aus dem Hinterzimmer unterbrach ihren Redeschwall jäh. „Bärbel! Mach hinne, die Kekse werden schwarz!" Bärbel blickte einen Moment sichtlich verwirrt, dann fing sie sich wieder. „Wo war ick? Achja, die Brötchen, bitteschön. Jehen heute aufs Haus, man kann schließlich nicht jeden Tag über die alten Zeiten quatschen." – „Das ist sehr freundlich von Ihnen, herzlichen Dank! Aber sagen Sie, kennen Sie zufällig jemanden, der mein Auto aus einem Graben ziehen kann? Auf dem Campingplatz?" – „Wohl besoffen gefahren, wa? Na schon jut, Kleener, ick kenne da eenen, der kann dir helfen. Der steht aber vor Elf nicht auf. Ick schick den zum Campingplatz, sobald er auf den Beenen ist. Jetzt muss ick aber ooch wieder, sonst werden die Kekse schwarz. Tschüssi!" Kaum hatte sie ausgesprochen, verschwand sie auch schon durch den Vorhang. „Dieter, Dieter, dit gloobst du mir nie. Ick hab jerade…" Etwas verdutzt, aber doch zufrieden über die Aussicht auf baldige Hilfe und voller Freude über die kostenlosen Brötchen verließ Tobias den Laden und machte sich auf den Rückweg. Als er wenig später bei seinem gestrandeten Bulli ankam, lagen beide Schlafsäcke wieder ordentlich zusammengerollt im Kofferraum und Julia war nicht zu sehen. Tobias holte eine Decke und zwei Tassen und machte sich daran, mit dem Gaskocher Teewasser zu kochen, als er auf dem See ein Winken wahrnahm. Er hielt die Hand über seine Augen, um nicht von der Sonne geblendet zu werden und entdeckte dort Julias blonde Locken. Lächelnd winkte er zurück und sah, wie Julia einige Bahnen zog. Wenig später kam sie aus dem Wasser. „Gutes Timing, der Tee ist gerade fertig." Julia verzog das Gesicht. „Tee? Wirklich? Naja gut, das kalte Wasser hat mich schon genug wachgemacht, da kann ich heute mal auf Kaffee verzichten. Tobias grinste und griff hinter dem Baumstamm einen Becher Kaffee hervor, den er auf seinem Rückweg am Kiosk des Campingplatzes gekauft hatte. „Nicht nötig. Ich kenne dich mittlerweile." – „Und ohne Kaffee erträgst du mich morgens nicht?", fragte sie und tat eingeschnappt. Er grinste. „Das würde ich so nie sagen. Übrigens, rot steht dir auch gut." Sie fasste eine Kordel ihres Bikinis. An diesem Tag trug sie einen rot-weiß gestreiften, gerafften Stoff, auf dem das Wappen der Stadt Köln zu sehen war. „Manchmal muss man auch zeigen, woher man kommt." Noch bevor Julia sich abgetrocknet hatte, nahm sie sich den Kaffeebecher und genoss den ersten Schluck. „Sehr gut. Mit Milch und Zucker. Du hast offenbar aufgepasst." – „Man tut, was man kann. Deswegen habe ich uns auch schon jemanden besorgt, der uns mit unserem kleinen Problem hilft." – „Du hast einen Fachmann für schüchterne Geschichtsstudenten auf Exkursion angerufen?" Tobias streckte ihr die Zunge raus. „Die Frau in der Bäckerei hat mich nicht nur zugequasselt, sondern kannte noch jemanden, der uns helfen kann. Die Frage ist bloß, wann der kommt. Angeblich steht er vor elf Uhr nicht auf." Es war noch nicht ganz neun Uhr, als sie schließlich einen Abschleppwagen unter den neugierigen Blicken vieler Urlauber über den Campingplatz fahren sahen. Tobias winkte ihn heran und der schlecht rasierte Fahrer, der deutlich nach Bier roch, kurbelte das Fenster herunter, ignorierte Tobias und blickte Julia an. „Tach, schöne Frau. Ick soll hier een havariertes Frachtschiff retten?" Julia zeigte mit dem Daumen über die Schulter auf den Bulli. „Nur zu, wenn dein kleiner Schlepper das schafft." Der junge Mann fuhr rückwärts an den Bulli heran und stieg aus, um den Haken zu befestigen. Tobias sah ihm zu. „Ich freue mich, dass Sie schon hier sind. In der Bäckerei sagte man mir, dass Sie es vor Elf nicht schaffen würden." – „Weeßte, Kleener, ick war noch nicht im Bett. War noch uffe Piste. Was erleben, nicht so schnöden Campingurlaub, weeßte?" Der Mann zwinkerte Julia zu und Tobias verdrehte die Augen. Wenig später stand der Bulli wieder dort, wo er am Vortag geparkt worden war. Julia flüsterte Tobias zu, er solle sie machen lassen und ging zum Abschleppwagen. „Ich hätte ja nicht gedacht, dass du das schaffen würdest. Du kennst dich damit gut aus, oder?" Der Unrasierte setzte sich in seinem Sitz gerade auf. „Na klar. Ick weeß Bescheid, schöne Frau. Kann ick sonst noch watt für Sie tun?" – „Nein danke, starker Mann. Aber wenn ich wieder Hilfe brauche, weiß ich, wo ich fragen muss." Der Mann schrieb eine Nummer auf die Rückseite eines schmierigen Kassenzettels und reichte sie ihr. „Ruf mich an, Kleene. Ejal, um watt et geht." Julia zwinkerte ihm zu, drehte sich um und der Abschleppwagen fuhr los in Richtung Ausgang. Tobias sah Julia verwundert an, als sie den Kassenzettel zusammenknüllte, ihn in einen nahen Papierkorb warf und sich dann schüttelte. „Widerlicher Schleimbolzen.", sagte Julia angewidert. „Hätten wir ihm nicht etwas bezahlen müssen?" – „Dass er mich ständig lüstern anglotzen durfte, ist Bezahlung genug. Also, wollen wir zur letzten Etappe unserer Hinreise aufbrechen? So langsam bin ich gespannt, was uns erwartet."

21

1974, Le Reposoir, Frankreich

Nervös schlich Cecile Barreu in der Küche ihres Hauses auf und ab, während sie darauf wartete, dass ihr Mann Jacques von der Arbeit zurückkehrte. Ihr jüngster Sohn Pascal saß am Küchentisch und quengelte unzufrieden. Er hatte Hunger, doch seine Mutter wollte mit dem Abendessen warten, bis Jacques und Jules nach Hause gekommen waren. Ihr war klar, dass Jacques wohl keine Überstunden machen, sondern wieder mit diesem Inspecteur über irgendwelchen alten Büchern und Landkarten zusammensitzen würde. Doch wo war Jules? Schließlich war Cecile das Warten leid und sie griff zu ihrem Telefon und wählte Franks Nummer, um dort ihren Mann zu erreichen. Nach einigem Warten meldete sich Frank und reichte den Hörer an Jacques weiter. „Wo bleibst du?", fragte Cecile ihn, „Jules ist noch immer nicht von der Schule zurück. Wie kann das sein? Der Bus hat die Kinder ganz normal um halb drei unten im Dorf aussteigen lassen, hat mir Madame Kalet erzählt." Jacques schwieg kurz, bevor er antwortete. „Madame wer?" – „Das ist die Frau von der Familie Kalet, zwei Häuser weiter. Sie holt ihre Tochter immer von dort ab und geht dann direkt einkaufen." Erneut schwieg Jacques, dann hörte Cecile, wie er kurz mit Frank redete, bevor er wieder in den Hörer sprach. „Hör zu, mon amour, mach dir keine Sorgen. Frank und ich werden uns darum kümmern. Du weißt ja, Frank ist Polizist. Ich bin bald zu Hause und bringe ihn mit, versprochen. Esst ihr zwei doch schon mal was und du wirst sehen, bevor ihr aufgegessen habt, sind wir auch schon da." Sie hatten sich schon verabschiedet und Cecile wollte gerade auflegen, als Jacques noch etwas einfiel. „Ist er heute Morgen wie üblich von seinen Freunden abgeholt worden? Wie heißen die zwei noch gleich?" – „Ja, von Didier und Marc." – „Gut, dann werde ich dort hinfahren. Wahrscheinlich ist er noch dort und spielt mit ihnen Fußball. Wäre ja nicht das erste Mal, dass die Jungs dabei die Zeit vergessen. Bis nachher, Cecile." – „Bis nachher, mon amour." Es gab eine kurze Pause. „Und Jacques?" – „Ja?" – „Sei vorsichtig." Jacques wunderte sich über diese Warnung, verabschiedete sich aber schnell, um sich auf die Suche nach seinem Sohn zu machen. Cecile dagegen stand noch eine Weile wie erstarrt mit dem Telefon in der Hand da und fragte sich, warum und wovor sie ihren Mann gewarnt hatte. Eigentlich war es doch alles ganz harmlos, oder nicht? Nach dem Telefonat hätte sie erleichtert sein sollen, doch ihr Instinkt sagte ihr, dass Jules nicht bei seinen Freunden war und Fußball spielte, sondern dass ihm etwas zugestoßen war. Ein langgezogenes „Maaamaaa, ich habe Hungeeer!" riss sie schließlich aus ihren Gedanken und sie setzte sich zu Pascal, um mit ihm zu essen.

Am anderen Ende des Ortes zogen Frank und Jacques sich ihre Jacken über und verließen das Haus. „Lass uns mein Auto nehmen", sagte Frank, „das ist ein ziviles Einsatzfahrzeug und hat ein Autotelefon und Funk. Wenn er nicht bei den anderen Jungs ist, bitten wir meine Kollegen um Hilfe, dann seid ihr bald wieder zuhause." Jacques nickte und die beiden stiegen ins Franks Peugeot. Aus dem Auto rief Jacques zuerst bei Jules Lehrer an. Er erfuhr, dass sein Sohn heute nicht im Unterricht gewesen war und berichtete Frank davon. „Seine Freunde werden uns schon aufklären können. Wo wohnen die Jungs denn?" – „In der gleichen Straße wie wir, nur noch etwas weiter nach außerhalb. Deshalb holen die ihn auch immer ab und gehen dann zusammen zum Bus." Frank nickte und fuhr los. Eine Weile saßen die beiden schweigend nebeneinander, bis Frank sich räusperte. „Sag mal, Jacques, dein Sohn ist doch jetzt vierzehn, oder?" – „Ja, wieso?" – „Könnte es nicht sein, dass da ein Mädchen im Spiel ist?" Jacques wog den Kopf hin und her. „Das habe ich auch schon überlegt. Erzählt hat er davon noch nichts, aber das habe ich in dem Alter auch nicht gemacht. Falls du aber recht hast, werden seine Freunde uns das bestimmt sagen können." Frank lächelte. „Das wird aber nicht ganz leicht, sie davon zu überzeugen, ihren Freund an dessen Vater zu verraten." Jacques musste ebenfalls lächeln. „Für das Verhör habe ich doch extra einen Polizisten mitgenommen."

Kurz darauf waren sie vor dem Haus angekommen, in dem Marc mit seiner Familie wohnte. Sie gingen zur Vordertür und klingelten, doch niemand öffnete. Frank blickte auf den Hof und sah dann in eines der Fenster. „Ich glaube, hier ist keiner. Kein Auto, kein

Licht, nichts zu hören – da wird keiner zuhause sein."
Jacques fluchte innerlich. „Dann versuchen wir es auf
der anderen Straßenseite. Dort wohnt Didier." Sie
überquerten die Straße und klingelten an der
gegenüberliegenden Tür. Auch hier öffnete ihnen
niemand. Frank schaute sich die Hausfassade an.
„Klingel nochmal." – „Warum?" – „Dort oben in dem
Fenster ist eine Art aufblitzendes Licht zu erkennen.
Dort läuft wahrscheinlich ein Fernseher, also wird
auch jemand da sein." Jacques klingelte erneut und
wieder öffnete niemand. Frank trat an die Tür und
pochte mit der Faust lautstark dagegen. „Polizei!
Öffnen Sie die Tür!" Sofort hörten sie jemanden mit
schnellen Schritten die Treppe herablaufen. Plötzlich
ein Aufschrei und ein dumpfer Knall. Nach einem
wortreichen Fluchen öffnete Didier die Tür, während
er vom Boden aufstand. „Bin ja schon da. Was…", er
unterbrach, als er Jacques erkannte. „Ach Sie sind es,
Monsieur Barreu. Was ist denn los?" Die Augen des
Teenagers wurden groß. „Ist was mit Jules?" Frank
nahm seine Miene besorgt zur Kenntnis. Der Junge
machte sich offensichtlich große Sorgen, also wusste er
was. Jacques legte dem Jungen eine Hand auf die
Schulter. „Hast du dir weh getan?" – „Geht schon.
Also, was ist mit Jules?" – „Ist er nicht hier?" – „Nein,
ich sitze oben mit Marc und warte, dass er sich
meldet." Franks Alarmglocken schrillten, als er die
Worte des Jungen hörte. „Wo ist er denn?" Mit einem
Mal kam Didiers Antwort nicht mehr so schnell. Mit
unentschlossenem Gesichtsausdruck blickte er den
Inspecteur an. Jacques sah Didier eindringlich an. „Ich
habe mit eurer Schule telefoniert. Jules ist heute nicht

im Unterricht gewesen, aber ihr habt ihn heute Morgen abgeholt und seid mit ihm zum Bus gegangen. Er ist aber auch noch nicht nach Hause gekommen und wir machen uns langsam Sorgen." Frank sah Didier dessen inneren Konflikt an. Ganz offensichtlich wusste der Junge etwas, aber er wollte seinen Freund wohl nicht verraten. Frank beschloss, den Jungen ein wenig einzuschüchtern. „Didier, mein Name ist Frank LeBeau. Inspecteur Frank LeBeau. Wie Monsieur Barreu schon sagte, suchen wir seinen Sohn Jules. Ich sehe dir an, dass du etwas weißt. Nun sag uns schon, was los ist." Der amtliche Ton des Inspecteurs hatte Didiers freundschaftliche Loyalität gebrochen. „Er hat uns alle ausgelacht und wollte uns nicht glauben. Wir haben ihm gesagt, dass es dort nicht geheuer ist, aber er wollte unbedingt hin. Erst wollten Marc und ich noch mit, aber dann haben wir… naja… wir hatten eben Angst. Aber Jules hat sich davon nicht abhalten lassen. Als wir heute in den Bus zur Schule gestiegen sind, ist er einfach losgelaufen." Frank und Jacques antworteten wie aus einem Munde. „Wohin?" Didiers Widerstand war endgültig gebrochen, er begann zu weinen. „Zur Chartreuse."

22

1974, Chartreuse du Reposoir, Frankreich

Viele Abende lang hatten Frank LeBeau und Jacques Barreu über den Büchern und der Karte im Haus des früheren Briefträgers Antoine Cassous gesessen.

Solange Jacques noch ans Bett gefesselt war, hatten sie keine andere Möglichkeit, als die vielen Rätsel, die die Karte ihnen aufgab, mit dem Kopf zu lösen, doch sie hatten sich eigentlich vorgenommen, eine Wanderung in die Gegend des Klosters zu unternehmen, sobald Jacques wieder auf den Beinen war. Inzwischen war Jacques zwar wieder soweit genesen und arbeitete auch bereits wieder, aber die beiden hatten noch immer keine Gelegenheit gefunden, eine Wanderung zu unternehmen. Wenn Frank ihn nicht besuchte, las sich Jacques die Akten der ungeklärten Fälle in der Nähe des Klosters wieder und wieder durch, die Frank bei ihm *vergessen* hatte. Viel Neues war dabei bisher nicht herausgekommen. Verschwundene Wanderer, einige Akte von Vandalismus – keine dieser Akten war an sich allzu ungewöhnlich, aber alle diese Vorfälle waren rund um das Kloster geschehen. Diese Häufung machte diese Sache so ungewöhnlich – und für Jacques und Frank so reizvoll. Viele Abende verbrachten die beiden an dem Schreibtisch des verschwundenen Briefträgers Antoine Cassous und zerbrachen sich die Köpfe, was wohl geschehen sein mochte.

Doch nicht nur die beiden waren von der Karte und dem Kloster fasziniert. Jacques mit 14 Jahren ältester Sohn Jules hatte die Zeit, in der sein Vater arbeiten ging, genutzt, um sich die Karte anzusehen. Er hatte im Ort rasch Freunde gefunden, doch als er denen von seiner Idee erzählte, sich das Kloster näher anzusehen, erklärten sie ihn für verrückt. „Ihr könnt doch diese Märchen vom Fluch des Klosters nicht ernsthaft glauben!", sagte er eines Abends zu seinen beiden besten Freunden. „Natürlich nicht.", sagte einer von ihnen, doch sein Blick war weit weniger überzeugt als seine Worte. „Wisst ihr was", sagte Jules starrköpfig, „ich mache es. Ich werde morgen früh nicht zur Schule gehen, sondern zum Kloster. Und wenn ihr auch nur einen Funken Mut habt, dann werdet ihr mich begleiten. Bis morgen!" Mit diesen Worten ging er heim. Am nächsten Morgen holten ihn seine Freunde wie jedem Morgen von zuhause ab, doch an diesem Tag stieg er nicht am Rathaus mit in den Bus, der die Schüler nach Cluses brachte, sondern musste verärgert mit ansehen, wie seine Freunde mit den Schultern zuckten und schließlich in den Bus stiegen. Als der Bus abgefahren war, stand Jules nun allein am Rathaus. Er musste nicht lange überlegen. Natürlich würde er auch allein gehen. Seine Freunde hatten seine Pläne schon weitererzählt und so blieb ihm nun auch gar keine andere Wahl, wenn er nicht sein Gesicht vor den Jugendlichen im Dorf verlieren wollte. Was war auch schon dabei? Es war nur ein Kloster. Angetrieben durch seine Neugier stapfte er schließlich los und gelangte schon nach wenigen Metern auf eine lange Straße, die am See vor dem Kloster vorbeiführte. Von dieser Straße führte eine Abzweigung durch einige Tannen hindurch zur Klosterpforte. Als Jules schließlich die Tannen erreichte, sah er dort die Spuren, die der Unfall seines Vaters hinterlassen hatte. Das Wrack des ausgebrannten Autos hatte man zwar geborgen, aber die Brandspuren an den Bäumen waren noch ebenso deutlich erkennbar wie die Reifenspuren im Seitenstreifen. Jules blieb stehen und betrachtete den Unfallort mit einem mulmigen Gefühl.

Sein Vater hatte wirklich großes Glück gehabt. War es richtig, dass er als Sohn des Mannes, der so viel Glück gehabt hatte, das Glück nun erneut auf die Probe stellte? Unsinn, schließlich war er nicht auf dem Weg zu irgendwelchen Außerirdischen, sondern nur einigen Nonnen und da würde er kein Glück brauchen, sondern höchstens die etwas eingestaubten Gebetskenntnisse von den sonntäglichen Kirchenbesuchen mit seiner Oma früher. Mit gemischten Gefühlen setzte er seinen Weg fort. Rechts des Weges lag friedlich der sonnenbeschienene See vor den Toren des Klosters. Zielstrebig ging er auf das Kloster zu. Schon auf den ersten Blick war zu sehen, dass das Gebäude selbst ziemlich alt war. Eine Steintafel über der Pforte zeigte den Bau 1151 und die Renovierung 1793, eine weitere Tafel neben der Pforte zeugte von einem Umbau 1932. Ansonsten wirkte das Gebäude wuchtig und abweisend, aber Jules hatte schon einige Klöster gesehen und wusste, dass dies oft der Fall war. Er beschloss, das Kloster noch weiter in Augenschein zu nehmen, indem er es umrundete. Da er von der Straße her gekommen war, nahm er nun die andere Richtung. Auch auf dieser Seite des Klosters standen einige Tannen, doch gab es hier keinen Weg und er musste sich durch tiefes Dornengestrüpp kämpfen. Er fluchte lauthals, nachdem er sich an einem abstehenden Ast ein tiefes Loch in seine Hose gerissen hatte. Auch sein Bein war dabei nicht verschont geblieben und begann stark zu bluten. Verärgert kämpfte er sich weiter durch das Unterholz und gelangte schließlich an einen Feldweg, der zur Rückseite des Klosters führte. Inzwischen blutete seine

Wunde am Bein stärker. Jules war mittlerweile richtig wütend. Er hatte sich nicht nur mühsam durch das Gebüsch geschlagen und sich dabei verletzt, anstatt über die Straße zurück und außen um die Tannen herumzulaufen, sondern hatte auch auf seine kurze Wanderung nichts mitgenommen, was er nun auf seine Wunde hätte pressen können. Zuerst überlegte er, sein Shirt auszuziehen und auf die Wunde zu pressen, aber er trug ein weißes Trikot vom OSC Lille und das war ihm viel zu wertvoll, um es als Kompresse zu verwenden. Schließlich kam ihm die Idee, im Kloster zu fragen. Wo es Menschen gab, da würde es auch Verbandszeug geben und auch Ordensschwestern konnten sich mal verletzen. Er humpelte über den Feldweg zur Hintertür und klopfte an. Da sich hinter der Tür nichts rührte, klopfte er erneut und dieses Mal stärker. Wieder war nichts zu hören. „Hallo? Ich brauche Hilfe, ich habe mich verletzt." Jules war sich sicher, dass keine Ordensschwester einen Minderjährigen ignorieren würde, der ihre Hilfe brauchte, doch wieder regte sich nichts. Allmählich wurde er ärgerlich auf dieses Kloster. Extra wegen ihm war er hierhergekommen und nun ließ es ihn einfach verletzt stehen? Wütend trat er gegen die Tür. Es gab einen lauten Knall und die Tür flog aus den Angeln gerissen hinein in das Gebäude. Sofort war Jules Zorn verraucht. Er hatte schließlich nichts zerstören wollen. Sein erster Impuls war es, wegzulaufen, doch sein Bein hätte ihn nicht weit kommen lassen, deshalb betrat er vorsichtig den Raum hinter der Tür.

Der Raum war sehr dunkel. Die staubigen und dreckigen Fenster ließen kaum Licht herein und ein breites Vordach über der früheren Tür verhinderte, dass auf diesem Wege viel Tageslicht eindringen konnte. Jules sah sich um. An den Wänden waren rundherum Regale zu erkennen. In der Mitte des Raumes standen einige größere Behältnisse. Als Jules sich ihnen näherte, stolperte er und fiel auf den Boden. Sofort tastete er den Boden um sich herum ab und stellte fest, dass er über ein Kabel gestolpert war, das zu den Behältnissen in der Raummitte führte. Mühsam stand er auf und ging näher zu diesen Behältnissen. Es waren Kühlschränke, aber anders gebaut als die heutigen und keiner von ihnen war in Betrieb. Auch die Regale um ihn herum waren leer. Der Raum schien ein Vorratsraum zu sein und die Tür, die er versehentlich eingetreten hatte, war dann wohl einst der Lieferanteneingang gewesen. Gegenüber dem Ausgang konnte Jules, dessen Augen sich langsam an die Dunkelheit gewöhnten, eine weitere Tür erkennen. Auch hier klopfte er zuerst an, öffnete sie aber, nachdem er einige Zeit lang nichts hinter der Tür hörte. Der nächste Raum war ähnlich aufgebaut wie der vorherige. Wieder standen in der Mitte des Raumes einige große Kästen, über denen eine umgestülpte Wanne zu hängen schien. An den Wänden gab es rundherum halbhohe Schränke mit glatten Oberflächen. Als Jules sich vorsichtig in die Raummitte vortastete, konnte er zwischen seinen Fingern das Gitter eines Gasherdes spüren. Er hatte wohl die Küche gefunden. Sie war offensichtlich sehr lange nicht benutzt worden. Als er die

Küchenschränke durchsuchte, fand er ein Trockentuch, das zumindest in diesem Schummerlicht recht sauber wirkte und band es um sein Bein. Und nun? Auch wenn es ihm schwerfiel, würde er ein Telefon suchen, zuhause anrufen und sich abholen lassen müssen, denn mit dem verletzten Bein konnte er nicht so weit zurücklaufen. Er zog ein Feuerzeug aus der Tasche, um besser sehen zu können, doch es flackerte nur sehr schwach. Allmählich verließ ihn der Mut und er beschloss, lieber zum nächsten Hof zu laufen und dort um Hilfe zu bitten. Um wieder nach draußen zu gehen, drehte er sich um, als plötzlich mit einem lauten Knall die Tür zwischen Küche und Vorratsraum ins Schloss fiel. Eine Wolke von Staub wurde aufgewirbelt und stieg ihm in Augen und Nase. Sofort musste er nießen und husten. Als er die Augen wieder öffnen konnte, hatte sich der Staub wieder gelegt. Langsam humpelte er auf die zugefallene Tür zu, doch sie ließ sich nicht öffnen. So kräftig er auch zog, er hatte keinen Erfolg. Er fluchte lautstark. Schließlich ergab er sich seinem Schicksal und wandte sich um. An der gegenüberliegenden Seite des Raumes erspähte er durch die Dunkelheit eine offene Tür. War sie vorher auch schon offen gewesen? Zumindest hatte er sie nicht gesehen. Jules ging vorsichtig auf die offene Tür zu und sah hindurch. Dahinter lag ein großer Raum, durch verstaubte Oberlichter spärlich beleuchtet, in dem an der Kopfseite ein großes Pult stand. In der Mitte des Raumes standen in halbrunder Anordnung viele Tische. Jules war froh, dass er endlich ein wenig mehr Licht hatte und nahm den Raum genauer in Augenschein. In den Ecken waren

Überreste von Pflanzen zu erkennen, die schon viele Jahre kein Wasser mehr gesehen hatten. An den Wänden hingen verschiedene Schnitzereien. Bei genauerer Betrachtung erkannte Jules, dass an einigen Stellen an der Wand die Schnitzereien fehlten. Offenbar waren sie heruntergefallen, denn hier und da lagen Reste der zerbrochenen Schnitzereien auf dem Boden. Anhand der Flecken an der Wand konnte Jules erkennen, dass einst vierzehn Kunstwerke dort gehangen hatten. Zehn davon hingen noch an ihren Plätzen, drei weitere lagen zerbrochen am Boden – eines schien zu fehlen. Er zog erneut sein Feuerzeug aus der Tasche und versuchte, die Bilder in dessen flackerndem Licht besser zu erkennen. Auf jedem Bild war mindestens eine Person zu sehen, die meistens etwas trug, das aussah wie ein… ein Kreuz! Das mussten Bilder von Jesus sein! Er ging die Bilder ab und fand schließlich eins, auf dem der Gekreuzigte zu erkennen war. Jetzt verstand Jules. Das mussten verschiedene Elemente vom Sterbensweg sein. Er erinnerte sich, dass in der Kirche, die er früher mit seiner Großmutter besucht hatte, ähnliche Bilder an den Wänden hingen. Jules fragte sich, welches Bild wohl an dem leeren Platz an der Wand gehangen hatte, unter dem keine Trümmer einer Schnitzerei lagen. Schließlich löste er sich von den Bildern und ging zur Kopfseite des Raumes. Auf dem dortigen Pult lag ein großes, aufgeschlagenes Buch. Im Gegensatz zum gesamten restlichen Raum waren die aufgeschlagenen Seiten nicht verstaubt. Wie konnte das sein? Jules beleuchtete mit der kleinen Flamme seines Feuerzeugs den aufgeschlagenen Text. Offenbar war das Buch eine Bibel. Mit einer Lesehilfe war eine Passage markiert.

> *Und fürchtet euch nicht vor denen, die den Leib töten, doch die Seele nicht töten können; fürchtet euch aber viel mehr vor dem, der Leib und Seele verderben kann in der Hölle. (Mt 10,28)*

Als er geendet hatte, flackerte sein Feuerzeug noch ein letztes Mal kurz auf und das Licht erlosch. Ein kalter Schauer lief Jules über den Rücken. Was war das hier bloß für ein Ort? Er wollte raus, möglichst schnell hier raus. Hinter dem Pult erkannte er eine größere Tür. Durch die Ritzen der Tür schien helles Licht. Ob das schon der Ausgang sein würde? Er öffnete die Tür und sah vor sich den Innenhof des Klosters. Als er hergekommen war, hatte noch strahlend die Sonne geschienen, doch nun war der Himmel wolkenverhangen und dunkel. Es regnete stark, Donner grollte und Blitze zuckten über den Himmel. Wind blies ihm die Regentropfen ins Gesicht. Er überlegte kurz, ob er wieder zurück in den Saal gehen sollte, denn dort war es wenigstens trocken, aber dort war es auch dunkel und unheimlich, daher er entschied sich, lieber weiter nach dem Ausgang zu suchen. Er rannte quer über den Hof an der Sonnenuhr vorbei durch den Regen bis zu einem Säulengang, der ihm wenigstens vor dem Regen Schutz bot. Der Gang führte ihn an einigen Türen vorbei, die sich aber alle nicht öffnen ließen. Nur die Tür am Ende des Säulengangs konnte er öffnen. Dahinter lag ein

Kapellenraum, doch Jules sah verwundert, dass die Bänke nicht ordentlich in Reihen standen, sondern sich an den Wänden übereinander türmten, viele von ihnen zerbrochen und mit Brandflecken übersät. Am anderen Ende der Kapelle war eine Art leicht erhöhter Raum, ähnlich einer Bühne. Reichlich verzierte Fenster versperrten den Blick nach draußen. Inmitten der Bühne hatte Jules den Altar vermutet, doch jener lag zerschmettert an der Rückwand der Kapelle und stattdessen klaffte in der Mitte der Empore ein großes Loch im Fußboden. Jules trat näher und sah, dass eine Treppe dort hinab führte. Auf den Treppenstufen konnte er die Schatten von tanzenden Lichtern erkennen, doch sein Entdeckergeist war schon lange nicht mehr mächtig genug, um nun auch noch den Keller des Klosters zu erkunden. Er wollte bloß noch nach Hause. Jules ging zurück zur Tür zum Säulengang, doch auf halbem Weg dahin knallte auch diese Tür mit großer Wucht zu und ließ sich von ihm auch nicht wieder öffnen. Er rüttelte so stark er konnte und versuchte sogar, die Tür einzutreten, doch es gelang ihm nicht. Er überlegte kurz, sich durch die Fenster einen Weg nach draußen zu suchen, doch die waren alle zu hoch, als dass er sie mit seinem verletzten Bein hätte erreichen können. Schließlich entschloss er sich für den einzigen Weg, der ihn weiterführte, nämlich in den Keller. Der Lichtschein dort konnte das Flackern von Kerzen sein und wo Kerzen waren, da würde er auch Menschen finden. Vorsichtig stieg er die Treppe hinab. Es war keine moderne Treppe mit Fliesen und exakt genormten Stufen. Sie war vielmehr vor langer Zeit eilig in den

Fels geschlagen worden. Alle Stufen waren unterschiedlich hoch und lang, doch alle hatten gemeinsam, dass sie durch reichliche Benutzung abgerundet waren. Am unteren Ende der Treppe lag vor ihm ein abschüssiger Flur, der von Kerzen beleuchtet war. Daher war also das flackende Licht auf der Treppe gekommen. Nach einigen Metern machte der Flur eine Biegung, dahinter lag eine Tür. Sie schien ebenfalls sehr alt zu sein. Das Holz hatte viele Risse, der Griff war vollkommen verrostet und sie hing schief in ihren Angeln. Jules brauchte einen Moment, um seinen Mut zusammenzunehmen und öffnete schließlich mit einem schrillen Quietschen der Scharniere die Tür. Dort wartete ihn ein Anblick, den er nicht erwartet hatte. Oben im Kloster war alles dunkel und verstaubt gewesen, doch nun stand er im Eingang einer riesigen Höhle, die von Dutzenden von Fackeln und Hunderten von Kerzen hell erleuchtet war. Auch der Boden der Höhle war nicht aus rauem Felsgestein, sondern aus weißem Marmor. Der Boden war durchzogen von vier Kanälen, die an den vier Seitenwänden begannen und sich in der Mitte in einem rundförmigen Kanal trafen, in dessen Mitte auf einem ebenfalls marmornen, weißen Podest ein mit reichen Schnitzereien verzierter Thron aus dunklem Holz stand. Von seiner Position aus konnte Jules nur die Rückwand des Throns sehen und erschrak, als aus der Richtung des Throns eine tiefe, heisere Stimme erscholl. „Willkommen mein Junge. Ich habe dich erwartet."

23

1974, Le Reposoir, Frankreich

Nachdem sie erfahren hatten, dass Jules sich auf den Weg zum Kloster gemacht hatte, rannten Frank und Jacques direkt zum Peugeot in der gegenüberliegenden Hauseinfahrt. Kies spritze und Staub wirbelte auf, als Frank den Wagen auf die Straße fuhr. Dort hielt er abrupt an und rief Didier durch das offene Fenster zu, er und Marc sollen ins Haus gehen, die Tür abschließen und dort warten, bis Jacques oder er sich melden würden. Danach gab er Gas und fuhr mit quietschenden Reifen die Straße herunter. Er befahl Jacques, aus dem Handschuhfach das Blaulicht herauszukramen und auf das Dach des Wagens zu setzen. Gleichzeitig schnappte sich Frank das Funkgerät und gab einen kurzen Bericht, was geschehen war, an die Zentrale durch. „Wir fahren jetzt zum Kloster, aber wir könnten Verstärkung gebrauchen.", rief Frank in das Funkgerät. Die Antwort war ernüchternd. „Der Junge ist erst seit heute Morgen weg, Jacques, und wir haben keine Hinweise darauf, dass ihm etwas zugestoßen ist. Du weißt selbst, dass wir da wenig machen können. Außerdem sind gerade alle verfügbaren Kollegen nach Lyon unterwegs. Da gab es Aufstände bei den Streiks wegen der Reformen des neuen Präsidenten. Ich kann davon natürlich ein paar zurückbeordern, aber bis die hier sind… Tut mir leid, Frank." Wütend warf Frank das Funkgerät zurück in die Halterung und fluchte, während er den Wagen in die Einfahrt seines Hauses lenkte. Jacques war in sich zusammen-gesunken und saß wie versteinert in seinem Sitz. Frank sprang aus dem Auto und lief zu seinem Haus, doch als Jacques ihm nicht folgte, drehte er um und kam zur Beifahrertür. Als er sie öffnete, sah er Jacques bewegungslos ins Nichts starren. „Komm schon, Jacques, du musst deine Frau anrufen und ihr sagen, was los ist. Ich hole in der Zeit ein bisschen Ausrüstung aus dem Haus und dann fahren wir zum Kloster." Jacques zeigte noch immer keine Reaktion, deshalb verpasste Frank ihm eine Ohrfeige. „Jacques, wir müssen deinen Sohn retten! Ruf jetzt deine Frau an!" Langsam kam Jacques wieder zur Besinnung. Seinen Sohn retten. Seine Frau anrufen. Ja, das musste nun getan werden. Noch leicht benommen griff er zum Autotelefon und wählte die Nummer seiner Frau, während Frank ins Haus lief. „Cecile, hier ist Jacques. Wir waren bei Didier und Marc. Jules ist heute Morgen nicht zur Schule gefahren, sondern stattdessen zum Kloster gelaufen." Einen kurzen Moment herrschte Stille in der Leitung, dann herrschte Cecile ihren Mann an. „Dieses verdammte Kloster. Du hast ihn doch erst auf die Idee gebracht, für dich gibt es doch nichts Anderes mehr als dieses verdammte Kloster." Nachdem ihre erste Wut verflogen war, begann Cecile zu schluchzen. „Tut mir leid, Jacques. Aber… ich mache mir solche Sorgen. Er ist das Bergwandern doch nicht gewohnt. Was wenn er abgestürzt ist und jetzt irgendwo liegt und unsere Hilfe braucht?" Jacques schluckte, räusperte sich und antwortete mit deutlich belegter Stimme. „Mach dir keine Sorgen, Frank und ich werden ihn suchen. Bleib du bei Pascal, ich werde den Jungen finden und nach Hause bringen. Hörst du, Cecile? Ich bringe ihn nach Hause, versprochen. Wir müssen jetzt los. Ich liebe dich."

Als Frank zum Auto zurückkam, die Ausrüstung in den Kofferraum geladen hatte und ins Auto stieg, murmelte Jacques auf dem Beifahrersitz immer wieder vor sich hin. „Wir werden ihn finden. Wir bringen ihn nach Hause." Als Frank den Motor anließ, blickte Jacques ihn mit sorgenvollem, aber völlig klarem Blick an. „Danke, Frank, dass du mitkommst. Niemand außer uns beiden hat eine Vorstellung davon, wie gefährlich die Gegend um das Kloster wirklich ist. Denkst du, wir haben noch eine Chance, Jules lebend zu finden?" Frank wusste aufgrund seiner Ausbildung, dass er die Frage sofort bejahen sollte, doch Jacques und er waren inzwischen Freunde geworden und Jacques verdiente mehr Ehrlichkeit. Er entschied sich, auszuweichen. „Wenn jemand eine Chance hat, dann wir beide, Jacques."

Kurz darauf meldete sich das Funkgerät des Wagens. „Frank, ich habe in Lyon tatsächlich ein paar von unseren Jungs erreicht. Sie werden in zwei Stunden von Kollegen aus Chambéry abgelöst und machen sich dann sofort auf den Weg zu dir. Mehr kann ich nicht tun." Frank bedankte sich, legte das Funkgerät zurück und seufzte. „Wir sind auf uns allein gestellt. Andererseits weiß auch niemand mehr über die Umgebung dieses Klosters. Vielleicht noch Antoine Cassous, aber der kann uns nicht mehr helfen. Was meinst du, Jacques, wo wollen wir anfangen?" Jacques überlegte kurz. „Vermutlich wird Jules zum vorderen Eingang gegangen sein. Vielleicht können wir uns dort zuerst einmal umsehen und dann sehen wir weiter." Frank nickte anerkennend. „Guter Plan. Allez!"

Als die beiden die Auffahrt durch den kleinen Tannenwald hinauffuhren und schließlich auf dem Vorhof angelangten, war dort alles ruhig. Sie stiegen aus und sahen sich das Kloster aus der Nähe an. „Es sieht eigentlich ganz harmlos aus.", flüsterte Frank Jacques zu. „Und warum flüstern wir dann?", gab Jacques zurück. Doch beide wussten, warum sie es taten. Sie hatten sich seit langer Zeit mit dem Kloster beschäftigt, sie wussten alles über seine Geschichte und kannten die ganze Umgebung – doch sie kannten sie nur aus Karten und bezogen ihr Wissen nur aus Büchern. Sie hatten sich vorgenommen, eines Tages herzukommen und sich den Ort auch von Nahem anzusehen, doch es war immer wieder etwas dazwischengekommen. Zuerst waren es die Spätfolgen von Jacques Unfall, später häufig schlechtes Wetter oder Auswärtstermine von Frank. Irgendetwas hatte sie immer davon abgehalten, zum Kloster zu fahren. Außerdem konnten die beiden trotz aller Faszination nicht leugnen, dass die vielen Todes- und Vermisstenfälle rund um das Kloster ihnen Unbehagen bereitete. Doch nun standen sie vor ihrem Forschungsobjekt und konnten es in voller Größe betrachten, während die Sonne langsam hinter den Bergen verschwand und sich ein eigenartiges Dämmerlicht über den Ort legte.

„Jules? Jules! Wo bist du?", rief Jacques nach seinem Sohn und lauschte auf eine Antwort. Frank untersuchte währenddessen die nähere Umgebung. An einem Dorngestrüpp nicht weit neben der Pforte wurde er fündig und rief Jacques herbei. „Schau dir das mal an, Jacques. Hier hat sich jemand einen Weg durch die Dornen gebahnt und das ist noch nicht lange her. Siehst du die vielen abgeknickten kleinen Äste und die niedergetrampelten Brennnesseln?" Ohne zu antworten ging Jacques zielstrebig auf die Tannen zu und folgte der Spur, die Frank gefunden hatte. Frank folgte ihm bis zu einem abstehenden Ast, der trotz der Dämmerung etwas zu dunkel aussah. „Warte mal, Jacques, vielleicht ist hier etwas." Frank kramte in dem Rucksack, den er mitgenommen hatte, nach einer Taschenlampe und leuchtete schließlich auf den Ast. Jacques schnappte nach Luft. „Das ist… das ist Blut, oder?" Frank beugte sich zu dem Ast herab und betrachtete ihn genauer. „Ich denke schon, ja. Und es ist noch nicht allzu alt, ungefähr einen halben Tag. Lass mich mal vorangehen, vielleicht gibt es eine Blutspur." Jacques machte einen Schritt hinein ins Dickicht und ließ Frank passieren. Wenige Meter später verließen sie die Tannen und das Gestrüpp und gelangten an die Rückseite des Klosters. Hier war auch ohne Taschenlampe eine Blutspur zu erkennen, die zur Hintertür des Klosters führte. Jacques stürzte zur Tür und versuchte diese zu öffnen, doch ohne Erfolg. Als Frank näher trat, fielen ihm frische Macken an der Tür in Fußhöhe und Bruchstellen an den Angeln der Tür auf. „Die ist erst kürzlich geöffnet worden – und zwar nicht gerade sanft." Zu zweit versuchten sie erneut die Tür zu öffnen, doch sie schafften es weder mit Ziehen, noch mit Drücken und auch Franks Versuchen, sie einzutreten oder einzurennen, widerstand die Tür. Schließlich gaben sie auf. „Die muss von innen versperrt sein.", sagte Frank. Jacques hämmerte mit der Faust gegen die Tür. „Jules? Jules! Bist du da drinnen?" Doch wie schon vorhin erhielt er keine Antwort. Frank hatte sich die Fenster angesehen. „Die sind alle vergittert, da kommen wir auch nicht weiter. Sollen wir es nochmal auf der Vorderseite versuchen?" Anstatt einer Antwort schlug sich Jacques wieder in das Dornengestrüpp, aus dem sie gekommen waren. Frank folgte ihm und an der Vordertür versuchten sie er wieder mit Ziehen, Drücken, Eintreten und Einrennen, doch auch diese Tür ließ sich nicht öffnen. „Das hat keinen Sinn.", resignierte Frank. Jacques überlegte. „Erinnerst du dich noch an die Karte von dem alten Briefträger, die in meinem Haus an der Wand hängt? Dort waren doch nicht nur Wege eingezeichnet, sondern auch noch weitere Linien. Du hast mal gesagt, dass dies vielleicht Stollen wären. Der eine davon führte doch zu einer Hütte auf der anderen Seite vom See. Wenn deine Theorie stimmt, könnten wir es von dort versuchen." Frank war nicht besonders überzeugt, doch er hatte auch keine bessere Idee und folgte Jacques schließlich, als er am Ufer des Sees entlang in Richtung der Hütte ging. Dieser Weg war zwar nicht von Dornen übersät, dafür war der Boden hier sehr weich und immer wieder versanken die Füße der beiden im Uferschlamm. Nach wenigen Schritten kamen außerdem noch Schilfpflanzen hinzu, deren

Blätter äußerst scharfkantig waren. Zuerst hatte Jacques versucht, die Blätter mit der Hand zur Seite zu drücken, doch dabei hatte er sich eine schmerzende Wunde an der rechten Hand zugezogen und so stapften die beiden schließlich mit erhobenen Händen durch den Morast. Schließlich sahen sie durch eine Reihe von Tannen die Hütte, die auch auf der Karte verzeichnet war. Sie war nicht so klein, wie die Karte hatte vermuten lassen, sondern schien einst ein Wohnhaus gewesen zu sein. Eine alte, morsche Leiter am Haus führte zu einem rechteckigen Loch in etwa drei Meter Höhe an der Hauswand, über dem ein ebenfalls morscher Flaschenzug in die Wand geschraubt war. Neben der Leiter war die Eingangstür zum Haus vernagelt. „Wie kommen wir da am besten rein? Der Leiter traue ich nicht.", fragte Jacques seinen Freund. Dieser hatte an der Seite des Hauses noch einen Kellereingang ausgemacht, der mit zwei hölzernen Türen verschlossen und mit Gras überwuchert war. Er zeigte auf die Holztüren. „Da müssten wir reinkommen." Sie befreiten die Holztüren von Gras und Unkraut und stellten fest, dass sie unverschlossen waren. Hinter ihnen führte eine steinerne Treppe in den Boden bis zu einer weiteren Tür in der Wand des Kellers. Ohne lange zu überlegen, sprang Frank mit zwei großen Sätzen die Treppe runter und brachte die ganze Wucht seiner Sprünge mit der Schulter gegen die Tür, welche mit lautem Krachen aus den Angeln barst und mit Frank ins Dunkel des Kellers flog. Eine Staubwolke drang aus dem Keller nach draußen, wo Jacques der Szene ungläubig zugesehen hatte. Von drinnen hörte er ein mehrfaches Niesen. „Alles in Ordnung, Frank?" – „Ja, alles bestens. Es ist nur etwas staubig hier drin. Bringst du meinen Rucksack mit rein? Der steht oben an der Hauswand." Jacques griff nach dem Rucksack und ging die Treppe hinab. Frank kam aus dem Türrahmen heraus, nahm ihm den Rucksack ab und zog eine Taschenlampe heraus. „Ist ziemlich dunkel da drinnen...", erklärte er Jacques, „Aber jetzt können wir weiter. Komm." Mit der Taschenlampe in der Hand ging Frank wieder in das Dunkel des Kellers und Jacques folgte ihm. Das Licht der Taschenlampe schwenkte rund durch den Raum. An einer Wand entdeckten sie einen alten Küchenschrank mit Glastüren, in dem noch einige Konserven und Einmachgläser standen. Frank öffnete eine der Schranktüren und sah sich die Konserven genauer an. „Die sind schon recht alt, hier ist lange niemand mehr gewesen." Jacques hatte inzwischen einen Papierstapel vom Boden aufgehoben und trat neben Frank. „Leuchte hier mal hin.", sagte er, „Mist, das ist nur eine Zeitung. Ich hatte gehofft, wir finden etwas, das uns weiterhilft." Frank entzündete einige Kerzenstümpfe, die er in dem Küchenschrank gefunden hatte. Langsam erhellte sich der Kellerraum, in dem die beiden standen. Jacques blickte sich nach etwas um, das ein Zugang zu einem Stollen sein könnte, doch alle Wände schienen glatt verputzt zu sein. Frank hatte die Taschenlampe in seinen Gürtel gesteckt und trug jetzt eine der Kerzen in der Hand vor sich her, während er langsam durch den Raum schritt und an verschiedenen Stellen immer wieder stehen blieb. „Was machst du da?", fragte Jacques erstaunt. „Vielleicht ist hier irgendwo ein Luftzug, der uns weiterhilft.", antwortete Frank, „Aber ich glaube, hier gibt es keinen Luftzug." Jacques sah in einer Ecke des Raumes etwas liegen und beugte sich mit seiner Kerze näher heran, um es in Augenschein zu nehmen. Es war ein Stück gestrickter Wolle, dessen natürliche Farbe unter einer dicken Schicht von Staub nicht zu erkennen war. Vorsichtig hob er es auf. Es schien einmal ein Pullover gewesen zu sein. Plötzlich ertönte ein schrilles Fiepsen, Jacques ließ das Strickwerk fallen und eine Mäusefamilie kam aus einem Ärmel herausgerannt. Franks Blick folgte dem Lauf der Mäuse, als diese flink hinter dem Schrank verschwanden. „Puh, habe ich mich erschreckt. Dabei waren es doch nu…" – „Psst! Ruhe!", befahl Frank. Jacques fragte sich, was Frank wohl gehört hatte und lauschte in die Stille. Außer dem Fiepsen der Mäuse war nichts zu hören. Jacques sah Frank fragend an, doch dann fiel ihm auf, dass das Fiepsen langsam leiser wurde. Die Mäuse schienen sich weiter von ihnen zu entfernen. „Fass mal mit an", sagte Frank, „wir schieben den Schrank zur Seite. Dahinter muss irgendetwas sein." Gemeinsam versuchten sie, den Schrank wegzuzerren, doch es gelang ihnen nicht. Schließlich gaben sie auf. „Was jetzt?", fragte Jacques, doch Frank antwortete ihm nicht, sondern kniete sich stattdessen vor die offenen Schranktüren und betrachtete den Boden des Schranks. „Der ist am Fußboden und in der Wand festgeschraubt. Vielleicht können wir ihn mit einem Hebel von der Wand wegdrücken und damit umkippen. Ich glaube kaum, dass die verrosteten Schrauben das überstehen würden. Schau mal, ob du draußen irgendeine Art Hebel finden kannst." Jacques hastete die Treppe hinauf und sah sich draußen um. Schließlich fiel sein Blick auf den Metallarm des Flaschenzuges über dem Loch in der oberen Wand. „Damit müsste es gehen.", murmelte er leise. Doch wie sollte er dort hinkommen? Die Leiter würde ihm keine große Hilfe sein. Er rief nach Frank. „Frank, komm mal raus, ich brauche deine Hilfe." Als Frank zu ihm kam, schilderte Jacques ihm seine Idee. Frank nickte und holte aus seinem Rucksack ein Seil. „Vielleicht können wir das zweimal darüber werfen und den Flaschenzug aus der Wand reißen." Er nahm das Seil, warf es einmal über den Flaschenzug und dann noch ein zweites Mal, sodass es den Flaschenzug einmal umwickelt hatte. Jacques und Frank griffen sich jeweils ein Seilende und zogen mit Leibeskräften daran, doch anstatt den ganzen Flaschenzug aus der Wand zu reißen, brach nur die Winde am vorderen Ende ab und fiel neben die beiden ins Gras. „Ich könnte einen Radschlüssel aus dem Auto holen.", schlug Frank vor, doch Jacques wollte nicht mehr warten und war schon ungeduldig auf die Leiter geklettert. Unter den Ermahnungen von Frank, er möge vorsichtig sein, ertastete er vorsichtig die Stabilität jeder Sprosse, bevor er einen Fuß auf sie setzte. Als er den zweiten Fuß auf die oberste Sprosse der Leiter setzte, um von dort aus nach dem Flaschenzug zu greifen, hielt die Leiter nicht länger stand und brach unter ihm zusammen. Mit rudernden Armen suchte Jacques in der Luft nach Halt und schaffte es schließlich, sich über ihm festzuhalten, während die Leiter unter ihm komplett zerbrach. Er blickte nach oben. Die Hand, die ihn festhielt, hing am metallenen Arm des Flaschenzugs, der sich bedrohlich nach unten beugte. Jacques schaffte es gerade noch, den Metallarm auch noch mit der zweiten Hand zu ergreifen, als der Flaschenzug aus der Hauswand riss und mit ihm zu Boden fiel. Schnell half Frank ihm auf die Beine und holte das Metallstück aus dem Gras. „Das wird gehen. Gut gemacht!" Jacques schüttelte sich kurz und folgte Frank in den Keller. Dieser hatte bereits den Metallarm hinter dem Schrank angesetzt und schon ein wenig Druck genügte, um die Schrauben aus der bröckelnden Wand hinter dem Schrank zu reißen. „Das war der leichte Teil. Die Schrauben im Boden haben einen deutlich dickeren Kopf. Ich befürchte, dass die etwas stabiler sein werden." Gemeinsam setzten sie erneut den Hebel an und drückten mit aller Kraft gegen den Arm des Flaschenzugs. Ganz langsam erhob sich erst der hintere Teil des Schranks aus dem Boden, bevor die Schrauben den Widerstand aufgaben und der ganze Schrank mit einem lauten Scheppern und Krachen auf den Boden fiel. Dahinter kam ein Gitter zum Vorschein, das ein quadratisches Loch in der Wand verschloss. Auch das Gitter konnte dem metallenen Hebel der beiden Männer nicht widerstehen. Schließlich standen sie vor dem Loch und blickten im Schein von Franks Taschenlampe hinein. Der Gang führte etwa zwei Meter waagerecht ins Erdreich und knickte dann steil nach unten ab. Jacques Magen zog sich zusammen. Er mochte keine engen Räume und erst recht keine engen Gänge, die ins Unbekannte verschwanden. Doch vielleicht war Jules, sein Sohn, am Ende dieses Ganges und brauchte seine Hilfe. Mit entschlossenem Gesicht nahm er Frank die Taschenlampe aus der Hand und robbte auf dem Bauch in den schmalen Gang. Es fiel ihm nicht leicht, die muffige Enge zu ignorieren, doch schließlich hatte er es bis zum Knick des Ganges geschafft. Er schob seine Hand mit der Taschenlampe nach vorne und leuchtete hinein. „Und?", rief Frank von hinten, „was siehst du?" – „Hier geht es gut drei Meter senkrecht nach unten. Da scheint es dann aber etwas geräumiger zu werden." – „Geht es da denn weiter?" Jacques blickte angestrengt durch den Schacht nach unten. „Ich bin nicht sicher." – „Dann komm lieber wieder raus. Falls es da unten nicht weitergeht, wird es lange dauern, bis du da wieder herauskommst." Jacques spürte, dass die Wände immer näher kamen. Dort unten könnte der Weg sein, der ihn zu Jules führte. Es könnte aber auch eine kleine Höhle sein, aus der es ohne Hilfsmannschaften mit Baggern kein Entkommen mehr gäbe. Jacques zögerte. Er dachte an seine Frau und plötzlich fiel ihm sein Versprechen ein, dass er ihr gegeben hatte. Schließlich nahm er all seinen Mut zusammen und kroch mit dem Kopf voran in den Schacht. Anfangs hatte er große Schwierigkeiten, sich über den Knick nach unten zu zwängen, doch dann spürte er, wie die Erde, die seinen Knien im Weg war, nachgab. Erst rutschte er noch kurz, dann fiel er begleitet von einigen Erdbrocken durch den Schacht bis auf den Boden, den er von oben gesehen hatte. Es knackte in seinem linken Arm, als er aufprallte und er schrie vor Schmerzen kurz auf. „Was ist passiert?", rief Frank besorgt, „Geht es dir gut?" Jacques brauchte einen Moment, bevor er antworten konnte. „Es wird schon gehen, ich bin auf meinen Arm gefallen. Du hattest aber recht, es ist tatsächlich ein Stollen. Er führt in zwei Richtungen von hier weg. Ich kann hier drinnen sogar stehen. Komm runter!" Jacques hörte es über sich rumoren, dann fiel erst der Rucksack und dann Frank herunter. Frank war allerdings mit den Füßen voran in den Gang gekrochen und konnte nach seinem Fall locker stehend landen. „Zeig mir mal deinen Arm.", bat er Jacques, doch der winkte ab. „Dafür haben wir keine Zeit. In welche Richtung müssen wir?" Frank hatte einige der Kerzen aus dem Keller über ihnen mitgenommen und entzündete nun zwei, von denen er Jacques eine gab. Danach berührte er die Wände vorsichtig mit seinen Fingern. „Diese Wand hier, die ist feucht. Dahinter muss der Morast vom See sein. Da der See links von uns liegen muss, wenn wir zum Kloster wollen, müssen wir dort entlang." Sein Finger wies in den Gang, aus dem Jacques ein leises Plätschern zu hören glaubte. „Hoffen wir mal, dass der Gang nur feucht und nicht überschwemmt ist. Gehen wir."

Jacques Befürchtungen hatten sich nicht bestätigt. Der Gang war zwar feucht und der Boden stellenweise etwas schlammig, doch er war passierbar. Schon nach wenigen Metern begann sich der Boden zu heben – es ging langsam bergauf. Kurz darauf endete der Gang und die beiden standen vor einer Leiter, die zu einer weißen, steinernen Falltür führte. Diesmal stieg Frank zuerst die Leiter hinauf und fand die Falltür zu ihrem Glück unverschlossen vor. Er wuchtete den schweren

Steinquader nach oben und kletterte schließlich aus dem feuchten, erdigen Gang in einen hell erleuchteten, großen Raum. Staunend blickte er sich um, während Jacques ihm über die Leiter folgte. Zuerst mussten sich die Augen der beiden an die Helligkeit gewöhnen, welche von den vielen Fackeln und Kerzen verbreitet wurde und sich im blankpolierten, weißen Fußboden spiegelten. „Was zum..." Frank schnappte nach Luft und schüttelte ungläubig den Kopf. „Was ist *das*?" Jacques erging es ebenso wie Frank. Er hatte erwartet, am Ende des Stollens in einem dunklen, verstaubten, verfallenen Klosterkeller anzukommen. Aber hier war nichts dunkel, es war sogar eher grell und Staub suchte man hier vergebens. Selbst die Wände und die Decke waren mit Marmor verkleidet und spiegelten das Licht der Fackeln und Kerzen wider. Nachdem sich seine Augen langsam an die neue Helligkeiten gewöhnten, sah Jacques an der gegenüberliegenden Wand einen Tisch stehen, auf dem ein Mensch lag, der ein weißes Gewand mit blutigen Flecken trug – es war Jules.

„Jules! Jules!", völlig außer sich rannte Jacques zu seinem Sohn und schloss ihn in die Arme. Doch sein Sohn regte sich nicht. „Jules, was ist mit dir? Jules!" Frank war inzwischen ebenfalls herbeigeeilt. „Er lebt, ich sehe, wie er atmet. Geh mal zur Seite." Der Inspecteur nahm den Jungen näher in Augenschein. Die Blutflecke im Gewand waren nur unten und kamen von seiner Verletzung am Bein. Frank legte sein Ohr an die Brust des Jungen. Jules Atem ging regelmäßig und sein Herz schlug kräftig. „Das Blut oben an der Hintertür war wohl tatsächlich von ihm, er hat eine tiefe Wunde am Bein. Aber sonst ist er in Ordnung. Er ist allerdings an den Tisch gefesselt. Lass uns doch mal sehen, ob wir ihn nicht befreien können." Sie untersuchten die Fesseln. Der Junge war durch vier Handschellen mit Armen und Beinen an Ringe gefesselt, die in die Tischoberfläche eingelassen waren. Frank griff in die Tasche seiner Jacke und holte einen Handschellenschlüssel hervor. „Es ist immer gut, wenn die Polizei in der Nähe ist..." Schnell schloss er die Handschellen der Reihe nach auf und konnte Jules damit befreien. Doch was nun? Der Junge war noch immer ohne Bewusstsein und weder Frank noch Jacques schafften es, ihn aufzuwecken. „Wie kriegen wir ihn bloß hier raus? Durch den Stollen können wir nicht zurück, wir schaffen es nie, durch den engen Schacht wieder in das kleine Haus hochzuklettern." Frank überlegte. „Nein, wir müssen einen anderen Weg finden. Wo wohl die kleine Tür da hinten hinführt?" Jacques stand neben seinem Sohn und hielt seine Hand. Seit er hier war, hatte er für nichts Anderes einen Blick gehabt. Nun schaute er in die Richtung, in die Franks Finger zeigte und sah dort die angesprochene Tür. Sie war zwar offenbar geschlossen, machte aber einen erbärmlichen Eindruck. Selbst wenn sie verschlossen sein sollte, würden Frank und er sie sicherlich öffnen können. „Ich schau mir das mal an." Frank durchquerte den Raum zur Tür hin. Er griff nach der Klinke und mit einem lauten Quietschen öffnete sich die Tür. Dahinter lag ein Gang, der dem ähnelte, durch den sie gekommen waren. Frank ging zwei Schritte in den

Gang hinein. Er machte kurz hinter der Tür eine Biegung und stieg von dort langsam an, bis er in eine Treppe mündete. „Hier geht ein Gang nach oben, Jacques. Ich befürchte allerdings, dass wir dort im Kloster ankommen." – „Haben wir eine Wahl? Geh du vor, ich trage meinen Sohn." Jacques legte Jules mit Franks Hilfe vorsichtig über seine Schulter. Frank zog seine Taschenlampe aus dem Gürtel und ging voran. Es beruhigte Jacques, dass er auf seiner Schulter spüren konnte, wie Jules Brustkorb sich hob und wieder sank. Trotzdem war ihm klar, dass sie noch längst nicht zuhause waren. Und was war mit Jules geschehen? Er hatte sich bestimmt nicht selbst das weiße Gewand angezogen und sich an den Tisch gefesselt. „Was glaubst du, wer ihm das angetan hat, Frank?" – „Das frage ich mich auch schon die ganze Zeit. Und vor allem auch, warum jemand das getan hat. Es sah aus wie eine Art Ritual. Hast du den Tisch gesehen? Der war voller Blutflecken – und die waren alle nicht von Jules, sondern schon deutlich älter. Was geht in diesem Kloster bloß vor?", fragte Frank flüsternd. Als sie an der Treppe ankamen, hob Frank die Hand und bedeutete Jacques, stehenzubleiben. „Was ist de…" – „Pssst! Da kommt jemand.", wisperte Frank. Jacques lauschte und konnte schließlich von oben Schritte hören. „Was jetzt?" flüsterte er Frank zu. Frank antwortete nicht, sondern zeigte ihm, dass er schnell zurückgehen solle. So schnell er es mit seinem Sohn auf der Schulter konnte, lief Jacques zurück zur Marmorhöhle. Hinter der Biegung an der Tür blieben sie stehen. Frank schaute vorsichtig um die Ecke und sah eine großgewachsene Gestalt im schwarzen

Mantel die Treppe hinabsteigen, die etwas Blutbesudeltes in einer Hand trug, es sah aus wie eine Katze. Die andere Hand hielt ein blutiges Schwert. Wer immer das war, er musste auch Jules gefangen genommen haben. Frank blickte Jacques an. „Wir müssen hier weg. Los, wir verschwinden wieder in den Stollen. Dort sind wir erst mal sicher. Du gehst zuerst runter, dann gebe ich dir deinen Sohn hinterher und dann komme ich." Jacques widersprach nicht, legte seinen Sohn neben der Marmorplatte ab, klappte den Steinquader zur Seite und stieg die Leiter hinab. Frank hievte Jules schlaffen Körper über das Loch und ließ in vorsichtig herabgleiten, wo Jacques ihn auffing. Als Frank gerade selbst auf die Leiter steigen wollte, hörten die Männer eine schreckliche Stimme. „Oh, wir haben Besuch. Wohin denn so eilig?" Die dunkle Gestalt kam mit einer Geschwindigkeit, die Frank ihm nicht zugetraut hatte, auf das Loch zu. Frank schaffte es gerade noch, die steinerne Falltür wieder zu verschließen, bevor der Fremde ihnen folgen konnte. Doch was nun? Die Falltür war von unten nicht zu verriegeln. Jacques riss ihn aus seinen Gedanken. „Komm, los, wir sollten hier schleunigst verschwinden.", rief er Frank zu, doch er sah, dass der Inspecteur zögerte. „Worauf wartest du?" – „Wir können die Falltür nicht verriegeln. Ich kann sie höchstens festhalten. Jacques, nimm deinen Sohn und versucht, durch den Stollen hier rauszukommen. Und dann sag meinen Kollegen sofort Bescheid. Ich werde diesen Verrückten aufhalten." Einen Moment war Jacques sprachlos, doch Frank setzte sofort nach. „Jetzt geht endlich. Je eher du hier rauskommst, desto eher ist Hilfe hier. Nimm die Taschenlampe mit und jetzt geh. Denk an deinen Sohn!" Jacques nickte zögerlich, legte Jules wieder über seine Schulter und eilte den matschigen, feuchten Gang entlang.

Schon nach kurzer Zeit kam er an dem Schacht an, der oben in das Haus am See führte, doch er hielt sich nicht lange hier auf. Es wäre völlig unmöglich für ihn, dort ohne Hilfe wieder hinaufzugelangen. Seine einzige Hoffnung ruhte darin, dem Gang weiter zu folgen und dort einen besseren Ausgang zu finden und so eilte er weiter. Es dauerte nicht allzu lange, bis er an eine Gabelung kam. Wohin nun? Direkt vor ihm war eine große Metalltür. Er versuchte, sie zu öffnen, doch er hatte keinen Erfolg. Wohin dann? Der linke Gang verlief abschüssig und gerade, der rechte machte in Sichtweite eine Kurve, ging aber deutlich bergauf. Bergauf schien Jacques die sinnvollere Richtung zu sein, also folgte er dem rechten Gang. Doch er merkte, dass ihm langsam die Kräfte ausgingen. Der Körper seines Sohnes auf seiner Schulter wurde immer schwerer. Er dachte daran, eine kurze Pause einzulegen, doch dann fiel ihm Frank wieder ein. Es gab keine andere Möglichkeit, er musste weiter. Und schon wenig später wurde seine Ausdauer belohnt. Der Gang endete vor einer Tür, die zwar verriegelt war, dieses Mal aber glücklicherweise von der Innenseite. Jacques löste den Riegel, schwang die Tür auf und fand sich erneut in einem dunklen Raum wieder. Er ließ die Taschenlampe kreisen. Im Lichtkegel erkannte er eine Treppe inmitten des Raumes, die nach oben führte. Dort schien es auch deutlich heller zu sein. Mit letzter Kraft schleppte er seinen Sohn und sich selbst die Treppe hoch, legte den Körper seines Sohnes auf den Boden und sank dann selbst erschöpft daneben. Er dachte wieder an Frank, der auf Hilfe wartete und wollte sich aufrichten, doch dabei wurde ihm schwarz vor Augen.

Lautes Sirenengeheul weckte Jacques schließlich aus seiner Ohnmacht. Er sah sich kurz um und erkannte, dass auch dieser Stollen sie in ein kleines Haus geführt hatte. Durch die Fenster konnte er vorbeifahrende Fahrzeuge mit Blaulichtern erkennen. Mit seiner letzten Kraft richtete er sich auf, lief nach draußen und sprang auf die Straße. Ein Streifenwagen kam mit quietschenden Reifen so gerade noch kurz vor ihm zum Stehen. Ein Polizist sprang heraus. „Sind sie wahnsinnig? Weg da, wir haben einen Einsatz!" – „Helfen Sie mir. Ich weiß warum Sie hier sind. Aber helfen Sie meinem Sohn, der liegt da drinnen." Der zweite Polizist, der noch im Wagen saß, hantierte mit dem Funkgerät herum, während der erste Jacques zu der offenen Wagentür begleitete und ihn auf den Sitz setzte. „Bleiben Sie hier, ich sehe mir das mal an.", sagte er zu Jacques. Dieser wollte aufstehen, um dem Polizisten dabei zu helfen, seinen Sohn zu holen, doch erneut wurde ihm schwarz vor Augen. „Helfen Sie Frank LeBeau.", sagte er krächzend zu dem zweiten Polizisten, bevor er wieder in Ohnmacht fiel.

Er fühlte sich müde, als er aufwachte, aber Jacques war längst nicht mehr so orientierungslos wie beim ersten Mal. Dieses Mal erkannte er sofort, dass er sich in einem Krankenhaus befand. Doch jetzt stand keine Schwester neben seinem Bett, sondern ein Uniformierter saß auf dem Stuhl in der Ecke und las eine Zeitung. Stöhnend setzte Jacques sich auf. Der Uniformierte ließ die Zeitung sinken. „Sie sind wach, endlich. Ich werde sofort den Inspecteur anrufen, er hat einige Fragen an Sie." Jacques war sich sicher, dass mit dem Inspecteur Frank gemeint war. „Was ist mit Frank, geht es ihm gut?" – „Er ist tot. Aber das wissen Sie vermutlich selbst am besten.", antwortete der Polizist und ging vor die Tür, um zu telefonieren. Jacques verstand die Welt nicht mehr. Frank war tot? Wie war das geschehen? Und wie ging es seinem Sohn? In dem Moment kam der Polizist wieder zurück ins Zimmer. „Was ist denn passiert?", fragte Jacques ihn, doch als Antwort bekam er nur einen hasserfüllten Blick. „Ich verstehe nicht", sagte Jacques, „was ist denn nur los und was ist mit Frank und meinem Sohn? Bitte!" – „Nur so viel. Frank ist tot. Ihrem Sohn geht es soweit gut, die Verletzung an seinem Bein hat keine bleibenden Schäden verursacht. Den Rest wird Ihnen der Inspecteur sagen.", antwortete der Polizist und verschwand wieder hinter seiner Zeitung.

Wenige Minuten später betrat ein grauhaariger, korpulenter Mann mit Anzug und Aktentasche das Krankenzimmer. „Monsieur Barreu? Ich bin Inspecteur Roussell. Sie stehen im Verdacht, am Tod von Frank LeBeau beteiligt zu sein. Ich habe einige Fragen an Sie, fühlen Sie sich imstande, sie zu beantworten?" Jacques wusste nicht, was er antworten sollte. Er war völlig überrumpelt. „Frank ist also tot. Wie ist das passiert?" – „Ja, wir haben seine Leiche gestern gefunden. Wir wissen, dass Sie gestern mit ihm gemeinsam unterwegs waren. Vielleicht erzählen Sie einfach, was Sie gestern gemacht haben." Er zog ein Diktiergerät aus der Tasche, drückte den Knopf für Aufnahme und stellte es auf den Nachttisch. Dann bat er den Polizisten mit der Zeitung um einen Kugelschreiber und nahm einen Notizblock aus seiner Aktentasche. Jacques erzählte vom Verschwinden seines Sohnes und von der Suche, die sie ins Kloster geführt hatte. „…und dann hat Frank gesagt, ich soll meinen Sohn in Sicherheit bringen und Hilfe holen. Er würde dort warten. Und dann bin ich mit Jules auf den Schultern bis in das Haus gelaufen, wo ich ihre Kollegen getroffen habe." Inspecteur Roussell hatte zwischendurch immer wieder genickt und sich Notizen gemacht. „Monsieur Barreu, das ist vollkommener Blödsinn. Sagen Sie uns die Wahrheit." – „Aber genauso ist es gewesen." – „Diese Geschichten vom Kloster sind doch bloß ein beliebtes Märchen in Le Reposoir. Dort gibt es kein Monster, keine Außerirdischen und auch sonst nichts. Es ist nur ein Kloster. Jetzt erzählen Sie mir endlich, was wirklich passiert ist." – „Es war so. Und wenn Sie mir nicht glauben, dass im Kloster etwas Böses ist, dann fragen Sie meinen Sohn." Der Inspecteur zuckte kurz mit einer Augenbraue und wandte sich dann an den Polizisten. „Hat es ihm keiner gesagt?" – „Ich habe ihm gesagt, dass sein Sohn lebt. Das ist schon mehr, als Franks Mörder verdient!" Jacques fuhr hoch. „Was ist mit meinem Sohn? Ist er noch immer ohnmächtig?"

Der Inspecteur seufzte. „Er ist bei vollem Bewusstsein, aber er ist… wie soll ich sagen… er spricht nicht mehr. Er scheint alles mitzubekommen, er reagiert auf alle entsprechenden Tests, aber er sagt kein Wort. Nicht nur das, er bewegt sich auch nicht mehr. Seine körperlichen Funktionen sind alle völlig in Ordnung. Der Arzt meint, es sei etwas Psychologisches." Wie vom Blitz getroffen fiel Jacques zurück in seine Kissen und er begann zu schluchzen. „Das ist alles meine Schuld. Dieses verdammt Kloster. Ich habe ihn erst auf die Idee gebracht, überhaupt dorthin zu gehen. Und jetzt ist er…" Der Inspecteur unterbrach ihn. „Immerhin lebt er. Frank ist tot. Wir haben ihn in seinem ausgebrannten Auto gefunden an genau der Stelle, wo Sie vor einigen Monaten Ihren Unfall hatten. Bloß Frank hat es nicht aus dem Auto herausgeschafft." – „Wie kann das sein? Ein Unfall?" – „Schon möglich, aber Frank hat ihn nicht verursacht. Er saß auf dem Beifahrersitz."

Jacques war noch am gleichen Tag mit seinem Sohn aus dem Krankenhaus entlassen worden, doch die Polizei hatte ihn noch zwei Tage in Untersuchungshaft behalten. Sie waren sicher, dass Jacques das Unfallauto gefahren war und nun zu feige war, um dies zuzugeben. Zu haarsträubend war seine Geschichte, als das jemand ihm geglaubt hätte. Da man ihm schließlich aber nichts beweisen konnte, wurde Jacques nach Hause geschickt. Dort traf er auf seine völlig aufgelöste Frau Cecile, die verzweifelt versuchte, Jules zum Sprechen zu bewegen. Sie hatte es immerhin geschafft, dass er sich morgens selbstständig anzog, dass er zur Toilette ging und vor allem aß und trank. Damit erhielt er sich inzwischen wieder selbst am Leben, aber er tat nichts, was über das Notwendigste hinausging. Anfangs saß er den ganzen Tag zuhause auf einem Stuhl und blickte ins Leere, doch nach einigen Tagen hatte der Psychologe, der ihn betreute, Cecile geraten, den Jungen in die Schule zu schicken. Cecile hatte gehofft, dass der Junge durch seinen üblichen Alltag wieder aus seiner Passivität aufwachen würde, doch diese Hoffnung erfüllte sich nicht. Und so kam Jacques schließlich aus der Untersuchungshaft nach Hause und fand seinen ältesten Sohn auf einem Sessel sitzen und wortlos aus dem Fenster blicken. Als er ihn ansprach, blickte Jules ihn durchdringend an, aber er sagte kein Wort. Nach einigen Minuten hielt Jacques es nicht mehr aus und verließ das Zimmer. Frank war an dem Tag beerdigt worden, als er aus der Untersuchungshaft entlassen worden war, doch die Polizisten hatten sich bei seiner Entlassung so viel Zeit gelassen, dass er keine Gelegenheit hatte, Frank die letzte Ehre zu erweisen. Schließlich ging Jacques in das Zimmer, das einst Antoine Cassous Arbeitszimmer gewesen war. Er riss die Karte mit den Zeitungsartikeln von den Wänden und warf sie zusammen mit den Büchern in eine Kiste, die er in die hinterste Ecke seines Kellers verbannte. Erst hatte er alles verbrennen wollen, doch diese Kiste war seine einzige Erinnerung an seinen Freund Frank. Als er die Kiste in den Keller gebracht hatte, sah er in der Tür des Raumes Jules stehen. Er blickte die Kiste an, sah seinem Vater tief in die Augen und öffnete den Mund. Gespannt und erleichtert sah Jacques seinen

Sohn an. Würde er nun sagen, was passiert war? Würde er wieder der Alte sein? Würde er wieder glücklich werden und das drohende Unheil von seiner Familie nehmen? Er nahm seinen Sohn bei den Schultern. „Was, Jules, was möchtest du mir sagen?" Jules Blick fiel wieder auf die Kiste. Dann schloss sich sein Mund wieder.

Teil 3

24

2006, Chartreuse du Reposoir

Das Wetter war perfekt. Es war trocken und wolkenlos, sodass das Mondlicht den beiden Jungs genügend Helligkeit gab, um sich den perfekten Platz am See auszusuchen. Frederic und Rene genossen ihre Herbstferien. Sie waren schon gestern und vorgestern hier gewesen, dann allerdings jeweils am späten Nachmittag, und hatten Hände voller Brotkrümel in den See geworfen. Jetzt hofften sie, dass die Fische an dieser Stelle nun besonders gut beißen würden. Ihr olivgrünes Zelt stellten sie genau so auf, dass es vom Unterholz sehr gut versteckt lag, aber trotzdem noch nah genug am See war, um schnell zu den Ruten zu kommen, die sie am Ufer aufgebaut hatten. Als sie vor einer Woche hergekommen waren, war sich Rene sicher, dass er einen großen Barsch gesehen hatte und so nutzten die beiden ihre Herbstferien, um ihre Angeltour vorzubereiten. Renes Eltern waren beide Lehrer und hatten ihm angeboten, er könne sie gerne auf ihrem Kulturtrip nach Rom begleiten, doch Rene hatte dankend abgelehnt. Frederic hatte sich für diese Tage bei Rene einquartiert, weil er wusste, dass seine Mutter ihm verbieten würde, nachts zum Kloster zu gehen. Doch er hielt nichts von ihren abergläubischen Ansichten. „Fluch des Klosters... wo leben wir denn? Im Mittelalter? In Hogwarts?", hatte er damals lachend erwidert, als sie darüber sprachen. Sicher war es besser, dass sie nicht wusste, dass er nun mit Rene am

Ufer des Sees vor dem Kloster saß und Bier trank. Rene war kürzlich fünfzehn geworden und hatte von seinem Cousin als Geschenk einige Dosen Bier und eine Flasche Cognac bekommen. Beim Bier war es den beiden nicht schwergefallen, dem Gesetz zum Trotz zu trinken, doch an den Cognac trauten sie sich noch nicht so recht heran. „Den heben wir uns zur Feier des Sechs-Pfund-Barsches auf.", hatte Rene gesagt, als er die Flasche wieder in den Rucksack gepackt hatte. Nun saßen die beiden schweigend nebeneinander und blickten auf die Sterne, die sich im See spiegelten. Sie hatten schon oft nächtelang in Bergseen geangelt und wussten, wie wichtig Stille dabei war. Es dauerte nicht lange, bis die Schnur an einer der Routen zu zucken begann. Stumm verständigten sich die Jungs mit den Händen, wer die Beute herausziehen sollte, während der andere den Kescher bereitmachte. Das Los fiel auf Rene, der daraufhin die Rute ergriff und die Schnur mittels der Kurbel aufrollte. Er spürte schnell, dass es sich hier nicht um den erhofften Sechs-Pfund-Barsch handeln konnte. Schließlich kam ein kleines Rotauge zum Vorschein. Frederic verzog die Miene. Damit könnte man höchstens eine Katze füttern. Rene warf den Fisch wieder zurück in den Teich und beide setzten sich zurück in ihre Stühle. Nach einem weiteren Schluck Bier war Renes Dose leer und er stand auf, um Nachschub aus dem Zelt zu holen. Er blickte Frederic fragend an, doch der schüttelte den Kopf und zeigte mit einer würgenden Grimasse, wie sehr ihm sein erstes Bier geschmeckt hatte. Rene grinste und ging zurück zum Zelt, während Frederic aufstand, um die Köder zu kontrollieren. Als er den vierten Angelhaken aus dem Wasser ziehen wollte, bemerkte er einen Widerstand. Euphorisch pfiff er leise nach Rene. Das konnte ein größerer Fisch sein! Er zog erneut. Wo blieb bloß Rene? Zu Zweit würde es viel leichter sein, den Fisch an Land zu holen und zu töten. Doch Rene kam nicht. Frederic zog nun kräftig an der Schnur und plötzlich war der Widerstand weg und er fiel mit der Rute in der Hand hintenüber. Er wollte eigentlich schnell wieder aufspringen, bevor Rene zurückkam und ihn auslachte, doch seine Beine verhakten sich in der Angelschnur und je schneller er versuchte, sich zu befreien, desto mehr verhedderte er sich in der Schnur. Schließlich gab er auf und legte die Beine ruhig ins Gras. Wo war bloß das Mondlicht geblieben? Ohne etwas sehen zu können, war es viel schwieriger, die Schnur von seinen Beinen zu lösen. Er entschloss sich, dass Schweigen des Nachtangelns zu durchbrechen, denn sein Sturz hatte ohnehin schon genug Getöse gemacht. „Rene, wo bleibst du? Ich könnte deine Hilfe brauchen. Bring mal die Taschenlampe mit.", sagte er halblaut in Richtung ihres Zeltes. Doch Rene antwortete nicht. „Verdammt, Rene, mach keinen Blödsinn. Jetzt hilf mir endlich." Als er erneut nichts hörte, tastete er nach seinem Taschenmesser. Eigentlich hatte er die Schnur nicht zerschneiden wollen, aber im Dunkeln hatte er ohne Renes Hilfe kaum eine Chance, sich anders zu befreien. Er schnitt die Schnur mehrfach durch und konnte schließlich seine Beine wieder frei bewegen. Frederic stand auf. Wahrscheinlich hatte Rene sich hingelegt und war eingeschlafen – das passierte ihm öfter bei ihren Angeltouren. Der Grund für seinen

Sturz kam ihm wieder ins Gedächtnis. Ob die Schnur einfach nur gerissen war? Er holte ein Feuerzeug aus der Hosentasche, das die Szenerie spärlich beleuchtete. Hier lagen die Einzelteile der zerschnittenen Schnur, dort war die Angelrute und da drüben glitzerte der Angelhaken. Doch worin steckte er fest? Frederic hatte wohl doch etwas geangelt. Was war das? Ein Stein? Unwahrscheinlich dass ein Angelhaken in einem Stein feststecken würde. Von der Form her konnte es ein Ball sein. Frederic nahm den hellen, runden Gegenstand hoch. Er schrie auf. Ein Schädel! Das war ein Schädel, mit Augenhöhlen und Zähnen. Er ließ den Schädel fallen und wich verängstigt ein paar Schritte zurück. „Rene!", schrie er laut, „Rene!" Doch Rene antwortete noch immer nicht. Frederic wollte zum Zelt rennen, um Rene zu wecken, doch seine Füße rührten sich nicht vom Fleck. Er war beim Zurückweichen mit den Füßen im Morast am Seeufer geraten und steckte nun darin fest. Er brüllte lauter, panischer. „Rene! Verdammt, komm endlich her, Rene! Ich stecke fest! Hilf mir! Rene!" Seine Stimme überschlug sich. „Hilfe!" Stille. „Hilfe!" Plötzlich hörte Frederic ein Geräusch aus Richtung des Zeltes. Jemand kam näher. „Rene, na endlich. Hilf mir endlich hier raus!" Inzwischen war es vollkommen finster geworden. Kein Stern spiegelte sich mehr im See. Frederic hatte gehört, dass sich jemand auf ihn zubewegt hatte, doch er konnte nichts erkennen. Wollte Rene ihm einen Streich spielen? „Hör auf mit dem Scheiß, Rene! Hol mich hier raus, sonst verhau ich dich!" Stille. „Rene!", schrie Frederic noch einmal. Einen Moment lang war es wieder still. Ein blendendes Licht flammte nah vor

Frederics Augen auf. „Findest du nicht, dass das eine ziemlich leere Drohung ist?", antwortete Rene und schüttelte sich vor Lachen, während er den Lichtkegel der Taschenlampe aus Frederics Gesicht nahm. Das Lachen machte Frederic noch wütender. „Du bist so ein Arsch! Hilf mir hier raus, ich will nach Hause!" Rene lachte immer noch, hielt Frederic aber eine Hand hin, um ihm herauszuhelfen, als sein Blick im Licht der Taschenlampe auf den Schädel fiel. Rene schrie auf, wie es schon Frederic getan hatte. „Scheiße, was ist das denn?" – „Vorsicht!", warnte ihn Frederic, doch es war zu spät. Auch Rene war einige Schritte zurückgewichen und sank nun bis zu den Knien in den Matsch ein. „Bleib ruhig, sonst sinkst du nur weiter ein.", riet Frederic seinem Freund, doch völlig außer sich versuchte dieser, mit den Beinen zu strampeln und sank schließlich bis zur Hüfte ein, bevor Frederic ihn beruhigen konnte. In seiner Panik hatte Rene die Taschenlampe fallengelassen. Sie lag jetzt zwischen ihnen und dem Zelt auf dem Boden und blendete die beiden. „Super. Und jetzt?", fragte Frederic. Bei Rene siegte die Resignation und er begann zu schluchzen. Frederics Wut verrauchte. „Komm schon, Großer, alles halb so schlimm. Wir kommen hier schon wieder raus." – „Und wie?" – „Vielleicht kann ich mich an dir festhalten und mich auf den Bauch ziehen. Wenn ich hier flach auf dem Matsch liege, werde ich schon nicht einsinken. Und dann ziehe ich dich raus." Rene stimmte dem Vorschlag zu und hielt die Hände in die Richtung, aus der er Frederics Stimme gehört hatte. Es dauerte einen Moment, bis sich ihre Hände fanden. „Halt einfach fest, dann ziehe ich mich hier raus.", befahl Frederic. Er zog an Renes Händen, bis dieser vor Schmerzen aufschrie, doch seine Füße hatten sich keinen Millimeter bewegt. „Was ist los, bist du draußen?", fragte Rene. Frederic dachte fieberhaft nach. Seine Füße mussten sich in irgendeiner Wurzel verhakt haben, doch Rene war sowieso schon viel zu panisch. Wenn er ihm das jetzt sagen würde, verlöre Rene vollends die Contenance. „Noch nicht ganz.", antwortete er schließlich, „Ein Stückchen fehlt noch." - „Dann zieh nochmal!" Frederic überlegte. „Wie wäre es, wenn wir zuerst versuchen, dich rauszuziehen? Vielleicht geht das leichter." Erneut zogen sie, doch Rene war schon viel zu tief im Matsch versunken, um so einfach befreit zu werden. Renes Stimme wurde wieder weinerlich. „Wie sollen wir hier bloß wieder rauskommen?", schluchzte er. Frederic war der ruhigere von beiden, doch er fragte sich dasselbe. Im Schein der Taschenlampe sah er den Totenkopf liegen. Im gleichen Augenblick erfasst auch Renes Blick den knöchernen Schädel. „Meinst du, der ist echt?" - „Bestimmt nicht. Das ist bestimmt nur so ein Halloweenkram." - „Und wenn doch? Das würde bedeuten, dass hier irgendwo auch noch der Rest liegen muss." Daran hatte Frederic auch schon gedacht. Rene hakte nach. „Schau ihn dir doch mal an, der sieht verdammt echt aus. Wenn er aus Plastik wäre, würde er glänzen, aber selbst an den Stellen, wo kein Dreck drauf ist, ist der eher matt. Der ist echt, sage ich dir. Scheiße, hier liegt eine Leiche im See, gleich neben uns. Wer hat die wohl hier abgeladen?" Eine Weile hingen sie ihren Gedanken nach. Frederic überlegte. „Wer auch immer es war, es muss schon ganz schön lange her sein, wenn schon nur noch die Knochen übrig sind." Plötzlich veränderte sich das Licht ihrer Taschenlampe. Die Lichtquelle schien sich zu heben. Renes Panik war mit einem Schlag wieder da. „Frederic, was ist das?", schrie er entsetzt. Frederic schielte mit zusammengekniffenen Augen in Richtung der Lampe, doch durch das grelle Licht konnte er nichts dahinter erkennen. „Neugierde muss bestraft werden.", sagte eine grausige Stimme hinter der Lampe. „Man steckt seine Nase nicht in die Angelegenheit anderer Leute. Und man angelt auch nicht nachts heimlich in Seen, die einem nicht gehören." Frederic reagierte als Erster. „Es tut uns leid, Monsieur. Wir wussten nicht, dass der See jemandem gehört, ehrlich. Bitte helfen Sie uns hier heraus. Es tut uns wirklich sehr leid!", flehte er, doch die Stimme sprach unbeeindruckt weiter. „Eine Nacht im See wird einen von euch den nötigen Respekt vor dem Eigentum Anderer lehren." Einen von uns? Fieberhaft dachte Frederic nach. Wie konnte das gemeint sein? In diesem Moment spürte er, wie er am Hals gepackt und aus dem Matsch gerissen wurde. Die Hände, die seinen Hals ergriffen hatten, waren stark und zogen mit solch einer Wucht, dass er spürte, wie zuerst seine Hüfte, dann sein Knie und schließlich sein Knöchel nachgaben. Er schrie vor Schmerzen. Nie hatte er solche Qualen gespürt. „Bitte!", flehte er zwischen zwei Schmerzensschreien. „Das Bein steckt fest?", fragte die Stimme. „Nun, dann musst du wohl ohne Bein mitkommen." Frederic spürte, wie sich sein Schmerz im Bein noch um ein Vielfaches verstärkte.

Gegen die Ohnmacht kämpfend spürte er, wie er vom See weggezerrt wurde. Das Letzte, was er sah, war Rene, der wie wahnsinnig schrie und mit irrem Blick hinter ihnen her starrte.

25

2007, Le Reposoir

Julia blickte Tobias verschlafen an. „Echt? Jetzt schon?", murmelte sie schlaftrunken. Tobias grinste breit. Er hatte auf ihrer Reise schon mehrfach festgestellt, dass Julia eigentlich beinahe überall und immer schlafen konnte. Nach ihrem Aufbruch vom Campingplatz hatten sie noch nicht einmal die Autobahn erreicht, als sie schon eingeschlafen war. Mittlerweile waren sie in Le Reposoir angekommen, nachdem Tobias zwischendurch schon in Cluses bei einem Supermarkt angehalten hatte, um ihre Vorräte wieder etwas aufzustocken. Doch offensichtlich hatte Julia davon nichts mitbekommen. „Ja, wir sind da." Julia streckte sich kurz auf ihrem Sitz, richtete sich dann auf und blickte Tobias mit weit aufgerissenen Augen an. „Ich bin wach." Tobias lachte schallend. „Du siehst eher aus, als hättest du dir gerade einen Guten-Morgen-Cocktail aus Koffein und LSD gegönnt." Julia schnallte sich ab und hüpfte aus dem Bulli. „Vielleicht...", grinste sie, knallte ihre Tür zu und war mit zwei schnellen Sprüngen auf der Fahrerseite des Bullis. Sie riss seine Tür auf. „Die Droge heißt ‚Gute Laune', solltest du auch mal versuchen." Wieder einmal sah er ihre herausgestreckte Zunge. Er stieg ebenfalls aus, schloss die Augen und nahm einen tiefen Zug der klaren Luft. „Und was jetzt?", fragte Julia ungeduldig. „Wir könnten vor dem Mittagessen noch zum Kloster gehen und uns das vor Ort schon einmal anschauen. Vielleicht klärt sich dann alles auf und wir können den Rest der Zeit hier Urlaub machen." – „Zum Kloster *gehen*?", fragte sie mit gespieltem Entsetzen. „Dafür hast du dich doch extra so lange ausgeschlafen, oder nicht?" Diesmal streckte er ihr die Zunge raus. „Frechdachs!" Julia kniff ihn in die Nase. Lachend öffnete Tobias die hintere Tür des Bullis, kramte seiner Wanderschuhe heraus und setzte sich schließlich in die Seitentür, um sie anzuziehen. Julia machte keine Anstalten, ihre Riemchensandalen auszuziehen und sah ihm mit spöttischem Blick zu, den er gekonnt ignorierte. Eigentlich genoss er ihre gemeinsamen Blödeleien, doch inzwischen waren seine Gedanken beim Ziel ihrer Reise angelangt, dass nun so kurz vor ihnen lag. Er freute sich darauf, den Weg dorthin zu Fuß zurückzulegen. Tobias war ein Genießer. Er wanderte gerne und wusste genau, dass man einen Ort ganz anders wahrnahm, wenn man den Weg dorthin aus eigener Muskelkraft zurückgelegt hatte. Außerdem hatte er die Chartreuse bisher nur auf Fotos gesehen und er wusste auch, welch großen Unterschied die Wirkung eines Ortes machen konnte, wenn man leibhaftig dort war, ihn mit eigenen Augen sah, seine Geräusche hörte und seine Düfte roch. Wenn man den Ort sogar anfassen konnte. Wenn man die Stimmung des Ortes völlig in sich einsaugen konnte. Er war sich sicher, dass er am Abend ein völlig anderes Bild von der Chartreuse haben würde als noch heute Morgen. „Hast du wieder einen deiner philosophischen Momente?", riss Julia ihn aus seinen Gedanken. „Wenn es dir nichts ausmacht, könnten wir schon mal losgehen. Du kannst bestimmt zeitgleich gehen und philosophieren – notfalls sogar laut. Wo müssen wir überhaupt hin?" Tobias griff aus seiner Hosentasche eine Karte der Umgebung. Unter seinen Freunden wurde er für sein Beharren auf Karten regelmäßig ausgelacht. Natürlich waren sie nicht aktuell, aber dafür hatten sie keinen Akku, der irgendwann erschöpft war, konnten keine Viren bekommen und auch nicht in den unpassendsten Momenten Updates ziehen oder abstürzen. Er breitete die Karte auf der Motorhaube des Bullis aus. „Hier stehen wir…", murmelte er mit Blick auf die Karte und sah sich dann um, „…und hier ist diese Straße links von uns…", folgerte er, „…und da rechts die Straße müssen wir gehen. Auf geht's!" Zügigen Schrittes stiefelte er los. Julia folgte ihm. „Sag mal, Herr Steiner, sind wir auch auf der Flucht? Ist der schweizerische Grenzschutz uns wieder auf den Fersen, oder warum rennst du so?" Tobias bremste. Wie oft hatte er das auf seinen Wanderungen schon gehört? Er ging gerne schnell, doch er hatte schon häufig feststellen müssen, dass das nicht für jeden galt. „Tut mir leid", entschuldigte er sich schulterzuckend, „schlechte Angewohnheit." – „Dagegen weiß ich ein gutes Mittel." Julia hakte sich bei ihm ein. „Damenwahl. Ich führe!"

Die beiden kamen an einem alten Haus vorbei, berankt von Rosen, in dessen Vorgarten eine ältere Frau einen weiteren Rosenbusch pflegte. Sie sah die beiden an. Tobias lächelte ihr freundlich zu und hob die Hand zum Gruß, während Julia ihr ein freundliches „Bonjour!" zurief. Doch die Alte verzog keine Miene, sondern kniff die Augen noch weiter zusammen, bevor sie sich wieder ihren Rosen widmete. Julia sah Tobias fragend an, der ratlos mit den Schultern zuckte. Schon nach nicht einmal einhundert Metern hatten sie die letzten Wohnhäuser hinter sich gelassen. „Eine Metropole ist das nicht gerade...", stellte Julia fest. „Wie auch? Eine Metropole ohne Rhein und ohne Dom ist doch nur eine zu groß geratene Reihenhaussiedlung.", erwiderte Tobias sehr zur Erheiterung von Julia. Hinter der nächsten Kurve begann eine umzäunte Wiese und nachdem sie über die nächste Kuppe gewandert waren, sahen sie am Ende der Koppel einen Bauernhof. Der Weg führte direkt dorthin. „Bist du sicher, dass wir hier richtig sind?", fragte Julia, doch Tobias nickte bloß. Auf der Karte hatte es so ausgesehen, als wenn auf der anderen Seite des Hofes die Straße weitergehen würde. Tobias sah sich um. Zu dem Gehöft gehörten zwei Ställe. Ein großer davon lag am Ende der Koppel, an der entlang sie hergekommen waren. Der andere war deutlich kleiner. Hinter ihm lag eine eigene kleine Koppel mit höherem Zaun – für Pferde, wie Tobias vermutete. Dann waren da noch eine Scheune, ein großes Wohnhaus und ein kleines Häuschen. Vor dem Wohnhaus fegte ein breitschultriger Mann Dreck vor der Haustür weg, dessen von grauen Strähnen durchzogenes schwarzes Haar ein gewisses Lebensalter erkennen ließ. Nach der Erfahrung mit der alten Frau mit ihren Rosenbüschen war Tobias skeptisch, doch Julia winkte ihm und lief ihm fröhlich mit einem entwaffnenden Lächeln entgegen. „Salut! C'est une belle journée, n'est-ce pas?" Der Mann unterbrach seine Arbeit, blickte Julia an und lächelte ebenfalls. Sein voller Bart und seine tiefe, brummige Stimme erinnerten Tobias an Bud Spencer. Die beiden unterhielten sich eine Weile, doch Tobias verstand kaum etwas. An der Stimme des Bärtigen erkannte er, dass Julia eine Frage gestellt worden war. Ein Wort aus ihrer Antwort verstand Tobias. Das Lächeln des Bärtigen erstarb und mit ernster Stimme erwiderte er etwas, bevor er sich hastig verabschiedete. Tobias und Julia gingen weiter und sobald sie außer Hörweite waren, fragte Tobias neugierig nach. „Was wollte er? Ich habe das Wort *Chartreuse* gehört und gesehen, wie er darauf reagiert hat." Julia sah unentschlossen aus. „Ich weiß nicht, was ich davon halten soll. Er wollte wissen, wohin wir gehen wollen. Als ich ihm unser Ziel genannt habe, hat er uns davor gewarnt, dort hinzugehen. Er meinte, wir sollten uns besser von dort fernhalten." – „Und warum?" – „Das hat er nicht gesagt." – „Dann sollten wir ihn das auf dem Rückweg fragen." Tobias wünschte sich wieder einmal, dass sein Französisch etwas besser wäre. Er seufzte und ging schließlich weiter. Rechts des Weges sahen sie erneut eine Koppel, in der Ziegen weideten. Davor stand ein großes, verfallenes Bauernhaus, das früher bestimmt einmal sehr schön gewesen war, hinter einer Zufahrt aus gewaltigen Eschen. Tobias blieb einen kurzen Moment stehen, um sich die schönen Bäume anzusehen. Er mochte Eschen. Ihre verschlungenen, kräftigen Verzweigungen, ihre dichte Krone und nicht zuletzt die Blätter, die ihn an den symbolträchtigen Ölzweig erinnerten. „Möchtest du auf dem Immobilienmarkt investieren?", riss ihn Julia aus seinen Gedanken. „Allein hier oben in den Bergen wohnen? Nein danke.", antwortete er schmunzelnd. Julia sah ihn herausfordernd an. „Vielleicht bleibe ich dann ja auch hier." Kopfschüttelnd schwieg er. Sie kamen an die nächste Kreuzung und bogen rechts ab. „Die Tannen dahinten, da müsste dann das Kloster zwischen liegen.", erklärte er und behielt recht. Das Blau des Himmels schimmerte vom See gespiegelt durch die Tannen.

Wenig später gabelte sich der Weg und der rechte führte in den Tannenwald hinein. Im Vergleich zu ihrer vorherigen Strecke, bei der sie mitten durch sonnenbeschienene Wiesen gelaufen waren, war es hier zwischen den Tannen sehr dunkel und still. Kein Wind zog zwischen den Stämmen her und kein Vogel sang in den Bäumen. Endlich kündigte die zunehmende Helligkeit das Ende des Tannenwaldes an und hinter der nächsten Biegung erblickten die beiden das Kloster. Geblendet von den von der Sonne grell beschienenen Mauern kniff Tobias seine Augen zusammen. Nüchtern betrachtete sah es aus wie jedes andere Kloster auch. Es war der Nutzung entsprechend groß gebaut, hatte eine hölzerne Pforte und viele Fenster. Doch in Tobias Augen war jedes Gebäude ein Unikat. Bei diesem hier fiel ihm zuerst ein Stein auf, der den Umbau von 1932 dokumentierte. Über der Tür waren der Bau des Klosters 1151 und eine Renovierung 1793 dokumentiert. Er sah die vielen kleinen Türmchen und Erker und er bewunderte die verschiedenen Farben. Der untere Teil des Gebäudes – vermutlich das Kellergeschoss – ragte an einigen Stellen aus dem Boden und war in einem leichten Blaugrau verputzt. An den Wänden der anderen Stockwerke vergilbte der weiße Putz seit vielen Jahren und an einigen Flecken war er schon vollständig abgebröckelt. Das Dach war mit hellbraunen Schindeln belegt und bog sich stellenweise schon beträchtlich durch. Neben der Pforte hatte sich Efeu große Flächen der Hauswand erobert. Tobias war fasziniert und staunte. Inmitten der dunklen Tannen strahlte es trotz seines Alters wie ein Sonnenstrahl, der durch Gewitterwolken bricht, ja, wie eine Kerze in einem dunklen Zimmer. Trotzdem sah es nicht gerade belebt aus. Aber war das bei Klöstern nicht üblich? Von außen wirkten sie durch ihre Größe und durch ihr Alter oftmals nicht belebt. Drinnen herrschte aber meist eine rege Betriebsamkeit. Er sah Julia vor einem der Fenster stehen und angestrengt hinein starren. „Siehst du was?" – „Nein, es ist zu dunkel dahinter und die Fenster sind alle milchig." Tobias brummte unzufrieden. Aber es würde auch eine einfachere, zivilisiertere Möglichkeit geben, das Innere des Klosters zu sehen, als durch die Fenster zu spionieren. Entschlossen klopfte er an die Pforte. Tobias erschreckte sich und sprang einen Schritt zurück, als im Inneren des Klosters plötzlich eine Glocke schlug. Mit panischem Gesichtsausdruck sah er sich hektisch um. Die Glocke schlug erneut. Und noch einmal. Dann herrschte Stille. Julias lautes Lachen holte ihn aus seiner Erstarrung. „Die Glocke hat dreimal geschlagen. Was bedeutet das bloß, Sherlock Holmes? Schau mal auf deine Uhr…" Tobias blickte auf sein Handgelenk. Es war drei Uhr. Er kam sich wie ein Idiot vor. „Na, ist der Groschen gefallen?", lachte Julia und wischte sich eine Lachträne von der Wange. Tobias musste nun selbst grinsen und bemühte sich gar nicht erst um eine Erklärung. Er trat wieder vor die Pforte und klopfte erneut. Dieses Mal schlug keine Glocke, aber auch sonst war kein Geräusch zu hören. Er drückte die Klinke herunter, doch die Tür ließ sich nicht öffnen. Er sah Julia fragend an. „Gibt es in Frankreich auch eine Siesta?" – „Eigentlich nicht. Vielleicht sitzen die Ladys gerade beim Kaffee." Sie blickte ihn an. „Was machen wir nun?" Tobias überlegte kurz. „Ich weiß nicht. Zurückgehen? Warten wird hier bestimmt nicht allzu viel bringen." Julia schlug vor, auf dem Weg noch einmal bei dem bärtigen Bauern vorbeizugehen. „Vielleicht weiß der etwas, was uns weiterhilft." Sie machten sich auf den Weg. Dieses Mal gingen sie nicht länger über die asphaltierten Straßen, nachdem sie den Tannenwald verlassen hatten, sondern marschierten auf dem direkten Weg über die Wiese. Sie kamen erneut an der Ziegenkoppel vorbei, die sie auf dem Hinweg zum Kloster von der Straße aus gesehen hatten. Als sie näher kamen, sahen sie hinter einem kleinen Fenster jemanden sitzen. „Da ist jemand, vielleicht kann der uns ja etwas sagen." Julia klopfte an die Tür. Schon nach ihrem ersten Klopfen hatte sie eine Bewegung hinter den Vorhängen des nahen

Fensters gesehen, doch niemand hatte die Tür geöffnet. Beharrlich klopfte sie minutenlang gegen die Tür, bis ein ungepflegter, ausgemergelter Mann schließlich missmutig die Tür einen Spalt breit öffnete und Julia ärgerlich anblickte. „Quoi?" Julia sprach kurz aber mit energischer Stimme auf ihn ein, bis er schließlich mit seinem Seufzen die Tür ganz öffnete und sie mit der Hand nach drinnen einlud. Tobias bedankte sich mit einem Nicken und der Bewohner des alten Hofes ging vor ihnen her in seine Küche und zeigte auf eine alte Küchenbank. Während die beiden Deutschen sich setzten, ging er zu einem alten Wandschrank. Tobias musste schmunzeln, als er sah, dass der Mann die Schranktür nicht aufklappte, sondern komplett herunternahm, drei Tassen herausholte und die Tür mit einem Krachen wieder in den Schrank einsetzte. Er stellte die Tassen auf den Tisch und schenkte Kaffee ein. Tobias verzog leicht das Gesicht. Kaffee? Er fand Kaffee ohnehin schon kaum ungenießbar, aber ohne Milch und Zucker war Kaffee vollkommen unerträglich. Julia feixte ihm unauffällig zu. Dann begann sie, sich mit dem Mann zu unterhalten. Tobias nahm währenddessen die Küche näher in Augenschein.

Nicht nur der Wandschrank schien hier alt und baufällig zu sein. Es gab keinen Elektroherd, sondern nur einen, der noch mit Holz befeuert wurde. Offenbar wurde er aber nicht mehr benutzt, denn auf ihm standen eine alte, vergilbte Mikrowelle und eine vor Dreck strotzende Fritteuse. Alle Möbel im Raum hatten deutliche Gebrauchsspuren wie Kratzer,

Macken und Flecken. Außerdem war ihnen das Alter deutlich anzusehen. Wenn der Lack nicht schon abgesplittert war, war er völlig verblichen. Die metallenen Griffe waren rostig und fehlten an vielen Schränken vollständig. Dennoch war an der Verarbeitung und anhand der verwendeten Materialien zu erkennen, dass diese Möbel einst teuer gewesen sein mussten. Besonders die Schränke waren zum Teil mit liebevoll detaillierten Schnitzereien versehen. Auch die Tassen, aus denen sie tranken, hatten zwar viele Macken und auch schon den ein oder anderen Riss, aber es war noch deutlich der Goldrand zu erkennen. Die kleinen Unterschiede in den Mustern verrieten Tobias, dass sie von Hand bemalt worden waren. Was ihm aber besonders auffiel, war die Unordnung in dieser Küche. Neben der Spüle standen die schimmelnden Verpackungsreste von diversen Mikrowellenmahlzeiten. Am Boden vor dem Herd waren halb festgetretene Pommes zu erkennen und rund um den runden, offenen Mülleimer, über dem die Fliegen tanzten, lagen diverse Kronkorken verteilt. Neben ihnen an der Wand hingen einige Bilder. Das jüngste von ihnen war etwa zehn Jahre alt und zeigte eine sehr alte Frau, die mit gesenktem Kopf streng dreinblickend in einem Rollstuhl saß. Tobias sah das Leben dieses Mannes vor sich. Früher war dies ein gutgehender Hof einer vermögenden Bauersfamilie gewesen. Nachdem der Vater gestorben war, hatte ihr Gastgeber den Hof versorgt und seine Mutter gepflegt. Er hatte angefangen zu trinken, hatte den Hof schleifen lassen und das Geld war immer knapper geworden. Seitdem auch seine Mutter gestorben war, hatte die Einsamkeit seinen Alkoholismus verstärkt und ihm jeglichen Antrieb genommen. Seither war der Hof immer mehr verfallen und der Bärtige trank, lebte in den Tag hinein und brütete im häuslichen Stumpfsinn vor sich hin. Er tat Tobias leid. Wie anders hatte der große Hof ausgesehen, über den sie gekommen waren? Dort war alles sauber gewesen, der bärtige Mann drüben hatte sie freundlich empfangen – zumindest anfangs – und war sehr gepflegt und gut genährt. Hier saß das komplette Gegenteil und unterhielt sich mit seiner cleveren, blonden Reisebegleiterin. Nach einer Weile stand Julia auf und reichte dem Mann die Hand. Tobias tat es ihr gleich und bedankte sich. Als der Mann ihm die Hand schüttelte, roch Tobias den Alkohol in seinen Atem und wusste, dass er richtig gelegen hatte. Nachdem der Trinker die Tür hinter ihnen geschlossen hatte, hörte Tobias, wie der Riegel vorgeschoben wurde. „Und", fragte er Julia, „was hat er gesagt?" Sie schwieg einen Moment und pustete sich eine gelockte Strähne aus dem Gesicht. „Kaum etwas über das Kloster. Die Dorfbewohner glauben wohl, es sei verflucht, und halten sich davon ziemlich fern. Er hat da aber noch nie etwas gesehen und denkt, es sei bloß verfallen. Es sind wohl immer mal wieder Menschen hier in der Nähe verschwunden, deswegen glauben viele an einen Fluch. Er findet aber, dass das in den Bergen nichts Ungewöhnliches ist." Tobias überlegte kurz. „Hast du seine Fahne gerochen? Ich glaube nicht, dass wir viel auf seine Worte geben sollten." Julia nickte zustimmend. „Wollen wir es noch einmal bei dem anderen Hof versuchen? Der Typ mit dem Bart schien mir vertrauenswürdiger."

26

Eric Durant war froh, als die beiden Fremden gegangen waren. Er hasste Fremde, doch er hasste auch die wenigen Leute, die er kannte. Eigentlich hasste er jeden, seit seine Mutter tot war. Sie war ein guter Mensch gewesen, die einzige Person, die ihn so akzeptiert hatte, wie er war. Alle anderen wollten ihn immer nur ändern, wollten, dass er sich anpasste, doch sie hatte ihn abgöttisch geliebt. Er ging zum Schrank, holte eine unbeschriftete Flasche heraus und goss sich einen großzügigen Schluck in seinen Kaffeebecher. Eric konnte nicht wissen, was Tobias aus seinen Beobachtungen in der Küche geschlossen hatte, aber er hatte gesehen, dass der Fremde sich die Küche genau angeschaut hatte. Als ob er irgendwas verstehen würde. Fremde waren viel zu dumm, um etwas zu verstehen. Eric leerte den Kaffeebecher mit einem Zug, wankte zum Sofa und begann kurz darauf zu schnarchen.

Tobias hatte mit seinen Vermutungen zwar nicht völlig richtig gelegen, aber er lag zumindest sehr nah an der Wahrheit. Erics Kindheit war fürchterlich gewesen. Sein Vater hatte ihn und seinen älteren Bruder Louis täglich geschlagen, solange sich Eric erinnern konnte. Als er sechs Jahre alt war, verschwand dann auch noch sein Bruder eines Nachts.

Eric hatte an dem Tag und an jedem folgenden viel Prügel einstecken müssen. Der Vater hatte gesagt, er müsse für seinen Bruder büßen. Jeden Tag war Eric von seinem Vater geschlagen worden, bis zu dem Tag, als er endlich gestorben war. Es war an Erics 16. Geburtstag. Danach hätte für ihn eine unbeschwerte Zeit mit seiner Mutter allein beginnen können. Später hatte er verstanden, dass sein Vater auch seine Mutter eingeschüchtert und geschlagen hatte, doch auch nach seinem Tod hatte sie sich kaum verändert. Sie war noch immer sehr still und in sich gekehrt. Eric hatte damals alles versucht, um seine Mutter wieder glücklich zu machen, doch er war gescheitert. Schließlich hatte er für sie sogar eine Verabredung arrangiert. Ein Mann aus dem Dorf, ein Tischler, der ebenfalls schon im mittleren Alter war, hatte sich damals von Eric zu einem Abendessen mit Erics Mutter überreden lassen. Eric hatte damals einen Tisch im Gasthaus des Dorfes reserviert und hatte Kerzen und Blumen bestellt. Unter einem Vorwand hatte er seine Mutter schließlich dorthin bringen können. Als der Tischler kam, hatte Eric dann den Raum verlassen und hatte draußen gewartet. Nach einer Stunde war der Tischler herausgekommen. „Sie sitzt nur da, schweigt und starrt aus dem Fenster.", hatte er gesagt, „So eine Frau kann ich mir auch in der Werkstatt schnitzen." Eric war wütend und enttäuscht in das Gasthaus gestürmt und hatte seine Mutter erst beschimpft, dann angefleht, doch sie hatte ihn nur angesehen und abwesend vor sich hin gesummt. Schließlich war er wütend von Tisch aufgestanden und hatte sich an die Bar gesetzt. An diesem Tag hatte er begonnen zu trinken.

27

Julia und Tobias schritten wieder über die kleine Hügelkuppe. Vor ihnen tauchten die Gebäude des größeren Hofes und der Brunnen an dessen Rand auf. Der kräftige Mann mit Bart, der auf ihrem Hinweg vor der Tür gefegt hatte, saß nun auf einer Bank zwischen Scheune und Wohnhaus und paffte eine Pfeife. Er sah erleichtert aus, als er die beiden kommen sah. „Comment allez-vous?" Diesmal antwortete Tobias als Erster. „Trés bien!" – „Ah! Tu parles fraçaise?" – „Un petit peu.", grinste Tobias. Ein kleines Bisschen Französisch konnte er ja. Doch dann ergriff Julia das Wort und während sie sprach, blickte er den Bärtigen schulterzuckend an, der mit einem Grinsen zeigte, dass er begriffen hatte. Fortan unterhielt er sich mit Julia, während Tobias sich auch hier den Hof genauer ansah. Dieser Hof war in jedweder Hinsicht das Gegenteil des anderen, auf dem sie eben gewesen waren. Er war aber nicht nur sauber, sondern auch deutlich neuer. Die Eschen in der Auffahrt des anderen Hofes hatten dort viele Jahre länger gestanden als es hier die Gebäude taten – oder sie waren zumindest hervorragend saniert. Der größere Stall war zwar im Stil der alten Ställe in der Gegend gehalten, aber ein kurzer Blick durch das offene Tor zeigte Tobias, dass hier mit modernen Methoden gearbeitet wurde. Das hier war kein Bauernhof, sondern eine Landwirtschaft. Das Wohnhaus war recht groß und in der Scheune erkannte Tobias gut gepflegte Maschinen für die Grasernte. Die Hand des bärtigen Mannes, die auf seine Schulter klopfte, holte ihn aus seinen Gedanken. „Noah sagt, du brauchst nicht aus Höflichkeit hier sitzen bleiben, sondern darfst dich gerne auch umsehen.", übersetzte Julia. Tobias bedankte sich und ging zwischen dem Wohnhaus und dem kleinen Stall hindurch zu der Koppel, auf der er auf dem Hinweg Pferde vermutet hatte. Tatsächlich fand er hier – überraschenderweise – drei Fjord-Pferde vor. Zwei von ihnen grasten in der Nähe des Stalls, während das Dritte versuchte, zwischen dem Zaun hindurch das nahe Getreidefeld zu erreichen. Tobias musste grinsen. Es war viel Wahres an der Behauptung, auf der anderen Seite sei das Gras immer grüner. Wenn das Gras dann aber auch noch schmackhaftes Getreide war, kannte die Anziehung wohl keine Grenzen mehr. Eine Weile sah er den Tieren zu. Dann blickte er sich weiter um. Hinter dem Wohnhaus sah er einige Obstbäume. Die Kirschbäume saßen voll von Kirschen. Tobias lief das Wasser im Mund zusammen und er ging näher zum Baum, um sich die Früchte zu betrachten. Die Sonne hatte sie dunkelrot gefärbt und Tobias wusste, wie süß sie jetzt sein würden. Die Früchte waren sehr dick und wirkten äußerst saftig. „Noah meint, auch wenn du die Kirschen noch länger anstarrst, fallen sie dir trotzdem nicht in den Mund. Du musst sie schon pflücken." Ruckartig drehte Tobias sich um. „Wie lange steht ihr denn schon da?" – „Lange genug, um zu sehen, dass du große Lust auf Kirschen hast. Noah sagt, wir sollen uns ruhig welche pflücken. Für ihn seien es sowieso zu viele und er gönnt sie den Krähen nicht." Tobias blickte fragend zu Noah, der daraufhin wohlwollend nickte und auf die Kirschen zeigte. Während Tobias einige dunkelrote Früchte pflückte und sie genüsslich vertilgte, ging Noah zum Haus, um einen Korb für die beiden zu holen. Als er weg war, senkte Julia die Stimme. „Das was er gesagt hat, ist schon um Einiges interessanter. Ich erzähle es dir nachher in Ruhe." Noah kam mit dem Korb zurück und half den beiden, ihn mit Kirschen zu füllen. Dann verabschiedete er sich von den beiden und ging zur Scheune, aus der er kurz darauf zügig mit einem Quad heraus- und über die Wiese in Richtung der Berge davonfuhr. „Er sagte, wir können uns ruhig Nachschlag holen, solange wir noch hier in der Gegend sind. Ein netter Kerl!", befand Julia schließlich. Tobias verspürte ein ganz leichtes Ziehen im Magen und fragte sich, ob es an den vielen Kirschen lag, die er bereits verputzt hatte. Julia fuhr fort. „Wir können übrigens gerne hier unser Zelt aufstellen, sagt er. Hinten am Haus ist ein Bad mit Außeneingang. Eigentlich für seine Feldarbeiter, aber wir können es gerne nutzen, hat er gesagt." – „So, hat er gesagt. Und was müssen wir dafür tun?" Julia schenkte Tobias ein überhebliches Lächeln. „Man muss nur wissen, wie man fragen muss. Gerade du solltest den Charme deiner Reisebegleitung doch kennen." Tobias war nicht begeistert, aber immerhin würde es nichts kosten und sie waren nah an ihrem Untersuchungsobjekt untergebracht.

Nachdem sie zurück zum Bulli gelaufen waren und den dann zum Bauernhof von Noah gebracht hatten, warf Julia sofort ihr Shirt von sich, legte sich ins Gras und genoss die Sonne. Tobias setzte sich neben sie und breitete die Karte der Umgebung vor sich aus. „Was hat eigentlich Noah über das Kloster gesagt?" – „Er hat gesagt, dass dort seit vielen Jahren niemand aus dem Dorf mehr gewesen ist und dass auch – solange er denken kann – niemand vom Kloster im Dorf war. Er nimmt an, dass die Bewohnerinnen schon vor langer Zeit weggegangen sind." – „Vielleicht können wir morgen im Dorf ein paar Leute fragen, was sie darüber wissen. Es muss doch aufgefallen sein, wenn eine ganze Klostergemeinschaft von hier weg geht. Eventuell hat ja sogar jemand von hier früher im Kloster gearbeitet." – „Wenn wir Glück haben… Noah wohnt schon seit vielen Jahren hier und weiß nichts, also müssten wir schon jemanden finden, der noch länger hier gelebt hat als er." Julia entledigte sich ihrer Hose, während sie Noah mit seinem Quad zurückkommen hörten und lag nun in Unterwäsche in der Sonne. Tobias hatte sich inzwischen daran gewöhnt, dass Julia ihren Körper nicht versteckte – und das hatte sie auch nicht nötig. Immerhin konnte er mittlerweile das Starren besser verstecken. Er hatte gelernt, dass eine Sonnenbrille dafür sehr hilfreich war. Anfangs hatte er überlegt, ob er Julia einfach nicht mehr anschauen sollte, wenn sie nur leicht bekleidet war, doch er war zu dem Schluss gekommen, dass es für sie völlig in Ordnung war, wenn man sie ansah – warum hätte sie sich sonst so offen zeigen sollen? Tobias sah hinter einem der oberen Fenster des Wohnhauses jemanden stehen, der sein Starren nicht so gut verstecken konnte. „Da oben im Wohnhaus steht jemand, dem dieser Anblick auch gefällt.", sagte er. Julia drehte den Kopf zu ihm, schob die Sonnenbrille auf ihre Nasenspitze und sah ihm ins Gesicht. „Auch?" Tobias wurde rot. „Ja... weil... also... das... das geht doch bestimmt vielen so.", wich er aus. „Dir auch?" Er schwieg. Auf so eine direkte Frage war er nicht vorbereitet. Wieso fragte sie ihn auch so direkt? „Naja, es gibt halt nicht so viele Frauen, die schön und intelligent sind.", stammelte er. Als er ihr zufriedenes Lächeln sah, wurde ihm klar, was er da gerade gesagt hatte. Hektisch stand er auf. „Ich gehe mal... nach dem Zelt suchen.", sagte er mit leicht zittriger Stimme und verschwand im Bulli. Unauffällig blickte Julia hinauf zu den Fenstern des Hauses. Dort stand Noah und starrte sie an.

28

Blonde, leicht gelockte Haare, schöne Haut und eine sportliche Figur. So hatte Noahs Frau Camille früher bestimmt auch einmal ausgesehen. Er fragte sich, wie lange das wohl her war. Es musste vor ihrem Kennenlernen gewesen sein, denn als er sie kennenlernte, war er gerade mal fünfzehn gewesen, sie aber schon einunddreißig. Sie war Lehrerin in Cluses gewesen – seine Lehrerin, in Biologie und Mathe. Erst hatten sie sich heimlich getroffen und schließlich hatte er die Schule hingeschmissen, um mit ihr zusammen zu sein. Doch sie hatten kein Glück. Eine andere

Lehrerin hatte sie zusammen gesehen, als sie noch Lehrerin und Schüler waren, und erpresste die beiden. Anfangs wollte sie nur kleine Dinge. Unangenehme Klassen tauschen, Vertretungsstunden abgeben, mal sollte er ihr im Garten helfen. Aber sie hatte immer mehr gefordert. Irgendwann war es Geld und es wurde immer mehr. Nach zwei Jahren konnten Noah und Camille sie nicht mehr bezahlen und alles war aufgeflogen. Camille hatte ihre Anstellung verloren und Noah hatte keinen Schulabschluss. Geld hatten sie auch kaum noch. Schließlich hatte Noah vorgeschlagen, nach Le Reposoir zu ziehen. Er kannte dort jemanden, der dort ein kleines Gehöft hatte und allein lebte. Er hatte angeboten, ihnen seinen Hof umsonst zu überlassen, wenn sie sich um seine Pflege kümmerten. Camille gefiel der Gedanke zwar nicht besonders, doch sie hatten keine andere Wahl und zogen schließlich nach Le Reposoir. Auch dort hatten sie es nicht leicht. Er war schließlich erst siebzehn und lebte mit einer Frau zusammen, die dreiunddreißig war und damit beinahe seine Mutter hätte sein können. Doch sie waren fleißig und so schafften sie es, mit dem kleinen Gehöft gutes Geld zu verdienen. Camille blieb zuhause und pflegte den alten Bauern, während Noah Enten und Gänse züchtete, schlachtete und verkaufte. Trotz allen Misstrauens der Bewohner des kleinen Ortes war Noah dennoch der Einzige in der Gegend, der Enten- und Gänsefleisch verkaufte und so kamen sie aus dem Ort, aber auch aus der Umgebung zu ihm, um einzukaufen. Schließlich starb der alte Bauer, Noah riss das alte Haus ab und baute ein neues an die gleiche Stelle. Wenig später wurde

Camille schwanger und brachte im Laufe der Jahre nacheinander zwei Jungen und zwei Mädchen zur Welt. Es waren gute Kinder und Noah war sehr stolz auf sie. Seine Jungs hatten in Lyon ein Architekturbüro eröffnet, seine ältere Tochter war als Ingenieurin irgendwo in Indien und seine jüngste Tochter, in die er ganz besonders vernarrt war, lebte zu seinem Leidwesen bei ihrem Mann in Südafrika, der dort in einer Klinik arbeitete. Er blieb allein mit seiner Frau. Vor einigen Jahren hatte er nun sein Geflügel verkauft und war auf Kühe umgestiegen, weil er glaubte, dass die ihm weniger Arbeit machen würden. Er war inzwischen immerhin schon 66 Jahre alt. Camille hingegen war schon 82 Jahre alt, bettlägerig und eigentlich schwer dement. Doch vor einigen Wochen hatte sie ihr Bewusstsein verloren und die Ärzte konnten ihm wenig Hoffnung machen, dass sie es noch wieder erlangen würde. Noah pflegte sie liebevoll, doch wenn er nun junge, hübsche Frauen wie Julia sah, trauerte er dem nach, was er nie gehabt hatte und auch nie mehr haben würde. Oder doch?

29

Am nächsten Morgen lud Noah die beiden zum gemeinsamen Frühstück im Garten ein. Während Julia und Noah sich unterhielten, war Tobias in die Umgebungskarte vertieft. Wo konnte man am besten anfangen, Leute nach dem Kloster zu befragen? Noah hatte Julia gestern berichtet, dass außer ihm und Eric Durant niemand mehr in der Nähe des Klosters lebte.

Sie würden also ins Dorf gehen müssen. Da gab es eine kleine Touristeninformation. Vielleicht war das ein guter Ort, um anzufangen. Dort würde man sicherlich etwas über das Gebäude als einziges großes Bauwerk des Ortes wissen. Leicht verärgert sah er zu, wie Noah und Julia sich prächtig zu amüsieren schienen. Schließlich unterbrach er die beiden. „Also von mir aus können wir jetzt los. Im Ort gibt es ein Touri-Center. Da sollten wir anfangen." Julias zusammengekniffene Lippen umspielte ein freches Lächeln und sie bemühte sich sichtlich, nichts Falsches zu sagen. Schließlich lenkte sie ein. „Gerne, ich helfe nur noch schnell beim Abräumen, dann bin ich soweit." Als sie aufstand zeigte Noah auf Tobias und auf die Kirschen und sagte etwas. Tobias sah Julia fragend an. „Was will er?" – „Du sollst Kirschen pflücken. Er kennt die Frauen, die in der Tourismusinformation arbeiten und sagt, damit könnten wir das Eis brechen." Tobias war es gar nicht recht, dass Noah ihnen so viel half. Doch warum eigentlich? Er verlangte kein Geld dafür und schien einfach ein netter Mensch zu sein. Aus irgendeinem Grund traute Tobias ihm nicht über den Weg. Irgendetwas an ihm machte Tobias Sorgen und er war sich sicher, dass es nicht nur seine Eifersucht war.

Eine Weile darauf kamen Julia und Tobias an der Touristeninformation in Le Reposoir an. Am Smalltalk über das Wetter konnte Tobias sich mit seinen wenigen Brocken Französisch noch beteiligen, aber als die zwei älteren Damen schließlich nach dem Grund ihres Besuches fragten, überließ er Julia das Reden. Er beobachtete die beiden Damen genau. Als Julia die *Chartreuse* ansprach, wurde die eine Dame bleich. Die andere wurde rot und begann sofort wie ein Wasserfall zu quasseln, während die Erbleichte in einer Art Schockstarre zu sein schien. Ihre Lippen zitterten und ihre Augen wurden feucht. Tobias nahm die Schüssel mit Kirschen aus seinem Rucksack und reichte sie ihr mit einem freundlichen Lächeln. Beim Anblick der roten Früchte schien die Dame aus ihrer Trance zu erwachen. Sie wischte eine Träne aus dem Auge und lächelte Tobias dankbar an, während sie eine Kirsche nahm. „Quelques cerises de Noah?" Cerises... Kirschen! Tobias erinnerte sich und nickte. „Oui. Comment vas-tu?" Der Redeschwall der erröteten Dame war ins Stocken gekommen. Nun blickte sie ihre Kollegin sorgenvoll an, als diese antwortete. Julia übersetzte. „Sie sagt, ihr Enkel sei letztes Jahr dort gestorben. Er war wohl nachts dort angeln und ist im Seeufer eingesunken." – „Das ist ja furchtbar. Ich denke, wir sollten die Damen jetzt lieber allein lassen." Die beiden drückten ihr Mitleid aus und versprachen, in den nächsten Tagen noch einmal zurückzukehren. Dann ließen sie die älteren Damen allein. Draußen sah Tobias Julia neugierig an. „Und? Was hat die andere Frau geplappert?" – „Geplappert ist das richtige Wort. Sie hat viel gesprochen, aber eigentlich nichts gesagt. Nur dass es dort nach dem Umbau von 1932 ziemlich ruhig geworden ist und dass es die Legende vom Fluch des Kloster gebe, weshalb die meisten Einheimischen einen Bogen um das Gebäude machen." – „Aber das ergibt doch keinen Sinn. Wenn es nur ein Ammenmärchen wäre, dann würden sich die Einheimischen nicht die Bohne darum kümmern – wir sind ja nicht im abergläubischen Mittelalter. Es muss doch gute Gründe geben, warum die Einheimischen das Kloster seit mittlerweile immerhin fünfundsiebzig Jahren meiden." Julia wiegte den Kopf von rechts nach links und zurück. „Ich bin mir nicht sicher. Vielleicht fragen wir erst noch ein paar mehr Leute. Fangen wir doch mal mit dem da an. Monsieur? Un moment s'il vous plâit! J'ai une question." Während Julia jeden Passanten ansprach, der an ihnen vorbei kam, setzte Tobias sich auf eine nahe Bank und betrachtete das Schauspiel. Julia wusste sich sehr schnell an die Leute anzupassen, mit denen sie sprach, sodass niemand abweisend auf sie reagierte. Mit jungen Männern flirtete sie, mit jungen Frauen redete sie vertrauensvoll wie mit einer Freundin, mit älteren Männern sprach sie sehr respektvoll und mit älteren Damen redete sie im Stil einer Klatschreporterin. Tobias war beeindruckt. Nach einer Stunde beendete Julia ihre Befragungen und setzte sich mit einem erleichterten Seufzer mit auf die Bank. „Puh. Allzu viel Neues gibt es auch hier nicht. Es stimmt tatsächlich, dass niemand aus dem Dorf in die Nähe des Klosters geht. Dort sind angeblich in den letzten Jahrzehnten einige Menschen verschwunden. Der Enkel der Dame aus dem Tourismuscenter war damals vielleicht nicht allein unterwegs. In der Nacht ist nämlich auch sein bester Freund verschwunden. Einige vermuten, dass die Jungs Streit hatten und der eine dem anderen nicht mehr aus dem Morast geholfen hat. Nachdem er dann aber begriffen hat, was er angerichtet hat, soll er abgehauen sein. Aber das sind alles nur immer wieder und wahrscheinlich mittlerweile etwas zu oft erzählte Geschichten, deren Wahrheitsgehalt mit jeder Erzählung gesunken ist. Der eine Herr hatte aber eine vielleicht brauchbare Idee. Er meinte, wir könnten ja mal bei der Post anfragen, ob das Kloster in den letzten Jahren Post bekommen hat. Falls nicht, wird dort auch zumindest die Klostergemeinschaft nicht mehr leben." Tobias nickte anerkennend. „Du hättest auch Verhörspezialistin bei der Polizei werden können.", schmunzelte er, „Zumindest als CSI-Schauspielerin bist du leider zu intelligent." Julia lachte. „Dann kann ich ja jetzt mein Talent als Ermittlerin testen. Also, zur Post?" – „Noch nicht. Zuerst würde ich gerne noch zum Rathaus gehen. Vielleicht gibt es hier auch so eine Art Grundbuch, in das wir einen Blick werfen können."

Knapp fünf Stunden später verließen die beiden das Rathaus mit äußerst genervten Gesichtern. Tobias raufte sich die Haare. Was für ein Fiasko. Zuerst hatte der zuständige Beamte sie eine geschlagene Stunde vor seinem Büro warten lassen, um ihnen dann mitzuteilen, dass sie dafür eine Genehmigung bräuchten. Die Frage, woher sie die bekommen könnten, konnte – oder wollte – er ihnen aber nicht beantworten und verwies sie an die Information. Nachdem sie diese endlich gefunden hatten, saß dort eine überschminkte Dame in den Vierzigern, telefonierte und zeigte ihnen, sie sollen sich setzen und warten. Julia hatte aufmerksam zugehört und Tobias irgendwann entnervt mitgeteilt, dass die Dame sich wohl mit einer Freundin über ihre neue Frisur unterhielt. Tobias stand daraufhin auf, stellte sich vor die Dame und tippte mit seinem Zeigefinger auf die Uhr. Die Dame hatte ihn grimmig angeschaut, aber kaum fünf Minuten später aufgelegt. Auf ihr unfreundliches „Quoi?" hatte Julia kaum den Mund zu einer Antwort aufgemacht, da hatte ihr Telefon erneut geklingelt und mit einem zuckersüßen Lächeln bat sie die beiden, einen Moment zu warten. Auch dieses Telefonat dauerte eine Ewigkeit und handelte – wie Julia Tobias mitteilte – vom neuen Hundefriseur in Cluses. Schließlich legte die Dame wieder auf und fragte die beiden erneut, was sie wollten. Julia hatte ihr Anliegen erklärt und die Dame hatte zugehört, während sie durch das Sortieren von Zetteln, das Bürsten ihrer Haare und schließlich das Lackieren ihrer Nägel bestmöglich völliges Desinteresse signalisierte. Schließlich hatte die Dame erneut zum Telefonhörer gegriffen und ihnen dann mitgeteilt, dass der Zuständige dafür leider gerade in die – merkwürdig späte – Mittagspause gegangen sei, doch sie sollten ruhig vor seinem Büro warten, er wäre in spätestens zwanzig Minuten wieder hier. Fast zwei Stunden später war der Mitarbeiter dann aufgetaucht, hatte ihn in aufreizender Langsamkeit ihre Bescheinigung ausgestellt und sie wieder zurück zum ersten Beamten geschickt – der, als sie kamen, gerade die Tür abgeschlossen hatte, um Feierabend zu machen und sie auf den nächsten Tag vertröstete. Tobias hatte Julia zurückhalten müssen, dem Kerl nicht an den Kragen zu springen und hatte sie dann nach draußen gezerrt. Dort standen sie nun. Tobias brachte außer einem resignierten Kopfschütteln nichts zustande und Julia fluchte wortreich in gleich mehreren Sprachen. Tobias schlug vor, nun noch zur Post zu gehen, aber da es schon ziemlich spät war, vermutete Julia, dass dort jetzt niemand mehr anzutreffen sein würde. Tobias musste ihr zustimmen. Welch ein verschenkter Tag. Er schlug vor, gemeinsam in der Gaststube des Ortes ein Glas Wein zu trinken.

Nachdem der Kellner ihnen eine Flasche gekühlten Weißwein gebracht und ihre Gläser gefüllt hatte, blickte Julia immer noch äußerst missmutig in die Gegend. Tobias beschloss, sie etwas aufzumuntern. Er nahm ein Teelicht aus der Tasche, zündete es an und stellte es zwischen die beiden auf den Tisch. Tatsächlich konnte er Julia ein leichtes Lächeln entlocken. „Candle-Light-Dinner?" – „Wenn die kleine Kerze reicht, um dich wieder zum Lächeln zu bringen, dann kann es ja so schlimm noch nicht sein.", antwortete er. Wieder einmal streckte sie ihm die Zunge raus. Tobias betrachtete den Nebentisch. Dort saß ein älteres Ehepaar und bekam vom Kellner gerade ihren Hauptgang gebracht. Schon die Vorspeise – Zwiebelsuppe für sie und Garnelen für ihn – hatte köstlich ausgesehen, doch der Hauptgang – er bekam ein großes Steak und sie ein Stück Lachs auf Spinatbett – übertraf dies noch deutlich. „Übst du Telekinese?" Julia schien seinen Blick gesehen zu haben. Er beschloss, darauf nicht einzugehen. „Darf ich dich zum Essen einladen?", fragte er. Sie sah ihn mit dem frechen Blick an, den er von ihr kannte. „Frankreich… Gasthaus… Wein… Kerzen… jetzt auch noch Dinner? Kommt da gleich noch ein Antrag?" Er hatte mit der Frage gerechnet. „Mit leerem Magen auf keinen Fall." Sie lachte und winkte den Kellner heran. Tobias erwartete, eine Karte zu bekommen, doch Julia sprach eine Weile auf den Kellner ein, der daraufhin nickte, sich bedankte und in Richtung Küche verschwand. „Darf ich mir mein Essen nicht selber aussuchen?" – „Nein, du hast mich doch eingeladen. Also bestimme ich auch, was gegessen wird.", feixte sie. Seufzend schüttelte Tobias den Kopf. „Und was bekommen wir jetzt?" – „Lass dich überraschen, oder hast du Angst?" Tobias verneinte. Er hatte in seinem Leben immer alles probiert, was man ihm vorgesetzt hatte und das allermeiste davon hatte ihm auch geschmeckt. Wenn die französische Küche auch nur halb so gut war wie ihr Ruf, hatte er nichts zu befürchten. Es dauerte eine Weile, dann brachte der Kellner zwei leere Teller. Tobias verzog in gespielter Enttäuschung das Gesicht. „Das sieht aber nicht besonders sättigend aus… Autsch!" Julia hatte ihm vor sein Schienenbein getreten. Der Kellner kam erneut und brachte eine Platte, auf der eine geschmorte Lammkeule in einem See aus dunkler Sauce thronte. Außerdem trug er eine Schale mit Bohnensalat, ein Brettchen mit Baguettescheiben und eine Schüssel mit Kartoffelgratin an ihren Tisch und wünsche ihnen einen guten Appetit. Tobias nickte Julia beifällig zu. „Gute Wahl. Die Rechnung sollten wir als Spesen ans Rathaus schicken lassen…"

Das Essen war genauso köstlich gewesen, wie sie vermutet hatten. Als der Kellner abgeräumt hatte, bestellte Tobias eine zweite Flasche Wein und lehnte sich zufrieden zurück. Langsam füllte sich das Gasthaus. Die meisten Essensgäste waren bereits gegangen und stattdessen kamen jetzt einige ältere Herren und trafen sich an der Theke, um sich zu unterhalten. In einer Ecke saßen zwei Männer und spielten Rommé. Tobias entschuldigte sich und ging auf die Toilette. Als er zurückkam, sah er Julia umringt von den Männern, die zuvor an der Theke gestanden haben und nun mit ihr in eine laute Unterhaltung vertieft waren. Einige der Männer hatte Julia schon heute Morgen auf der Straße angesprochen. Eigentlich hatte Tobias auf einen ruhigen Abend gehofft, doch vielleicht konnte Julia aus den Männern noch einiges heraus kitzeln, was bei ihrer morgendlichen Befragung im Dunkeln geblieben war. Leider verstand er wieder einmal kein Wort. Etwas gelangweilt sah Tobias sich um. Der eine der Rommé-Spieler stand auf und ging zu Julia und den anderen Männern, der andere blieb jedoch sitzen und blickte seinem ehemaligen Mitspieler verärgert nach. Tobias sah auf seinem Tisch ein Glas Bier stehen, bestellte an der Theke dann zwei Gläser Bier und ging mit ihnen zu dem Tisch. Eins stellte er vor den alten Mann und zeigte mit fragendem Blick auf den leeren Stuhl. Beim Anblick des Biers hellte sich die Miene des Mannes ein wenig auf und er nickte mit einem Brummen in Richtung des Stuhls. Tobias setzte sich. „Rommé?" – „Rami!", brummte der Mann. Schade. Eigentlich hatte Tobias gehofft, dass er mit dem Mann eine Partie Rommé spielen könnte, aber *Rami* war ihm nicht bekannt. Trotzdem mischte der Mann die Karten und teilte sie schließlich aus – genau wie beim Rommé. Tobias beschloss, es einfach zu versuchen. Schnell stellte er fest, dass *Rami* genauso verlief wie Rommé und spielte schweigend Runde um Runde gegen den alten Mann. Erst als Julia ihm eine Hand auf die Schulter legte, bemerkte er, dass es in dem Gasthaus inzwischen ziemlich ruhig geworden war. Die anderen Männer waren alle schon gegangen und außer dem Wirt blieben nur noch der Alte, Julia und er selbst zurück. Der Alte ließ die Karten sinken, zeigte auf einen weiteren Stuhl und begann, auf Julia einzureden, nachdem sie sich gesetzt hatte. Sie hörte aufmerksam zu und Tobias war sehr gespannt, was sie ihm hinterher erzählen würde.

„Und, was hat er gesagt?" Tobias war sehr gespannt, denn an Julia Gesichtsausdruck hatte er ablesen können, dass der Alte einige hilfreiche Dinge gesagt hatte. „Also zuerst einmal habe ich erfahren, dass du ein fürchterlich schlechter Rami-Spieler bist." Sie grinste. „Aber zur Sache. Sein Name ist Fabrice Aston. Er war hier früher Chef der Post. Den Weg dahin können wir uns vermutlich sparen. Er sagt, dass Kloster sei auf jeden Fall verflucht. Zwei seiner Kollegen sollten dort jeweils einen Brief hinbringen. Einer von ihnen ist verschwunden. Der andere hatte in den Siebzigern einen schweren Unfall, als er den Brief hinbringen sollte. Aber es wird noch kurioser. Dessen Sohn ist später mal zu dem Kloster hingegangen und nicht zurückgekommen, deswegen sind der Postbote und ein Freund dann hin, um ihn zu suchen. Der Postbote und sein Sohn kamen allein zurück. Der Sohn ist seit dem Tag stumm. Und jetzt kommt das

Merkwürdige." – „Moment!", unterbrach Tobias sie. „Also der Kerl, der in den Siebzigern hier als Postbote einen Unfall hatte, hatte einen Sohn und der ist verschwunden. Richtig?" – „Richtig. Und als er den suchen wollte, ist der Freund, mit dem er da hingefahren ist, mit seinem Auto verunglückt. Spannenderweise an der gleichen Stelle, wo der Postbote damals den Unfall hatte." – „Das ist ungewöhnlich." – „Allerdings. Und es wird noch viel ungewöhnlicher. Der verunfallte Freund saß nämlich nur auf dem Beifahrersitz. Die Polizei hat damals geglaubt, dass der Postbote den Unfall verursacht hat und sein Freund dabei gestorben ist, aber sie konnten es ihm nicht beweisen. Ziemlich komische Geschichte." Tobias hatte nachdenklich die Stirn gerunzelt, während er zuhörte. Diese Geschichte war wirklich merkwürdig. „Lebt der Postbote noch?" – „Ja, sogar hier im Ort, zusammen mit seinem Sohn. Er heißt Jacques Barreu" – „Dann sollten wir den morgen früh mal besuchen."

30

Am nächsten Morgen fragten sie Noah beim Frühstück nach Jacques Barreu. Noah schmunzelte. „Jacques est… spécial..." Julia übersetzte für Tobias, während Noah weitersprach. „Es hat damals wohl viel Gerede gegeben. Der Freund, der mit ihm ging und starb, war Polizist. Die beiden haben viel Zeit zusammen verbracht. Einige Leute hatten schon über die beiden gemunkelt. Es hieß dann, der Sohn habe die beiden erwischt und Jacques habe dann den Unfall absichtlich gebaut, weil sein Freund – namens Frank übrigens – nicht mit ihm durchbrennen wollte. Noah hält das aber für Unfug. Jacques liebte seine Frau viel zu sehr, sagt er. Er hat aber auch erzählt, dass Frank und Jacques wie besessen vom Kloster waren. Sie haben damals wohl viel darüber recherchiert. Dieser Jacques wird uns bestimmt helfen können." Tobias war nicht ganz so optimistisch wie Julia. „Warten wir es ab. Der Kerl ist mittlerweile schon ziemlich alt und die Geschichte von damals… ist schon ungewöhnlich. Besuchen sollten wir ihn aber auf jeden Fall, wenn er viel über das Kloster recherchiert hat. Er wird doch bestimmt wissen, ob dort noch jemand lebt oder nicht."

Nach dem Frühstück wollte Julia noch duschen, bevor die beiden zu dem früheren Postboten Jacques Barreu aufbrechen wollten. Tobias drehte in der Zeit eine Runde über den Hof und kam schließlich zum Bulli zurück. Die erste Nacht hatten sie draußen zwischen den Obstbäumen übernachtet, doch in der letzten Nacht waren sie dann in den Bulli geflohen. Draußen waren deutlich zu viele Fliegen und Mücken, als dass sie gut hätten schlafen können. Tobias holte das Zelt aus dem Bulli und begann es aufzubauen. Es würde gegen das Viehzeug helfen und sie könnten trotzdem bequem liegen. Er hatte gerade das innere Zelt aufgebaut und mit Heringen im Boden festgesteckt, als Julia eiligen Schrittes aus dem Haus kam, ihn bei der Hand nahm und ihn mit in Richtung des Weges zum Dorf zog. „Lass uns bitte gehen. Sofort!" Tobias wunderte sich, doch Julias Stimme und ihr stur geradeaus gerichteter Blick verrieten ihm, dass sie einen Grund für ihren hastigen Aufbruch hatte, also widersprach er nicht. Nachdem sie etwas Abstand zwischen sich und den Hof gebracht hatten, fragte er schließlich nach. „Was ist passiert?" Julia sah ihn an und ihre Augen wurden feucht. Tobias nahm ihre Hand und blieb stehen. Sie warf sich an seine Brust und fing an zu weinen. Nun war Tobias völlig verdutzt. Was konnte da bloß passiert sein? Er tätschelte ihr unbeholfen den Rücken. Nach einer Weile beruhigte sie sich wieder. „Es war nur… ich stand unter der Dusche und plötzlich kam Noah rein…" Sie begann erneut zu schluchzen. Tobias sah sie geschockt an. „Hat er dir etwas getan?" – „Nein, eigentlich nicht. Er hat sich entschuldigt und ist wieder rausgegangen." Jetzt war Tobias noch verwirrter. Das war zwar bestimmt keine schöne Begegnung, aber eigentlich würde so eine Situation eine Frau wie Julia nicht aus der Ruhe bringen können. Sie erkannte seinen fragenden Blick, atmete tief ein und erklärte ihm stammelnd den Grund. „Eigentlich war es gar nicht so schlimm, bloß… früher… in der Schule, da gab es einen Jungen. Er war grob, ein ziemlicher Macho und hielt sich für den Allergrößten. Ständig versperrte er uns Mädels absichtlich den Weg und stieß uns leicht, sodass wir taumelten und dann fing er uns auf und tat so, als sei er der große Held. Eines Tages hatte ich die Nase voll davon und habe ihm gesagt, dass er sich vielleicht für den Allergrößten halte, aber dass er vermutlich den Allerkleinsten habe." Tobias musste grinsen. Er kannte Julia inzwischen gut genug, um sich die Szene gut vorstellen zu können. Auch Julia konnte sich ein kleines Lächeln nicht verkneifen. „Naja, zwei Tage später war ich dann nach dem Sport die Letzte in der Dusche und dann kam er rein und hat gefragt, wie ich das gemeint habe. Ich habe ihm nur gesagt, er solle verschwinden – aber er ist geblieben. Dann hat er mich gepackt und gegen die Wand gedrückt und gesagt, er würde mir das Gegenteil beweisen." Wieder schluchzte sie laut auf und vergrub sich in seiner Schulter. Als sie wieder hervorkam, war ihre Stimme hart geworden. „Aber das hat er nicht geschafft. Ich habe ihm ein Knie zwischen die Beine gerammt und konnte weglaufen." Tobias war sprachlos. „Das ist ja… unfassbar…" Er bot ihr ein Taschentuch an, das sie dankbar lächelnd annahm. Nachdem sie sich damit geschnäuzt hatte, fuhr sie fort. „Das war schlimm für mich. Und gerade, als Noah reinkam… ich weiß, er kann nichts dafür, er hat ja auch nichts gemacht, aber vorhin es kam alles wieder hoch und ich musste da raus." Tobias war ein wenig mit der Situation überfordert. Er wusste nicht, was er sagen oder tun sollte und beschränkte sich darauf, weiter ihre Hand zu halten. So standen sie eine Weile schweigend da. Schließlich ging Julia weiter in Richtung Dorf und zog ihn mit. „Also, gehen wir jetzt zu diesem vielleicht Homosexuellen, vielleicht sogar Mörder, vielleicht aber auch nur Postboten?" – „Bist du sicher? Wenn du erst noch etwas… Pause brauchst, dann ist das kein Problem." – „Nein, danke. Ein bisschen Ablenkung wird mir gut tun. Wo wohnte der noch gleich?" Glücklicherweise hatte Tobias eine Karte eingepackt.

Gemeinsam hatten sie keine Probleme, das Haus zu finden. Von außen wirkte das Haus beinahe verlassen. Der Garten war völlig verwildert, der gelbe Putz war vergilbt und an vielen Stellen abgeblättert und die Vorhänge verdreckt. Sogar eine Fensterscheibe war gesprungen und das Dach hatte einige Löcher. In der Einfahrt stand ein alter rostiger Renault mit vielen Schrammen und Dellen, doch der Bewuchs rund um seine Reifen verriet, dass auch der schon länger nicht bewegt worden war. Als die beiden den Hof betraten, sahen sie hinter einer Hecke aus Dornengestrüpp eine Art Veranda, auf der zwei Männer saßen. Beide wirkten dürr und ausgemergelt. Den Jüngeren von beiden schätzte Tobias etwa Mitte Vierzig und den Älteren eher auf Siebzig. Während der Ältere sie mit prüfenden Blicken maß, starrte der Jüngere weiter geradeaus. Der Ältere rief ihnen etwas zu und Julia antwortete ihm, während die beiden jungen Deutschen näher traten. Tobias verstand nicht, was der Alte sagte. Seine antwortende Handbewegung zeigte sehr deutlich, dass sie wieder verschwinden sollten, doch Julia ging noch näher heran und begann, eindringlich mit dem Mann zu reden. Als sie die *Chartreuse* erwähnte, veränderte sich die abweisende Miene des Alten in eine erschreckte. Auch der Jüngere zeigte eine Reaktion. Sein Blick hatte sich bewegt, war aber weiterhin in die Ferne gerichtet. Der Alte zeigte auf zwei kaputte Metallstühle, deren Lack einer gleichmäßigen Rostschicht gewichen war. Während Julia mit dem Mann sprach, erinnerte Tobias sich wieder einmal daran, wie überflüssig er bei solchen

Gesprächen war. Meist konnte er nur daneben sitzen und freundlich aussehen, bis sie wieder gingen und Julia ihm sagen konnte, was sie erfahren hatte. So war es schließlich auch heute wieder. Der Alte erhob sich und gab Julia und Tobias zum Abschied die Hand. Danach streckte Tobias auch dem Jüngeren die Hand entgegen, doch der rührte sich noch immer nicht. Tobias zuckte leicht die Achseln und wollte gehen, aber Julia war zu dem Jüngeren getreten und sprach ihm leise ins Ohr. Als sie geendet hatte, zeigte er zum ersten Mal seit sie eingetroffen waren, ein deutliches Lebenszeichen. Sein Blick fixierte Julias Augen und schließlich streckte er ihr die Hand zur Verabschiedung entgegen. Tobias war erstaunt, wie Julia das gelungen war und er konnte sehen, dass der Alte ebenso verwundert war wie er selbst. Julia schüttelte dem Jüngeren die Hand, lächelte den beiden Männern noch einmal zu und ging dann mit Tobias vom Hof. Der Alte sah verwundert seinen Sohn an, aber der Blick des Jüngeren folgte Julia.

„Wie hast du das gemacht?" – „Was?" – „Dass der Jüngere sich bewegt hat. Der hat das ganze Gespräch über nicht eine kleine Regung gezeigt." – „Nicht ganz. Als ich die Chartreuse erwähnte, hat er reagiert." Er nickte. Auch er hatte die Richtungsänderung des Blicks wahrgenommen, doch sie war ihm nicht wichtig erschienen. Sie kamen am Gasthaus des Ortes vorbei und Tobias schlug vor, dort eine Mittagspause einzulegen. Nachdem sie Getränke geordert hatten, fuhr Julia fort. „Das waren Jacques Barreu, der frühere Briefträger, und sein Sohn Jules. Früher lebte hier auch noch dessen Mutter Frau Cecile, die ist aber schon lange tot." – „Und was hat er über das Kloster gesagt?" Julia schwieg einen Moment, als sammelte sie ihre Gedanken. „Er hat mir die Geschichte von damals aus seiner Perspektive erzählt. Er und Frank haben damals ziemlich viele Ungereimtheiten bezüglich des Klosters gefunden; viele Todes- und Vermisstenfälle in dessen Nähe. Sie haben ihre Infos aber wohl fast nur aus Bücherwissen und aus Zeitungen bezogen." – „Fast?" – „Ja, einen Teil auch aus Aufzeichnungen von Jacques Vorgänger Antoine Cassous. Der sollte damals einen Brief zum Kloster liefern und ist von dieser Tour nie zurückgekehrt." – „Und was ist damals auf der Suche geschehen?" – „Jacques sagte, Frank und er seien über einen Tunnel ins Kloster eingestiegen, hätten dort seinen Jungen gefunden und wollten ihn rausbringen. Dann hat sie aber irgendetwas verfolgt und Frank blieb zurück, um Jacques und seinem Sohn Zeit zu verschaffen. Die beiden kamen durch einen Tunnel wieder raus und wurden schließlich von der Polizei gefunden." Der Kellner kam mit den Getränken und nahm ihre Speisewünsche auf. Tobias überließ Julia wieder die Bestellung, denn in Gedanken war er bei dem Gespräch mit Noah am Morgen. „Aber der ist doch bei einem Autounfall gestorben, oder?", warf er ein. Julia nickte zögernd und nahm einen Schluck Wasser aus ihrem Glas, während Tobias fortfuhr. „Hat er denn gesagt, was er und sein Freund über das Kloster herausgefunden haben?" Sie schüttelte den Kopf. „Er hat das Gespräch mehr oder weniger abgebrochen. Er sagte, sie würden jetzt Mittagessen – ich wollte nicht unhöflich sein.

Vielleicht sollten wir später noch einmal zu ihnen gehen?" – „Das sollten wir unbedingt!"

Jacques Barreu fragte sich, was die junge Frau seinem Sohn wohl gesagt hatte, doch der würde es ihm wohl nicht sagen. Jacques hatte der Frau nicht die ganze Wahrheit gesagt. Er hatte nicht von der Kiste im Keller erzählt und er hatte auch nicht gesagt, dass seine Frau sich umgebracht hatte, kurz nach Jules 18. Geburtstag, etwa drei Jahre nachdem er seinen Sohn aus dem Kloster geholt hatte. Seinen Sohn. Er hatte der Deutschen auch nicht gesagt, dass er eigentlich noch einen Sohn hatte und dass der nach dem Selbstmord seiner Mutter nach Paris gegangen war, um gutes Englisch zu lernen. Schließlich hatte er Europa in Richtung USA verlassen. Am Tag seiner Ankunft am Flughafen von New York hatte er Jacques eine Ansichtskarte geschickt, seitdem hatte er nie wieder etwas von ihm gehört. Früher hatte es ihn wütend gemacht, dass er zwei Söhne hatte, von denen einer mit ihm sprechen konnte, aber nicht wollte und der andere mit ihm sprechen wollte, aber es nicht konnte – warum auch immer. Die Ärzte hatten ihn damals immer wieder zu Psychologen geschickt, weil keine körperliche Ursache für sein Schweigen gefunden werden konnte, doch auch die hatten ihn nicht kurieren können. „Es wird durch ein Trauma bedingt sein.", hatte der letzte Psychologe ihm gesagt, „Das braucht Zeit. Irgendwann wird er ganz von allein wieder anfangen zu sprechen." Doch der Psychologe hatte sich geirrt. Selbst der Tod seiner Mutter hatte Jules nicht aus seiner Passivität locken können und auch nicht, als sein Bruder fortging. Jacques glaubte nicht, dass er jemals wieder reden würde. Aber er hatte auch nicht geglaubt, dass er jemals wieder aus seiner Passivität erwachen würde und heute war genau das geschehen. Er hatte diese Frau angeschaut und ihr die Hand hingehalten. So ein deutliches Zugehen von seinem Sohn auf einen fremden Menschen hatte Jacques seit 33 Jahren nicht gesehen – seit er seinen Sohn morgens am Küchentisch beim Frühstück vor seinem Verschwinden das letzte Mal gesehen hatte. Wieder fragte er sich, was die Frau seinem Sohn wohl gesagt hatte, was ihn derart bewegt hatte. Ohnehin hatte die Frau ungewöhnliche Fragen gestellt. Die Leute aus dem Dorf glaubten noch immer, dass er die Schuld an Franks Tod trage und verachteten ihn, weil er es nie zugegeben hatte. Und Touristen fragten zwar gelegentlich nach dem Weg, doch nie hatte jemand Fragen zu dem Vorfall von damals gestellt, nachdem er aus dem Krankenhaus entlassen worden war. Selbst seine Frau hatte nie gefragt, sondern hatte stumm mit ihrem ältesten Sohn gelitten, bis sie es nicht mehr ausgehalten hatte. Die junge Frau schien aber gar nicht so sehr auf die Geschichte von damals aus zu sein, sondern eher auf Informationen zum Kloster. Das Kloster. Er schüttelte sich, als es ihm beim Gedanken daran eiskalt den Rücken herunterlief. Dieses Kloster hatte so viel Leid über ihn gebracht. Es hatte sein Leben und seine Familie zerstört. Er hoffte sehr, dass es der jungen Frau nicht ebenso ergehen würde. Weshalb sie und ihr stiller Freund wohl etwas über das Kloster wissen wollten? Er wusste Vieles darüber und hätte ihr noch einiges mehr sagen können, doch er fand nicht, dass es sie etwas anging, bevor er wusste, warum sie es wissen wollte. Wenn sie klug wäre, würde sie schon wiederkommen und erneut fragen – und dann würde sie ihm auch sagen müssen, weshalb sie das Kloster interessierte.

31

Inzwischen war es schon zwei Tage her, dass die beiden Fremden Eric Durants Hof verlassen hatten. Eric hatte sie zum Hof seines Nachbarn davon gehen sehen. Er mochte diesen Nachbar nicht. Noah. Wie der Erbauer der Arche. Sehr zutreffend. Er war damals hergekommen und hatte den maroden Hof dort aufgekauft. Erics Hof war damals noch groß. Er bewirtschaftete ihn zwar nicht mehr, aber er hatte die Ländereien alle verpachtet und verdiente gut damit. Noah hatte seinen Hof innerhalb von wenigen Jahren wieder aufgebaut und immer wieder erneuert und vergrößert. Eric dagegen hatte inzwischen nur noch ein paar Ziegen. Manchmal kam es Eric so vor, als wäre sein eigener Hof in dem Maße geschrumpft, in dem Noahs Hof gewachsen war. Gut, dass seine Mutter das nicht mehr richtig mitbekommen hatte. Wobei ihr das wohl auch egal gewesen wäre. Eigentlich war ihr alles egal gewesen seit damals, seit jenem Tag an dem Eric 16 geworden war. Der Tag hatte ganz harmlos angefangen. Morgens hatte er nach dem Anziehen von seinem Vater die obligatorische Tracht Prügel bekommen. Zum Frühstück bekam er ein Geschenk. Es war ein Taschenmesser mit eingravierten Initialen – allerdings nicht mit seinen. Dort war nicht E.D., sondern S.G. eingraviert. Er hatte den Fehler gemacht, nachzufragen und daraufhin direkt die nächste Tracht Prügel kassiert. Sein Vater hatte gesagt, er sei jetzt ein Mann und dieses Messer solle ihn daran erinnern.

Nachdem er tagsüber unter den strengen Augen seines Vaters den Hof versorgt hatte, war dieser dann wie jeden Abend kurz ins Haus gegangen, hatte seine Frau geschlagen und war dann verschwunden. Normalerweise hatte Eric währenddessen die restlichen Viecher gefüttert und war ins Haus zu seiner Mutter gegangen, doch an diesem Abend war es anders. Jahrelang hatte Eric die Schläge ertragen. Ihm selbst machte es inzwischen kaum noch etwas aus, er war völlig abgestumpft. Sie taten ihm nicht mehr weh. Aber die Schläge, die seiner Mutter zuteilwurden, die taten ihm weh. Die Routine nahm ihm nicht den Schmerz, seine Mutter leiden sehen zu müssen. Schweren Herzens hatte er es Tag für Tag ertragen. Doch nun war er ein Mann geworden. Nun hatte er tun müssen, was ein Mann zu tun hatte. Er war seinem Vater gefolgt und hatte ihn umgebracht.

Als er später nach Hause kam, blutbesudelt, hatte seine Mutter an der Tür auf ihn gewartet. Sie war zuerst erschreckt, als sie all das Blut gesehen hatte, doch dann hatte sie gesehen, dass er nicht verletzt war und hatte verstanden. Sie hatte verstanden, was er getan hatte. Er hatte sich sehnlichst gewünscht, dass seine Mutter nun, da sie nicht mehr täglich geschlagen wurde, wieder glücklich werden würde. Bis zu dem Tag war seine Mutter still gewesen und hatte alles ertragen, doch als sie nun ihren Sohn vor sich stehen sah mit dem Blut auf seiner Kleidung, da hatte Eric gesehen, dass etwas in ihr endgültig zerbrochen war. Sie hatte ihm geholfen, die Kleider auszuziehen und zu verbrennen. Sie hatte ihm eine Badewanne vorbereitet und ihm schließlich sogar das Blut aus den Haaren gewaschen, doch sie hatte seit diesem Tag nie wieder gelächelt. Es war für Eric beinahe schlimmer als vorher. Sie würde nie darüber hinwegkommen, was er getan hatte. Ihr Sohn hatte seinen eigenen Vater umgebracht.

32

Nach dem Mittagessen hatten Julia und Tobias noch eine Weile gewartet, bis sie sicher waren, dass Jacques und sein Sohn ihre Mittagsruhe beendet haben würden, und waren dann wieder zu ihrem verfallenen Haus gegangen. Vater und Sohn saßen wieder auf ihrer Terrasse. Jacques begrüßte sie genauso unfreundlich wie bei ihrem ersten Besuch. Er seufzte und verdrehte die Augen. Doch Jules, der bei ihrem ersten Eintreffen überhaupt keine Regung gezeigt hatte, sah Julia an, sobald sie auf den Hof kamen, und blickte sie während des gesamten restlichen Gespräches an. Tobias konnte sehen, dass Julia dies anfangs unangenehm war, doch sie überspielte das in ihrer gewohnten Souveränität. Jacques war ganz offensichtlich nicht begeistert, dass sie wiedergekommen waren. Dieses Mal übersetzte Julia direkt. „Er will wissen, warum wir etwas über das Kloster zu erfahren versuchen, bevor er uns mehr sagt." – „Dann sag es ihm ruhig. Schaden kann es uns nicht." Julia erklärte dem alten Mann, dass sie versucht hatten, in Büchern etwas über das Kloster herauszufinden, dass es aber nicht sonderlich erfolgreich verlaufen wäre und dass ihr Besuch beim Kloster selbst ebenso fruchtlos geblieben war. Als sie erwähnte, dass Tobias und sie beim Kloster gewesen waren, sprang der stumme Jules plötzlich auf und sah Julia panisch an. Tobias an ihrer Stelle hätte nicht gewusst, was er tun sollte, doch Julia stand auf, sah Jules tief in die Augen, fasste seine Schulter an und sprach mit beruhigender Stimme auf ihn ein, während sein Vater aufgesprungen war und einen Arm um ihn gelegt hatte. Schließlich setzte sich Jules wieder und sein Blick wirkte nicht mehr so alarmiert. Trotzdem wandte er den Blick nicht von Julia ab. Jacques hatte sich ihre Erklärung – von der Unterbrechung abgesehen – reglos angehört. Er sah erst Julia, dann Tobias prüfend an und nickte schließlich. Dann begann er zu erzählen und Julia übersetzte für Tobias. „Er sagt, nach seinem Autounfall beim Versuch, dort einen Brief zuzustellen, sei er in das Haus seines Vorgängers, Antoine Cassous gezogen. Dort sei er auf ein ganzes Zimmer voller Informationen zum Kloster gestoßen. Die Hauptsache war eine große, selbstgezeichnete Karte, die an der Wand hing und an die einige Zeitungsartikel angepinnt waren. Er sagt, Frank und er hätten sich die Artikel und die zugehörigen Polizeiakten vorgenommen – es waren wohl alles unaufgeklärte Fälle. Außerdem hätte Antoine haufenweise Bücher da gehabt. Einige handelten von der Geschichte des Kartäuserordens, der das Kloster gebaut hatte, andere von Lokalgeschichte und ähnlichen Dingen, aber das Verwunderlichste war eine große Sammlung an Büchern über Verfluchungen gewesen. Antoine hat wohl an den Fluch des Klosters geglaubt und wollte herausfinden, wie der genau aussieht." Tobias hatte aufmerksam zugehört. „Frag ihn mal, was mit den Sachen geschehen ist." Es entstand eine kurze Pause, während Julia Jacques fragte und sich seine Antwort anhörte. Tobias war sehr gespannt. Er hoffte, dass es diese Dinge noch geben würde, denn das würde auch ihnen beiden ihre Recherche viel einfacher machen. Endlich fuhr Julia fort. „Die Sachen sind im Keller in einer Kiste. Wir können sie ruhig mitnehmen, sagt er, wenn wir versprechen, sie ihm niemals wieder zu bringen. Und wir müssen versprechen, ihn und seinen Sohn in Zukunft in Ruhe zu lassen." Tobias verzog unentschlossen den Mund. Eigentlich hatte er noch einige Fragen gehabt, aber vermutlich würde diese Kiste ihm den Großteil seiner Fragen ohnehin beantworten. „In Ordnung. Er soll uns sagen, wo die Kiste steht, und dann gehen wir." – „Bist du sicher? Du hattest doch noch Fragen zu seiner Geschichte." – „Ja schon. Seine Geschichte ist auch wirklich spannend, aber sie hilft uns bei der Recherche viel weniger weiter als diese Sachen von seinem Vorgänger – hoffe ich zumindest." Julia sprach mit Jacques und zeigte Tobias dann an, mit ihr ins Haus zu kommen.

Die Kiste stand im Keller in der allerletzten Ecke und es dauerte eine Weile, bis sie diese von anderen Gegenständen befreit hatten. Zu Zweit wuchteten sie die Kiste die Treppe hoch. „Sollten wir uns nicht noch verabschieden?", fragte Tobias, doch Julia schüttelte den Kopf. „Ich glaube, der Alte ist froh, wenn wir weg sind. Dem Jüngeren können wir gleich von der Straße noch einmal zuwinken. Auch wenn er es sich nicht anmerken lässt, bin ich sicher, dass ihn das freuen wird. Hast du schon eine Idee, wie wir die Kiste zu unserem Übernachtungsplatz kriegen?" – „Ja. Und sie wird dir nicht gefallen." Julia stöhnte und griff die Kiste auf einer Seite. „Na dann los. Schöne Sachen soll man nicht aufschieben…"

Schon an einem normalen Tag wäre es kein Vergnügen gewesen, die Kiste so weit zu tragen, doch an einem heißen, sonnigen Tag wie diesem war es eine Qual für Tobias. Er schaffte es eigentlich auch nur, sich immer wieder zu motivieren, weil er sicher war, dass der Inhalt der Kiste ihnen weiterhelfen würde. Als sie schließlich mit der Kiste auf Noahs Hof ankamen und die Kiste neben dem Bulli und dem halb fertigen Zelt ins Gras gestellt hatten, ließ Julia sich sofort stöhnend auf den Rasen fallen. Tobias stützte sich am Bulli ab und schnappte erst einmal eine Weile nach Luft und wartete, bis sein Rücken aufhörte zu schmerzen. Doch nach kurzer Zeit siegte bei beiden die Neugier. Sie ignorierten ihre Erschöpfung und öffneten die Kiste. Darin fanden sie das, was Jacques ihnen angekündigt hatte. Es gab einen Stapel Bücher über Lokalgeschichte und die Geschichte der Kartäuser sowie einen Stapel über Flüche. Tobias erkannte schnell, dass es sich dabei nicht um historische Abhandlungen aus heutiger Zeit handelte, sondern eher um Bücher aus früherer Zeit. Viele waren mit Symbolen beschrieben, die man heute satanischen Gruppierungen zuschreiben würde, zum Teil waren es auch so genannte Hexenbücher. Er nahm sich eins und schlug es auf. Es war komplett auf Französisch verfasst, sodass er kaum etwas verstehen konnte, deshalb gab er es Julia. „Schau mal, das sieht ein bisschen aus wie ein Buch voller Zaubersprüche, oder?" Julia zog eine Augenbraue hoch und sah ihn mit fragendem Blick an. „Merlins Tagebuch?", fragte sie spöttisch, „Gib mal her, ich schau es mir mal an, Harry Potter." Während sie darin las, nahm Tobias sich das nächste. Es sah sehr alt aus und war in altdeutscher Schrift verfasst. Er blätterte es auf. Es enthielt Anleitungen und Zutatenlisten für verschiedene Tränke und Flüche. In einigen Seiten steckten Lesezeichen. Als er jene Seiten nachschlug, verschlug es ihm den Atem. Seine Stimme überschlug sich fast, als er Julia von seinem Fund berichtete. „Wahnsinn. Das hier enthält Teile des Hexenhammers!" Julia sah ihn fragend an. „Etwa *der* Hexenhammer?", fragte sie, „Das Standartwerk zur Hexenverfolgung aus dem Mittelalter?" – „Genau das. Letztes Semester hatte ich ein Seminar über die Hexenverfolgung, da haben wir recht lange über dieses Werk gesprochen. Das muss ein Kompendium sein, hier sind immer Ausschnitte davon und von anderen Werken über Hexen." Sie schüttelte verwundert den Kopf und zeigte dann auf ihr Buch. „Was hast du da?", fragte Tobias. „Das hier ist ein

Grand Grimoire, eine Anleitung zur Dämonenbeschwörung. Das wird ja immer merkwürdiger." Sie griff in die Kiste und holte das nächste Buch hervor. Als sie den Titel las, musste sie laut auflachen. „Also die Zusammenstellung der Bücher ist ja ein echter Hammer. Das ist das *Necronomicon*." – „Das was?" – „Noch nie von H.P. Lovekraft gehört? Das war ein amerikanischer Autor von Horrorbüchern. Der hat in seinen Büchern immer wieder auf dieses ominöse *Necronomicon* verwiesen, hat etwas über dessen Entstehung geschrieben und so weiter. Es ist aber bis heute noch nicht so sicher, ob es das Buch überhaupt je gegeben hat, auch wenn es heute gleich mehrere Versionen davon gibt. In den 80gern war das *Necronomicon* der Klassiker bei den deutschen Grufti-Kiddies in der Gothic-Bewegung." Tobias verstand, warum Julia so gelacht hatte und grinste. „Die Zusammenstellung ist wirklich abenteuerlich. Ich habe gerade noch *Das Sechste und Siebente Buch Mose* gefunden. Dieser Antoine scheint ja schon ein wenig abgedreht gewesen zu sein. Was glaubte er denn, was er in dem Kloster finden würde?" – „Vermutlich das Tor zur Hölle. Ob Jacques gewusst hat, auf welchem Schatz er da sitzt? Ich bin ja nur Hilfsbibliothekarin, aber ich kann dir sagen, dass diese Bücher zusammen einige Tausend Euro wert sind. Aber mich wundert, dass es nur Bücher sind. Gibt es denn keinerlei persönliche Notizen? Das ist doch irgendwie ungewöhnlich, oder?" Tobias kramte vorsichtig in der Kiste. Ganz unten fand er die Karte, von der Jacques erzählt hatte. Bevor er sie ausbreitete, legte er die Oberplane des immer noch halb fertigen

Zeltes auf das Gras, um die Karte vor Feuchtigkeit zu schützen. Gemeinsam betrachteten sie die filigran gezeichnete Karte von Antoine Cassous. Eine Weile blickten die beiden schweigend auf die Karte. Tobias betrachtete zuerst weniger die dargestellten Orte, als vielmehr die Zeichnung selbst und sein Blick wurde respektvoll. Die gezeichneten Elemente waren allesamt gestochen scharf erkennbar, detailliert und mit viel Mühe gezeichnet. Dann betrachtete er die Karte als Ganzes. Mittig war sehr gut erkennbar die *Chartreuse du Reposoir* abgebildet. Sonst war überwiegend das Umland zu erkennen. Selbst der Hof, auf dem sie im Augenblick ihr Lager aufgeschlagen hatten, war eingezeichnet, doch er bestand nur aus einem alten, kleinen Haus und sah damit völlig anders aus als heute. Dafür war der Hof von Eric Durant noch deutlich größer und prächtiger. Außerdem waren viele Dinge eingezeichnet, die Tobias noch nicht gesehen hatte. Die Berglandschaft, die sich weiter hinten im Tal erstreckte war durch ihre kaum veränderte Bewaldung gut erkennbar. Mehrere Berghütten, eine Kapelle, vor allem aber auch einige Höhleneingänge konnte er erkennen. Er erkannte die Straße, die zum Kloster führte, auf der auch Julia und er auf dem Hinweg gelaufen waren, und viele weitere Straßen, die auf die gleiche Weise gezeichnet waren. Dann gab es da aber auch noch eine andere Art von gezeichnetem Weg. Er verband verschiedene Orte, hauptsächlich Höhleneingänge oder Hütten miteinander – doch all diese Wege schienen sich im Kloster zu treffen. Er zeigte auf einen der Wege und blickte Julia an. „Was hältst du davon?" Julia wog nachdenklich den Kopf hin und her. „Ich bin nicht sicher. Wege sind das nicht, oder?" Tobias griff nach der Karte der Umgebung, die er gekauft hatte, und legte sie daneben. Die besonderen Wege der Karte waren hier nicht zu finden. „Sieht nicht so aus. Wenn ich das richtig sehe, sind wir doch sogar auf unserer Tour zum Kloster und zurück zum Teil genau da hergelaufen, wo auch diese Linien sind, oder? Ist dir irgendwas aufgefallen?" - „Nein." Die zunehmende Dunkelheit erinnerte Tobias daran, dass er noch den Zeltaufbau beenden musste. Er erhob sich und als Julia sah, was er vorhatte, packte sie die Karte wieder in Jacques Kiste. Sie blickte zufrieden hinein. „Weißt du eigentlich, was Jacques uns da mitgegeben hat?", fragte Julia ihn, „Wenn wir die Bücher verkaufen, können wir noch vier Wochen Luxusurlaub dranhängen und haben die Reisekosten immer noch locker wieder raus. Du weißt schon. Riesige, weiche Betten, Pool, Cocktails, Buffet, Champagner, Zimmerservice…" Tobias grinste. „Nette Idee. Aber bis es so weit ist, hilf mir mal mit der Zeltplane…"

Nachdem sie bereits im Auto und unter freiem Himmel einige Nächte nebeneinander geschlafen hatten, war es für Tobias zu seiner Überraschung keine Überwindung gewesen, das enge Zelt miteinander zu teilen. Er mochte Julia inzwischen sehr – auch wenn er sich über den Grad seiner Zuneigung noch nicht völlig sicher war. Er hatte sie schon seit ihrem Kennenlernen äußerst sympathisch gefunden. Sie war intelligent, hatte Humor und war außerdem ausgesprochen hübsch. Doch seit er auch ihre schwachen Seiten gesehen hatte, mochte er sie umso mehr. Am Abend sprachen sie im Zelt noch lange über die Bücher und vor allem über die Karte. Schließlich kam das Gespräch jedoch wieder auf den Vorfall vom Morgen. „Es ist mir echt ziemlich peinlich, wie ich mich aufgeführt habe, obwohl überhaupt nichts passiert ist. Ich habe total überreagiert", sagte Julia plötzlich schuldbewusst zu Tobias. Verwundert setzte Tobias sich auf, nahm ihre Hand und sah ihr in die Augen. „Ich finde nicht, dass du überreagiert hast. An sich ist es vielleicht nicht so schlimm, wenn mal jemand aus Versehen in die eigene Dusche kommt, aber du hast schließlich schreckliche Erfahrungen damit gemacht. Dafür hast du dich sogar ziemlich souverän verhalten – finde ich." Dankbar lächelte sie ihn an und drückte seine Hand. „Es tut gut, das zu hören. Denkst du, ich sollte mich bei Noah entschuldigen?" – „Wofür? Du hast ihm doch gar nichts getan, oder?" – „Nein, als er hereinkam habe ich mich erschreckt, aber er ist dann wieder raus und ich habe mich schnell angezogen und bin zu dir gekommen." – „Na also. Da gibt es nichts zu entschuldigen" Tobias sah, dass diese Frage den ganzen Tag an ihr genagt hatte und dass sie jetzt erleichtert war. Er beschloss, dass es nun für sie an der Zeit sein würde, das Geschehnis vom Morgen einfach zu vergessen und wagte es, sie ein bisschen zu ärgern. „Außerdem hat er dich nackt gesehen. Da darf er sich doch wirklich nicht beschweren." Sie ließ seine Hand los und stieß ihn leicht in die Seite. „Unverschämtheit!", rief sie spielerisch aufgebracht und streckte ihm die Zunge raus, „Immer dieser typisch männliche Sexismus!"

Tatsächlich dachte Noah nicht im Traum daran, sich zu beschweren. Während die beiden Deutschen in ihrem Zelt unter den Obstbäumen schon eingeschlafen waren, lag er noch eine ganze Weile wach. Wie sollte er auch schlafen? Sobald er die Augen schloss, sah er Julia vor sich. Wie er sie von Weitem gesehen hatte, als sie am ersten Tag auf seinen Hof gekommen war. Wie ihre Augen aussahen, während sie mit ihm sprach. Wie er sie beobachtet hatte, als sie in ihrem Bikini unten im Gras lag. Wie sie unter der Dusche stand, als er *versehentlich* hereinkam. Versehentlich... Er hatte genau gesehen, wie sie mit einem Handtuch in Richtung seines Hauses gegangen war und hatte gewusst, dass sie unter der Dusche stehen würde, als er hereinkam. Er hatte sie sehen wollen, nackt in der gefliesten Dusche ohne Duschvorhang, wie sie sich unter dem Wasser räkelte. Leider hatte sie ihn viel zu schnell bemerkt und er hatte sich schnell entschuldigt und den Raum wieder verlassen. Eigentlich hatte er gehofft, dass dieser Anblick seinen Hunger nach ihr stillen würde, der aufgeflammt war, nachdem er sie im Bikini gesehen hatte, doch nun lag er wach und sehnte sich nach mehr. Neben sich hörte er den röchelnden Atem seiner Frau. Sie hatten schon seit fast 20 Jahren nicht mehr miteinander geschlafen, seitdem ein Schlaganfall sie hüftabwärts gelähmt hatte. Damals war sie noch nicht dement, aber sie hatte den Kummer über diesen Schicksalsschlag nicht überwinden können. Ihr Selbstwertgefühl war von einem auf den anderen Tag völlig zerstört und sie hatte sich nie wieder von ihm so berühren lassen, wie er es gedurft hatte, als sie noch ein richtiges Paar gewesen waren.

Inzwischen war sie für ihn eher wie eine Mutter, die er pflegen musste. Jeden Tag rechnete er damit, dass es mit ihr zu Ende ging, doch irgendwo in ihr versteckte sich ein gehöriger Lebenswille. Er musste an seine Mutter denken. Auch sie war in ihren letzten Jahren ein Pflegefall gewesen, doch nicht er hatte sie gepflegt. Sie wusste nicht einmal, ob er noch lebte, weil er nicht den Mut hatte, auf sie zuzugehen. Zu schwer wog die Vergangenheit.

33

Am nächsten Morgen machten sich Julia und Tobias nach dem Frühstück bereit für eine längere Wanderung. Sie hatten beschlossen, einige Orte von Antoines Karte zu besuchen, um eine Erklärung für die besonderen Wege auf der Karte zu finden. Zuvor hatten sie Noah beim Frühstück befragt, denn eine der Linien führte direkt zu seinem Hof. Doch er konnte ihnen nicht viel weiterhelfen. Da die Linie auf seinem Hof zu seinem alten Brunnen führte, mutmaßte er, dass es sich dabei um unterirdische Flüsse handeln könnte, aber warum Antoine diese in seine Karte einzeichnen sollte, konnte Noah sich auch nicht erklären. Schließlich hatte er mit den Schultern gezuckt und war aufgestanden, um sich um sein Vieh zu kümmern. Julia und Tobias beschlossen, den gleichen Weg zu gehen, den sie schon an ihrem ersten Tag in Le Reposoir genommen hatten, um noch einmal Ausschau zu halten, ob sie die Punkte finden würden, an denen sich der Weg mit den blauen Linien kreuzte.

Doch auf ihrem Weg sahen sie nichts dergleichen. Schließlich kamen sie an der Auffahrt zu Eric Durants Hof vorbei und kurz darauf an eine Gabelung. Sie folgten jedoch keinem der Wege, sondern gingen geradeaus weiter, wo im Wald laut Antoines Karte eine Hütte liegen sollte, an der eine der blauen Linien endete. Tobias war gespannt. Wenn Noah mit seiner Theorie richtig lag, müsste dort ein Brunnen oder eine andere Spur von Wasser zu finden sein. Die Hütte selbst war schon nach Antoines Zeichnung in der Karte nicht mehr in allerbestem Zustand, doch als sie jetzt vor den beiden Deutschen stand, war sie nicht einmal mehr als Ruine zu bezeichnen. Drei der Wände aus Felssteinen lagen in ihre rußgeschwärzten Bestandteile zerlegt im Gras. Die vierte stand zwar noch, war aber nur nach gründlicher Durchsuchung eines hohen Efeugebüschs als dessen Rankhilfe zu finden. Der einzige klarere Hinweis darauf, dass hier einst ein Gebäude bestanden hatte, war eine Steintreppe, die in den Boden führte, allerdings nicht weit, bis sie von überwucherten Felsen versperrt wurde. Einen Hinweis auf eine Wasserleitung konnte Tobias aber nicht erkennen. Julia hob einen der rußgeschwärzten Steine vom Boden auf. „Die Hütte ist auch nicht erst gestern abgefackelt…", sagte sie und warf ihn wieder ins Gestrüpp. Sie gingen wieder zurück zur Weggabelung und folgen dem Weg, der auch zum Kloster führte. Dieses Mal bogen sie aber nicht rechts durch den Tannenwald in Richtung des Sees und des dahinter liegenden Klosters ab, sondern hielten sich links und kamen an einen Abzweig, der sie über Serpentinen schließlich zu einer Kapelle führte.

Auch sie war reichlich baufällig und wies deutliche Spuren von Jahrzehnten ohne Pflege auf, aber ihre deutlich solidere Bauweise hatte sie in ihrer Gesamtheit erhalten können. Das Schloss der Tür war bereits aufgebrochen. Tobias öffnete vorsichtig die Tür und trat neugierig in das schattige Gebäude. Kaum hatte er einen Fuß hineingesetzt, da glaubte er zu sehen, wie sich die Decke bewegte. Im Schummerlicht, dass durch die Löcher im Dach fiel, erkannte er, wie Hunderte von Fledermäusen sich in Bewegung setzten und um seinen Kopf herum schwirrend durch die Tür und die Löcher im Dach zu entkommen versuchten. Tobias sprang aus der Kapellenruine in das Sonnenlicht und brauchte danach noch eine Weile, bis er aufhörte, sich den Kopf von fiktiven Fledermäusen zu befreien. Als er sich beruhigt hatte, hörte er Julia lauthals lachen. „Angst vor Draculas Rache?", spottete sie und wischte sich eine Lachträne aus dem Auge. Er streckte ihr die Zunge raus und ging langsam wieder in die Kapelle. Als sich seine Augen endlich an das dämmerige Licht gewöhnten, erkannte er, dass hier seit ihrer zweckmäßigen Nutzung auch noch andere Bewohner gehaust hatten als nur Fledermäuse. Die Bänke waren beiseitegeschoben worden, einige von ihnen hatte man zu Kleinholz gehauen und an der Wand zu einer Art Brennholzlager aufgeschichtet. Sämtliche Bilder fehlten an den Wänden, doch es war noch deutlich erkennbar, wo sie einst gehangen hatten. In regelmäßigen Abständen waren brachiale Löcher in der Wand, aus denen vermutlich Kerzenständer gerissen worden waren. Er hörte, wie Julia hinter ihm den Kapellenraum betrat. „Sieht nach Plünderern aus.

Haben sie uns noch was übrig gelassen?", fragte sie sarkastisch. Tobias schenkte ihr ein müdes Lächeln. Auf dem Altar standen einige einfach Holzteller und Porzellantassen, außerdem einige halb geleerte, gammelnde Raviolidosen. Tobias verzog das Gesicht. Dosenravioli. Er hob eine der Dosen hoch und zeigte sie Julia. „Also Paul Bocuse können wir als Täter immerhin ausschließen…" Sie lachte. Dann brachte ein Gedanke Tobias wider Willen zum Schmunzeln. Offenbar hatte jemand den Altar zu seinem urchristlichen Zweck genutzt – für ein Abendmahl. Sonst gab es in der Kapelle nicht mehr viel zu sehen. Selbst das Kreuz war verschwunden. Tobias drehte sich noch einmal im Kreis und sah dann zu Julia. Die zuckte mit den Schultern. „Ich kann hier nichts sehen, was uns weiterhelfen könnte." Er stimmte ihr nickend zu. „Also wieder zurück und dann weiter zur nächsten Berghütte."

Er hatte gesehen, wie Tobias und Julia ihre Wanderung begonnen hatten und war ihnen in sicherem Abstand gefolgt. Die beiden hatten ihm von Anfang an nicht gefallen. Sie schnüffelten herum und steckten ihre Nasen in Dinge, die sie nichts angingen. Sorgen machte er sich keine. Die beiden waren nicht die ersten, die versuchten, das Geheimnis dieses Ortes – sein Geheimnis – herauszubekommen. Wenn sie ihm zu nahe kamen, würde ihnen das Gleiche passieren, was vor ihnen schon so einigen passiert war, die in der Nähe des Klosters herumgeschnüffelt hatten. Nur gut, dass er damals die Hütte angezündet hatte, in der dieser bescheuerte Briefträger und dessen Sohn aus seinem Keller herausgeklettert waren. Er hatte gewartet, bis er ganz sicher war, dass die Polizei die Ermittlungen eingestellt hatte und hatte während einer längeren, heißen Trockenperiode das Haus mit einer Lupe und ein wenig Zunder angesteckt. Die Feuerwehr war zwar gekommen, um den umliegenden Wald vor einem Übergreifen der Flammen zu schützen, doch das Haus hatten sie nicht zu retten versucht. Es gehörte ohnehin niemandem. Die Polizei hatte sich nicht einmal herbemüht, im Feuerwehrbericht stand schließlich eine „natürliche Brandursache" vermerkt. Er hatte es genau richtig gemacht. Auch in der Kapelle hatten die beiden nichts gefunden und auch hier war er froh, dass er dort schon vor Jahren aufgeräumt hatte. Zugegeben, das meiste hatten schon andere vor ihm erledigt. Die Kapelle war schon von allen Wertgegenständen befreit und zwischendurch immer mal wieder von Gruppen von Landstreichern bewohnt worden, aber das Wichtigste hatten sie ihm übrig gelassen. Er war dankbar dafür und hatte es sehr genossen, das Kreuz aus der Decke zu reißen und schließlich im Waldstück hinter der Kapelle zu verbrennen. Er hatte nie verstanden, was die Christen an ihrem Kreuz so toll fanden. Symbol der Auferstehung – so ein Blödsinn. Für ihn war es ein Symbol des Versagens, des Todes und des endgültigen Scheitern dieses Jesus. Jesus hatte nicht gewonnen, Jesus hatte sogar verloren, denn Jesus war tot. Und er hatte viel Erfahrung mit dem Tod und wusste, dass alle, die tot waren, auch tot blieben und verloren hatten. Er hatte Vielen den Tod gebracht. Wohin diese beiden neugierigen Touristen wohl als

Nächstes gehen würden? Der Logik nach müssten sie jetzt zu der verfallenen Berghütte auf dem Hügel gehen. Er wurde unruhig. Hatte er dort nach seinem letzten Besuch seine Spuren verwischt? Es würde ihm nichts anderes übrig bleiben, als auf einem anderen Weg als die beiden dorthin zu gehen und nach dem Rechten zu sehen, bevor sie dort ankamen.

Der Aufstieg zur nächsten Berghütte war länger und hatte Julia und Tobias deutlich mehr Kraft gekostet. Sie saßen oben vor der Hütte und hatten eine kleine Pause eingelegt. Nachdem sie beide etwas getrunken hatten, kramte Tobias einen Apfel und ein Taschenmesser aus seinem Rucksack. Er schnitt eine kernfreie Spalte aus dem Apfel und hielt sie Julia hin. Sie nahm das Apfelstück frech grinsend entgegen. „Wird aus dem braven Geschichtsstudenten etwa doch noch ein Macheten-schwingender Crocodile Dundee?" – „Mindestens. Wenn ich nicht gerade als Indiana Jones Ruinen erforsche." Sie verzehrten den Rest des Apfels, dann stand Tobias auf und ging zur Tür der Hütte. Auch diese Hütte war wieder eine Ruine, doch auch sie stand noch. Die Tür war angelehnt. Tobias öffnete sie und blickte – aus seiner Erfahrung lernend – zuerst an die Decke. Als er dort nichts sah, trat er ein und blickte sich um. Auch hier hatten zwischendurch Menschen gehaust. Vor dem Kamin waren die Reste zweier Nachtlager zu erkennen. „Hast du das gesehen?", hörte er Julias Stimme hinter sich. Sie war inzwischen auch eingetreten und stand vor einer Wand, auf die mit blutroter Farbe etwas geschrieben stand. „Ja, aber ich dachte, es wäre nur eine französische Form von ‚Ich war hier' oder etwas in der Art." – „Von wegen. Hier steht ‚*An Christine und Alphonse. Es tut mir so leid. Falls ihr jemals hierher zurückkommt, ich warte unten im Dorf auf euch. Achtet auf die Rosen. Juliette*' Wie alt das wohl ist?" Tobias zuckte mit den Schultern. „Wir sollten Noah heute Abend fragen, ob ihm die Namen etwas sagen. Ob es uns weiterhelfen kann, wird man sehen müssen, aber zumindest könnte es eine spannende Geschichte sein." Julia nickte. Tobias sah sich weiter um in der Hoffnung, herauszufinden, was es mit den besonderen Linien auf der Karte auf sich hatte, doch er wusste nicht recht, wonach er suchen sollte. Dann fiel ihm eine alte Strohmatte auf, die unter einem Tisch lag. Er trat näher und konnte an den Schleifspuren im Dreck erkennen, dass sie bewegt worden war. „Julia, komm mal her. Würdest du auch sagen, dass diese Schleifspuren im Dreck noch nicht alt sind?" Julia antwortete gar nicht erst, sondern zog die Matte mitsamt Tisch beiseite. Darunter kam ein großer, runder Stein zum Vorschein. „Was ist das?", fragte Tobias. „Sieht aus wie der Brunnenschacht in *The Ring*…" Tobias lachte. „Meinst du, wir können den bewegen?" – „Einen Versuch ist es wert!" Gemeinsam versuchten sie, die Steinplatte zu bewegen, jedoch ohne Erfolg. Schließlich gaben sie auf. „Deine Idee vom Brunnenschacht würde für die Theorie von den unterirdischen Wasserverbindungen sprechen.", sagte Tobias, doch Julias Blick blieb skeptisch. „Ich weiß nicht… Dann müsste hier schon eine Quelle drunter sein. Wenn das so wäre, müsste man den Schacht eigentlich auch öffnen können. Und die Spuren im

Dreck sprechen dafür, dass das auch vor nicht allzu langer Zeit noch so gewesen ist. Das passt nicht so richtig zusammen." Tobias musste ihr beipflichten. Doch er hatte auch keine bessere Idee. Schließlich ging er wieder nach draußen. Julia folgte ihm. „Wohin als nächstes?" – „Da vorne beginnt ein Tannenwald. Wenn ich die Karte richtig im Kopf habe, liegt dort drinnen ein Friedhof, aber ich glaube nicht, dass der uns weiterbringt. Auf der anderen Seite des Waldes ist dann eine Schlucht und dahinter fangen dann die wirklich hohen Berge an. Ich glaube nicht, dass wir da weiterkommen." Er packte vorsichtig Antoines Karte aus und hielt sie vor sich in die Sonne. Julia stellte sich auf Zehenspitzen und lugte über seine Schultern auf die Karte. „Aber am Fuße dieser Bergkette, da vorne, wo die Schlucht gerade anfängt, da ist doch eine Höhle eingezeichnet. Von da geht auch eine dieser Linien weg. Wie wäre es damit?" Tobias nickte zustimmend, packte die Karte ein und machte sich mit Julia auf den Abstieg zurück zu einer Straße auf der Rückseite des Klosters, von wo aus sie die Bergkette erreichen konnten. Doch schon nachdem sie den Tannenwald, in dem der Friedhof lag, hinter sich gelassen hatten, konnte Tobias den Höhleneingang am Fuß der Berge erkennen. Er zeigte Julia die Richtung. „Das ist doch die Höhle, oder?" – „Ich sehe da nichts, aber zumindest müsste sie dort liegen, ja. Willst du querfeldein gehen?" – „Du kannst ja Gedanken lesen…"

Er hatte es gerade noch rechtzeitig in die Hütte herein und wieder heraus geschafft, bevor die beiden deutschen Touristen dort eingetroffen waren. Seine Sorgen hatten sich allerdings nicht bestätigt, er hatte beim letzten Mal dort hinterher gründlich aufgeräumt. Sobald er die Stimmen von Julia und Tobias gehört hatte, war er schnell durch ein rückwärtiges Fenster geklettert und hatte sich in einem Gebüsch an der Rückwand des Hauses versteckt. Zu gerne hätte er verstanden, worüber die beiden sprachen, doch sie unterhielten sich wohl auf Deutsch und das verstand er nicht. Wohin sie wohl als nächstes gehen würden? Er hoffte, dass sie zum Friedhof gehen würden, denn dort würden sie mit ein bisschen Glück in eines seiner präparierten Gräber einbrechen und er hätte sie heute Nacht holen können, doch sie liefen um den Wald herum und gingen entlang der Straße in Richtung der Höhle, wo damals dieser alte Deutsche nach dem Nazischatz gesucht hatte. Dieser Stümper. Es war ziemlich leicht gewesen, ihn von seinen Gefährten weg in den Wald zu locken. Erst war er mit einer Knochenfackel in der Hand vor ihm weggelaufen und hatte die Fackel schließlich an einem Baum befestigt. Der Alte war der Fackel nachgelaufen wie eine Motte dem Licht und hatte schließlich dämlich davorgestanden und sie angeglotzt. Er hatte den Alten nur noch niederknüppeln und ins Kloster mitnehmen müssen. Er seufzte melancholisch. Früher waren noch mehr Leute nachts in seinen Wäldern unterwegs gewesen. Damals hatte er viele Opfer gefunden. Aber heute kamen nur noch selten welche und dann auch nur bei Tag, sodass er es meist gar nicht mitbekam. Und wenn doch, dann ließ er sie trotzdem in Ruhe. Die Dunkelheit war seine Verbündete, mit ihr zusammen war er unschlagbar. Das Licht war der Verbündete seiner Opfer, es half ihnen zu entkommen. Die Mühe einer Verfolgung waren ihm seine Opfer nicht wert. Er konnte es sich aber auch nicht erlauben, sie entkommen zu lassen, wenn sie ihn gesehen hatten. Deshalb hielt er sich bei Tag bedeckt, wenn sie nicht gerade direkt zu ihm ins Kloster kamen. Dort waren diese beiden hier auch vor drei Tagen gewesen, aber da war ihm das Risiko wegen ihres letzten Aufenthaltes zu groß. Wer weiß? Vielleicht würden sie es ja bald noch einmal versuchen. Dann würde er bereit sein.

Die Höhle war kein Erfolg gewesen, sodass Julia und Tobias sich direkt auf den Weg zur nächsten Berghütte auf der Karte gemacht hatten. „Die Karte muss wirklich schon alt sein. Wenn das jemals eine Höhle war, ist es ziemlich lange her...", bemerkte Julia unterwegs. Tobias nickte. Jetzt blieb auf ihrem Weg eigentlich nur noch eine Hütte übrig. Wobei sie auch dort zumindest nichts über die besonderen Wege herausfinden würden, denn an dieses Netz war die letzte Hütte nicht angeschlossen. Deshalb war es umso bemerkenswerter, dass sie überhaupt auf der Karte eingezeichnet war. Aufgrund der Farbintensität konnte man erkennen, dass sie auch später als alles andere eingezeichnet worden war. Tobias fragte sich, was Antoine dazu bewogen hatte, sie – vermutlich – nachträglich in seine Karte einzuzeichnen. Falls sie dort auch nichts finden würden, wäre ihre Wanderung eigentlich fast umsonst gewesen. Natürlich hatten sie so die Gegend um das Kloster kennengelernt, aber das

Geheimnis der besonderen Linien hatten sie nicht lüften können. Einzig die Aufschrift an der Wand in der noch erhaltenen Hütte konnte ihnen vielleicht noch weiterhelfen. Noah würde hoffentlich mehr wissen. Doch zuerst stand nun eine letzte Hütte auf dem Programm. Als sie ihr näher kamen, stellten sie fest, dass sie gewissermaßen auf einem Podest lag, von dem aus man das ganze Tal gut überblicken konnte. Trotzdem sahen sie die Hütte erst, als sie beinahe direkt vor ihr standen, denn sie war aufgrund ihrer Machart und mit den Bäumen, die passend im Hintergrund standen, gut getarnt und vom Tal aus kaum sichtbar. Die Hütte selbst war von einfacher Bauart. Das Grundgerüst bildete eine Holzhütte, die nachträglich von außen mit Felssteinen verstärkt worden war. An einer Seite, zum Tal hin, erkannte Tobias ein bodenlanges Fenster. Julia stand vor der Tür der Hütte. „Da ist ein Schloss vor, wenn auch ein ziemlich rostiges." Tobias kam zu ihr und sah sich das Vorhängeschloss näher an. „Hier ist ziemlich lange niemand gewesen, da bin ich sicher. Was jetzt? Wir können da doch nicht einfach einbrechen." Julia ging zu den nahen Bäumen und griff sich einen stabilen Ast, dann kam sie zurück zur Tür. Dort sah sie sich um und horchte dabei. „Hörst du das auch?" Tobias stutzte und lauschte dann ebenfalls. Er hörte den Wind in den Bäumen rauschen und einige Vögel singen, sonst nichts. Er schüttelte den Kopf. „Da ruft jemand ganz deutlich ‚Komm rein, Julia'…", sagte sie und brach das alte Vorhängeschloss mithilfe des Astes aus dem morschen Holz der Tür. Tobias wollte etwas sagen, aber dann sah er Julia schnurstracks in die

Hütte marschieren, seufzte schicksalsergeben und folgte ihr. Drinnen sahen sie ein Bett, daneben einen Schrank, sowie einen Kamin mit Kochstelle und einen Sessel vor dem großen Fenster. Julia entfernte mit einem Wisch die Spinnen vom Sessel und setzte sich. Sie blickte nach draußen. „Schöne Aussicht über das Tal.", sagte sie, „Und vor allem gute Sicht auf das Kloster. Wer hier wohl früher gesessen hat?" – „Gute Frage. Aber es sieht fast ein bisschen aus wie ein Beobachtungsposten, oder?" – „Du hast zu viele Stasi-Filme gesehen. Vielleicht mochte jemand einfach nur die Landschaft?" Tobias schwang den Kopf hin und her. Er glaubte nicht so recht daran, aber Julia konnte durchaus recht haben. Vielleicht sollte er sich umschauen, ob es hier etwas gab, das ihm helfen konnte. Neben dem Sessel lag eine zerbrochene Tasse und neben dem Kaminfeuer stand eine alte Kaffeekanne. Neben der Tür stand ein Rucksack. Tobias vergaß seinen Respekt vor fremdem Eigentum und sah hinein. Er nahm ein Buch heraus. „Was hast du da?", fragte Julia. Tobias drehte das Buch in seiner Hand und öffnete es mit dem Lesebändchen. Er stutzte. „Das ist ein *Rituale Romanum* von 1862, also gewissermaßen ein katholisches Messbuch. Der Stempel vorne drauf ist von einem Kloster in Rommerskirchen. Das Lesebändchen steckte mitten im großen Exorzismus." – „Exorzismus? Ernsthaft?" – „Ja. Ist alles Latein, du kannst es selbst nachlesen, wenn du willst." Julia nahm ihm das Buch aus der Hand und blätterte in den Seiten rund um das Lesebändchen. „Wow. Wer hätte gedacht, dass sich heute noch jemand mit Exorzismen beschäftigt?" Tobias nickte.

Wer würde so etwas wohl tun? Dann fiel es ihm wie Schuppen von den Augen. „Mensch, Julia, ist doch ganz logisch. Da hätten wir auch gleich drauf kommen können. Das hier ist Antoines Hütte." Sie sah ihn ungläubig an. „Überleg doch mal. Das würde doch hervorragend zu den vielen Büchern über schwarze Magie und Dämonen passen, die wir in Jacques Kiste mit Antoines Büchern gefunden haben. Und er war völlig verrückt nach allem, was mit dem Kloster zu tun hatte. Die vielen Bücher mit Lokalgeschichte, mit der Geschichte der Kartäuser… das hier war sein Beobachtungsposten. Er hat sich diese Hütte gebaut, um das Kloster im Auge zu behalten." Julia war noch nicht überzeugt. „Glaubst du nicht, dass du dich da etwas verrennst?" Tobias schüttelte den Kopf. Er war sich ganz sicher, dass dies hier Antoines Hütte gewesen war und er war sich ebenso sicher, dass sie hier noch mehr finden würden als nur das eine Buch. Er ging durch den Raum und suchte überall, öffnete den Schrank an der Wand, doch er konnte nichts finden. Schließlich ließ er sich, seines plötzlichen Enthusiasmus beraubt, auf das Bett fallen. Doch das morsche Gestell hielt ihn nicht und mit einem Krachen brach das Holz des Bettes durch und Tobias fand sich auf dem Boden wieder. Unter Julias Gelächter rappelte er sich auf und betrachtete den Schaden. Das Bett war mitten durchgebrochen. Dann sah er etwas unter dem Bett liegen, das er vorher nicht gesehen hatte. Er kniete sich hin und tastete danach. „Was machst du da?", fragte Julia, doch er hörte ihre Frage gar nicht. Seine Finger fühlten etwas. Es war eine Plastiktüte, sorgfältig verklebt, in die etwas Rechteckiges, Hartes eingepackt war. Vorsichtig zog er die Tüte unter dem Bett hervor, griff nach seinem Taschenmesser und schnitt die Folie behutsam auf. Heraus kam ein in Leder gebundenes Buch. Als er es aufschlug, sah er handschriftlich beschriebene Seiten und auch einige Zeichnungen. Die Schrift war nicht allzu gut lesbar, doch er erkannte schnell, dass es sich dabei um Französisch handelte und reichte das Buch weiter an Julia. „Deine Baustelle.", sagte er. Sie nahm ihm das Buch vorsichtig aus den Händen und blätterte die erste Seite auf. Dann sah sie ihn mit einer halb belustigten, halb schuldbewussten Miene an. „Ich sage es dir nur ungern, aber du hattest Recht. Das hier war Antoines Hütte. Und du hast soeben sein Tagebuch gefunden."

Er sah, dass Julia und Tobias in Antoines alte Hütte gingen und ärgerte sich. Er hätte sie ebenfalls abfackeln sollen. Nachdem er damals Antoine getötet hatte, war er mit dessen Schlüssel hoch zur Hütte gegangen und hatte sie durchsucht. Dabei hatte er diese merkwürdigen Bücher in Antoines Rucksack gefunden. Er hatte sich das Erste angeschaut, doch es war in einer Sprache verfasst, die er nicht kannte, also hatte er es wieder in den Rucksack gesteckt. Die anderen zwei waren auf Französisch. Das erste war ein großes Werk über die Pflanzen und Tiere in den Alpen. Er hatte es mitgenommen, vielleicht konnte er es irgendwann brauchen. Das andere war schon deutlich verrückter. Es war ein Buch über Flüche. Es war verrückt, aber es passte zu Antoine. Bevor er ihn getötet hatte, war Antoine von ihm gefoltert worden.

Er hatte alles aus diesem Briefträger herausgequetscht, was er über das Kloster wusste. Eigentlich hatte er gar nichts gewusst. Dieser Trottel hatte geglaubt, nachdem seine Frau ihn damals aus dem Kloster hinausgeworfen hatte, hätte er das Kloster verflucht und dieser Fluch hätte seitdem auf dem Kloster gelegen. Antoine hatte geglaubt, dass er durch seinen Fluch einen Dämon beschworen hätte, der alle im Kloster umgebracht hatte und dass danach die Geister seiner früheren Frau Marie und der anderen Schwestern rund um das Kloster nachts ihr Unwesen trieben und aus Rache mordeten. Aus Rache… Er hatte nie aus Rache gemordet. Er tat es, weil es seine Pflicht war – und weil er es genoss. Es machte ihm Freude, seine Opfer zu quälen und zu töten. Er liebte dieses Gefühl der Macht. Es war auch nicht falsch, sondern eine Familientradition. Sein Vater hatte damals 1932 das Kloster besucht und die Schwestern ermordet – mit gutem Grund. Dieses Kloster war schon immer eine Beleidigung gewesen. Man hatte es im Mittelalter direkt auf eine Kultstätte des keltischen Gottes Camulos gebaut, um die Überlegenheit des christlichen Gottes über die keltischen Götter zu demonstrieren. In der Familie seines Vaters war die Verehrung von Camulos seit jeher weitergegeben worden, auch wenn es Zeiten gegeben hatte, in denen sie das sehr gut verstecken mussten. Alle in der Familie hatten gedacht, dass das Heiligtum des Camulos beim Bau des Klosters völlig zerstört worden wäre, doch sein Vater hatte immer gehofft, er könne eines Tages nach Spuren suchen. Als dann das Kloster 1932 umgebaut worden war, hatte er sich als freiwilliger Helfer gemeldet und war tatsächlich auf eine Höhle unterhalb der Kapelle gestoßen. An dem Tag, an dem die Umbaumaßnahmen abgeschlossen waren, war sein Vater dann abends noch einmal zum Kloster gegangen und hatte das ganze Christenpack dort abgeschlachtet als Rache für Camulos. Danach hatte er angefangen, die Höhle wieder herzurichten. Die Dorfbewohner hatten damals gemunkelt, im Kloster sei etwas nicht geheuer und das war seinem Vater nur recht gewesen. Er wollte dort niemand anderen und hatte, um den Mythos des verfluchten Klosters zu schüren und auch, weil er es einfach genoss, häufiger Wanderer aufgegriffen und Camulos geopfert. Dass dann die beiden Nazis zum Kloster gekommen waren, hatte sein Vater als Geschenk des Kriegsgottes verstanden. Sein Vater war ein treuer Diener des Camulos und hatte ihn an seinem zwölften Geburtstag eingeweiht in diese Familientradition. Er würde sie fortführen. Er würde Camulos stolz machen. Vielleicht wäre dies eine Gelegenheit, mal wieder ein Brandopfer darzubringen. Er liebte den Raum, den er für diesen Zweck gebaut hatte. Der Boden bestand aus Gittern, unter denen eine feuerfeste Wanne in Raumgröße lag. Die konnte man prächtig mit Benzin füllen, das Opfer in den Raum einsperren und Camulos so ein Brandopfer darbringen. Doch zuerst musste er die beiden Touristen erwischen. Es war nur eine Frage der Zeit, bis diese beiden wieder zum Kloster kommen würden und dann würde er sie Camulos opfern.

Auf dem Rückweg war ihnen Noah begegnet, der wohl gerade von seinen Kühen auf der Weide kam. Er sprach einige Worte mit Julia und brauste dann auf seinem Quad weiter in Richtung seines Hofes. „Was wollte er?", fragte Tobias. „Er hat gefragt, ob wir Lust auf ein Barbecue heute Abend hätten." Tobias nickte beifällig. Das Wetter war genau richtig, um zu grillen. Schon bei dem Gedanken daran begann sein Magen zu knurren. Julia schien dies zu hören und grinste. „Offenbar lag ich mit meiner Antwort richtig. Ich habe ‚Gerne!' gesagt." Schon wenig später konnten sie eine kleine Rauchsäule über Noahs Hof aufsteigen sehen und als sie noch etwas näher kamen, konnten sie den Grill auch riechen. Als sie schließlich im Garten des großen Wohnhauses ankamen, brutzelten bereits drei große Entrecôtes und einige Lammkoteletts neben einer Auswahl an Gemüse auf dem Grill. Noah übergab Tobias die Grillzange und nickte in Richtung Grill, während er ins Haus ging. Sobald das Fleisch fertig war, kam er mit einem Korb voller Brot und einem Tablett mit einigen Schalen mit verschiedenen Saucen aus dem Haus und stellte alles auf den Tisch, den Julia in der Zwischenzeit gedeckt hatte. Sie setzten sich und machten sich hungrig über ihr Abendessen her. Während sie aßen, wurde die Stille nur von genüsslichen Seufzern und dem Klirren des Bestecks unterbrochen. Doch nachdem die Teller geleert und die Saucen mit Brotstücken vollständig aufgetunkt waren, holte Noah zwei Flaschen gekühlten Weißwein und drei Gläser aus dem Haus. Während er die Gläser füllte, frage er Julia etwas. „Er fragt, wo wir heute waren. Spricht etwas dagegen, wenn ich es ihm sage?"

– „Nein, überhaupt nicht. Ganz im Gegenteil, frag ihn mal nach der Bedeutung dieser Botschaft in der löchrigen Hütte." Tobias lehnte sich danach zurück, als Julia damit begann, Noah von ihrem Tag zu erzählen, genoss den kühlen Wein und beobachtete die wenigen Wolken, die über den Himmel zogen. Schließlich schloss er die Augen.

Als Tobias die Augen wieder öffnete, waren am Himmel bereits die Sterne zu sehen. Ein knarzendes Geräusch hatte ihn geweckt. Er blickte sich um. Über ihn war eine Decke ausgebreitet und Julia war gerade dabei, ihren Stuhl dichter neben seinen zu stellen. Sie setzte sich und zog die Decke so zu sich herüber, dass sie beide darunter sitzen konnten. Dann sah sie, dass er aufgewacht war. „Schau an, wer da wieder aufgewacht ist. Hast du deinen Rausch ausgeschlafen?" – „Welchen Rausch?", fragte er, „Ich hatte kaum was getrunken. Es war nur so gemütlich hier zu sitzen, während ihr euch im komischen Singsang dieser merkwürdigen Sprache unterhalten habt." Julia lachte. „Also Singsang habe ich noch nie gehört. Aber ganz unrecht hast du nicht. Wahrscheinlich willst du wissen, was er gesagt hat, oder?" Tobias nickte schweigend. „Er kennt tatsächlich eine Frau mit dem Namen Juliette. Es ist die Frau, die wir an unserem ersten Tag hier gesehen haben auf dem Weg zum Kloster. Die, die nicht zurückgegrüßt, sondern nur fürchterlich böse geguckt hat. Und weißt du noch, mit was für Büschen sie beschäftigt war?" Tobias nickte verstehend. „Mit Rosen! Das muss sie sein." – „Denke ich auch. Besuchen wir sie doch morgen früh mal."

34

Der Morgen des nächsten Tages begann anders als die Tage zuvor. Tobias wurde vom Prasseln des Regens auf ihr Zelt geweckt und statt einem strahlend blauen Himmel wie am Vortag erwartete sie eine dunkle Schicht aus tiefhängenden Wolken. Neben ihm begann Julia, sich ebenfalls zu räkeln. „Gut, dass wir gestern Abend doch noch reingegangen sind.", sagte er zu ihr. Ihrem Brummeln entnahm er ebenfalls eine große Unzufriedenheit mit dem schlechten Wetter. Sie öffnete ein Auge einen Spalt breit, brummte erneut und zog sich die Decke über den Kopf. Tobias beschloss, die unerwartete Ruhezeit mit Antoines Tagebuch zu verbringen. Sein Französisch war zu schlecht, um die Eintragungen zu verstehen, aber er betrachtete stattdessen die Zeichnungen. Viele einzelne Elemente, die auch auf der großen Karte zu sehen waren, erkannte er hier wieder. Neben ihnen standen Erklärungen, die er zu gerne gelesen hätte. Und er fand eine Tabelle, in der chronologisch nach Datum sortiert Dinge eingetragen waren. Bald gab er es auf. Ohne die Anmerkungen und Kommentare gab es da nicht viel zu verstehen. Er nahm stattdessen das *Rituale Romanum* und blätterte auf den Seiten zum Exorzismus herum.

Während Tobias und Julia noch in ihrem Zelt lagen, war er schon lange auf den Beinen. Auch er war mit einem Buch beschäftigt. Er hatte über die Jahre ein sehr präzises Verfahren entwickelt, bei dem er das Buch so einspannen konnte, dass eine einzelne Seite herausziehbar war, welche er dann entzünden konnte. Kurz bevor die Flamme das restliche Buch erreichen konnte, wurde die Flamme von zwei senkrechten Metallschienen erstickt. Somit wurde die entsprechende Seite beinahe perfekt herausgebrannt, nur eine kleine schwarze Kante blieb zurück. Wie oft hatte er dieses Verfahren in den letzten Jahrzehnten anwenden müssen? Als sein Vater damals den LKW mit dem Nazigold abgeräumt und schließlich in den Wald gefahren und verbrannt hatte, hatte er mit dem Gold die Kultstätte des Camulos wieder hergerichtet. Er hatte die Höhle mit weißem Marmor verkleidet, hatte auf dem Boden vier Gräben in die vier Himmelsrichtungen gezogen und sie in der Mitte in einem Kreis zusammenfließen lassen, in dessen Mitte er den Thron aufgebaut hatte. In diesen Thron durfte sich ein wahrer Diener des Camulos setzen, um dessen Stimme zu lauschen. Die Restaurierung dieser Höhle hatte er komplett in Eigenarbeit machen müssen, damit niemand etwas von ihr erfuhr und das hatte mehr als die Hälfte des Nazigoldes verbraucht. Nachdem sein Vater dann gestorben war und er nun der Diener des Camulos war, hatte er das Gold dafür aufgewandt, um die Spuren der Chartreuse aus so vielen Büchern zu tilgen, wie er nur konnte. Niemand sollte auf die Idee kommen, dass es hier noch etwas geben konnte, damit bloß niemand auf die weiße

Höhle stoßen und diesen heiligen Ort entweihen würde. Er war von den christlichen Missionaren schon einmal entweiht worden, das würde nicht noch ein zweites Mal geschehen. Doch es war nicht leicht, an die Bücher zu kommen. Er hatte gewaltige Bestechungsgelder an Bibliothekare in ganz Europa zahlen müssen, um die Gelegenheit zu bekommen, die Erinnerung an die Chartreuse zu tilgen. Und immer, wenn ein bekannter Sammler verstarb, musste er den Erben schnellstmöglich die entsprechenden Bücher abkaufen. Er tat jedes Mal, als sei er ein großer Verehrer der französischen Kartäuser und beinahe jedes Mal nahmen die Erben der Sammler, die Bibliothekare oder die Professoren ihm das ab und verkauften ihm die Bücher oder liehen sie ihm aus. Wenn sie ihm geliehen wurden, brannte er die Seiten heraus, die sich mit dem Kloster in der Zeit nach dem Umbau beschäftigten. Natürlich konnte er das Kloster nicht einfach verschwinden lassen und hatte deshalb auch bewusst die Legende vom Fluch des Klosters genährt, aber er wollte nicht, dass diese Legende sich zu sehr verbreitete, damit nicht irgendwelche Abenteuertouristen sich auf den Weg nach Le Reposoir machten, um das Geheimnis seiner Chartreuse zu lüften. Und doch waren jetzt zwei davon hier. Er würde sich derer annehmen müssen, doch sie waren noch immer nicht wieder in sein Kloster gekommen. Er würde wohl noch etwas warten müssen. Warten und beobachten.

Es wurde Nachmittag, ehe sich der Regen legte. Dafür lichteten sich die Wolken dann auch mit einer

Geschwindigkeit, die Tobias noch nie gesehen hatte. Nun verstand er, was mit den plötzlichen Wetterumschwüngen in den Bergen gemeint war. Es dauerte keine zehn Minuten vom Dauerregen bis zum wolkenfreien Himmel mit strahlendem Sonnenschein. Julia und er waren zwischendurch ins Auto umgezogen und hatten überlegt, ob sie die Rosenfrau besuchen fahren sollten, doch sie hatten nicht geglaubt, dass ihre Chancen, die Frau bei guter Laune zu erwischen, bei schlechtem Wetter besser waren als bei gutem. Doch nun war das Wetter wieder hervorragend und die beiden entschieden, sofort zu der Dame aufzubrechen, bevor sich das wieder änderte.

Sie fanden die Dame in ihrem Vorgarten. Wieder musterte die Alte Tobias und Julia mit abschätzigem Blick und sagte kein Wort, als sie sich näherten. Tobias ergriff zuerst das Wort. „Juliette? ‚Faites attention aux roses'?" Er hatte die Botschaft von der Wand in den Bergen zitiert. Achtet auf die Rosen. Wenn sie wirklich die Juliette war, die diese Botschaft geschrieben hatte, dann konnte er sie auf diese Weise vielleicht überrumpeln, sodass sie mit ihnen redete. Tatsächlich wich sie einen Schritt zurück, schnappte nach Luft und begann dann, mit hektischer, panischer Stimme schnell zu sprechen. Tobias wartete geduldig ab, bis die Frau geendet hatte und beobachtete sie währenddessen beim Sprechen. Zuerst war sie überrumpelt, dann wirkte sie ärgerlich und schließlich fast ängstlich. Was sie wohl sagte? Julia würde es ihm später übersetzen. Als die Frau geendet hatte, sprach Julia mit beruhigender Stimme auf sie ein und schließlich winkte die Frau die beiden hinter sich her ins Haus. Sie folgten ihr in ihre Küche, wo sie eine Kanne Tee vom Herd nahm und drei Tassen einschenkte. Dann sagte sie etwas und sah Tobias an. Fragend blickte dieser zu Julia. „Sie fragt, wie alt du sie schätzt." Tobias stutzte und konnte sich nicht erklären, warum sie das überhaupt fragte und wieso gerade ihn. „Bei der Antwort kann ich doch bloß verlieren. Sag ihr mal Ende Sechzig, auch wenn das locker 15 Jahre unter dem ist, was ich wirklich vermute." Julia übersetzte und die Alte grinste. Tobias sah einige wenige, verbleibende Zahnstummel im Mund der Dame. Dann setzte sie sich und begann zu erzählen. Schließlich schwieg sie, lehnte sich zurück, nahm einen Schluck Tee und deutete Julia, sie solle übersetzen. „Also zuerst, sie heißt Juliette und sie hat auch die Botschaft an der Wand der Berghütte hinterlassen. Und was ihr Alter angeht, hast du dich mit deiner Schätzung, mit der du ihr schmeicheln wolltest, um gut zehn Jahre vertan. Allerdings in die falsche Richtung." Tobias Augen öffneten sich weit vor Staunen. Damit hatte er nun gar nicht gerechnet. Diese Frau sah aus wie Mitte 80, nicht wie Ende 50. Julia fuhr fort. „Juliette hat 1968 ihr Abitur gemacht und ist dann mit zwei Freunden umhergezogen. Sie waren erst am Bodensee und wollten dann runter ans Mittelmeer – zu Fuß. Sie haben in der Hütte da oben Halt gemacht und am nächsten Morgen waren die anderen beiden verschwunden." Tobias dachte nach. Das mochte zwar stimmen, aber der Inhalt der Botschaft an der Wand passte nicht dazu. „Das ist schon merkwürdig. Es hätte doch auch sein können, dass die beiden abgehauen sind. Wieso hätte sie dann hier bleiben sollen?" Julia sprach kurz mit der Frau, die daraufhin zu Boden blickte und kurz antwortete. „Sie sagt, sie war in Alphonse verliebt und hatte gehofft, er würde zurückkommen." Tobias betrachtete die Frau, deren Blick noch immer gesenkt war. „Das ist nicht die Wahrheit. Schau sie dir mal an, sie lügt. Und auch das ergibt keinen Sinn. Frag sie mal, warum sie dann an die Wand geschrieben hat, dass es ihr leid tut." Julia nickte und gab die Frage weiter. Die Frau hob den Kopf, sah Tobias lange durchdringend an, dann schloss sie die Augen und eine Träne rann ihre Wange hinunter. Sie wimmerte leise. Tobias legte ihr eine Hand auf die Schulter. „C'est bon.", sagte er mit beruhigender Stimme und reichte ihr ein Taschentuch. Sie nahm es dankbar an, schnäuzte sich und begann zu erzählen. Julia übersetzte. „Sie hatte damals Streit mit Christine wegen Alphonse. An dem Abend war sie mit Christine im Wald unterwegs, um Holz zu holen. Christine ist dann auf dem Friedhof im Wald in ein Grab eingebrochen und kam nicht wieder raus. Juliette hat das mitbekommen, aber sie hat sie dort gelassen und wollte am nächsten Morgen zurückkehren. Juliette ist dann zurück zu der Hütte, wo Alphonse auf sie wartete. Als sie am nächsten Morgen erwachte, waren beide weg und auf dem Friedhof war Blut." Juliette hatte sich unterbrochen und schnäuzte sich erneut. Tobias schwieg betroffen. Damit hatte er nicht gerechnet. Dann erzählte Juliette weiter und Julia, die inzwischen auch feuchte Augen hatte, übersetzte weiter. „Sie ist dann hierher ins Dorf gegangen, weil sie gehofft hat, dass die beiden die Botschaft finden und irgendwann hierher zurück kommen würden. Sie glaubte, dass dann alles in Ordnung käme. Aber die beiden kamen nicht. Und auch die Leute aus dem Dorf hatten sie nicht gesehen. Nach ein paar Jahren hat Juliette dann versucht, sich das Leben zu nehmen. Dreimal. Beim ersten Mal hat sie versucht, sich zu vergiften, aber die Dosis war zu gering. Dann hat sie versucht, sich aufzuhängen, aber das Seil ist gerissen. Und zuletzt hat sie sich die Pulsadern aufgeschnitten, aber der Milchmann hat sie früh genug gefunden. Sie denkt, dass das ihre Strafe ist. Dass sie dieses Leben ertragen muss, um dafür zu büßen, dass sie Christine in dem Loch gelassen hat." Die Frau weinte jetzt bitterlich und auch Julia rannen die Tränen über die Wangen. Tobias spürte, dass seine Lippe ebenfalls zitterte. Das war eine der schrecklichsten Lebensgeschichten, die er je kennengelernt hatte. Es war nicht sicher, ob die beiden Jugendfreunde dieser Frau tot waren, aber sie glaubte es. Wie musste es für die Frau sein, seit fast 40 Jahren in dem Glauben zu leben, dass sie ihre beste Freundin und den Mann, den sie liebte, umgebracht hatte? Er mochte sich das nicht vorstellen. Die Frau stand auf und wies auf die Tür. Julia und Tobias verstanden und gingen. Sobald sie über die Türschwelle waren, schloss sich die Tür hinter ihnen und sie hörten, wie ein Schlüssel herumgedreht wurde.

35

Später saßen sie bei Noah im Garten. Julia und Tobias hatten entschieden, Noah nicht die ganze Wahrheit über Juliette zu erzählen, sondern nur die Geschichte, die sie ihnen zuerst erzählt hatte. Beide waren noch geschockt von dem, was die Frau ihnen gebeichtet hatte. Schließlich bot Tobias an, einkaufen zu fahren und bat Julia, derweil einen Blick in Antoines Tagebuch zu werfen. Auch wenn die Geschichte von Juliette wirklich schlimm und aufwühlend für die beiden gewesen war, hatte es sie in ihren Recherchen um das Kloster noch nicht vorangebracht und Tobias hoffte, dass Antoines Tagebuch ihnen weiterhelfen konnte. Er ließ sich von Julia übersetzen, welche Dinge er für Noah mitbringen sollte und fuhr schließlich mit dem Bulli nach Cluses zum nächsten großen Supermarkt.

Noah sah, wie Tobias vom Hof fuhr. Er würde sobald nicht zurückkommen. Das kam Noah sehr entgegen. Am Vorabend hatte er sich lange mit Julia unterhalten, während Tobias im Stuhl eingeschlafen war. Er hatte ihr Vieles aus seinem Leben erzählt und sie hatte ihm ihre Lebensgeschichte erzählt. Sie beide hatten Schreckliches mitgemacht, hatten früh ihre Eltern verloren, wenn auch auf ganz unterschiedliche Arten. Noah hatte schon vorher gewusst, dass zwischen ihnen eine Verbindung bestand, doch seit gestern war er sich dessen ganz sicher. Er ging in das Schlafzimmer, in dem seine Frau im Bett lag und schon seit Wochen ohne Bewusstsein vor sich hin vegetierte. Jeden Tag kontrollierte er routinemäßig um diese Uhrzeit die Anzeigen und notierte die Werte in ein Buch. Einmal im Monat kam ein Arzt und warf einen Blick hinein. Als er die Tür zum Zimmer öffnete, war etwas anders als sonst. Er sah sich um, doch ihm fiel nichts auf. Er lauschte, doch er hörte nichts. Er hörte nichts! Alarmiert sprang er ans Bett, in dem seine Frau lag. Ihre röchelnden, arrhythmischen Atemgeräusche waren verschwunden. Er nahm ihre Hand. Sie war eiskalt. Sie war tot. Noah stand wie gelähmt und wusste nicht, was er fühlen sollte. Er hatte schon lange damit gerechnet, sich schon damit abgefunden, ohne sie weiterzuleben. Doch jetzt, wo es so weit war, fühlte es sich trotzdem nicht gleichgültig an. Warum bloß? Er hatte sie schon lange nicht mehr geliebt. Die Frau, die er einst geliebt hatte, war mit der immer schlimmer werdenden Demenz immer weiter von ihm gegangen und hatte ihn schließlich vor einigen Jahren ganz verlassen. Was hatte er für diese Frau noch gefühlt? Er hatte sich ihr verpflichtet gefühlt. Verpflichtet durch das, was sie zusammen durchgemacht hatten. Durch die vielen Jahre, die sie miteinander gehabt hatten. Durch die Kinder, die sie gemeinsam großgezogen hatten. Doch nun war diese Verpflichtung fort. Mit einem Mal verstand Noah, was er fühlte. Es war Erleichterung. Mit dem Ende dieser Verpflichtung war eine Last von ihm abgefallen. Julias Rufen holte ihn aus seinen Gedanken. Sie stand unten im Garten und rief seinen Namen. Das Rufen dieser glockenhellen Stimme eines Engels. Plötzlich verstand er. Alles ergab einen Sinn. Seine Frau hatte in einem letzten Akt der Liebe Platz gemacht für diesen Engel, zu dem er eine so tiefe Verbundenheit spürte, wie er sie noch nie verspürt hatte. Langsam beugte er sich zu seiner Frau hinab, küsste sie auf die Stirn und zog die Decke über ihr Gesicht. „Merci", hauchte er. Jetzt würde er nach unten gehen und seiner Bestimmung folgen.

Als er die Treppe herunter kam, sah er Julia mit einem Buch in der Hand auf ihn wartend im Flur stehen. Sie begann mit ihm zu reden, erzählte etwas von Tunneln, doch er hörte ihr nicht zu. Zielstrebig schnappte er ihr das Buch aus der Hand und legte es auf eine Kommode. Dann nahm ihren Kopf in seine Hände und küsste sie hart und wild. Sie schrie auf, doch er nahm es kaum wahr. Sie versuchte, ihren Kopf zu befreien, doch er hielt ihn so fest, dass sie keine Chance hatte. Sie trat ihn gegen seine Beine, so gut sie konnte, doch er nahm es gar nicht wahr. Er hatte sie so gegen die Wand gedrängt, dass sie ihm nicht ernstlich weh tun konnte. Er schmeckte ihre salzigen Tränen, als sie endlich aufhörte, sich zu wehren und sogar den Mund öffnete, um ihn gewähren zu lassen. Als er mit der Zunge in ihren Mund eindrang, biss sie jedoch plötzlich fest zu und diesen Schmerz konnte er nicht mehr ignorieren. Er taumelte zurück. Sein ganzer Mund war plötzlich voller Blut. Doch anstatt seinem Wahnsinn Einhalt zu gebieten, wurde er wütend. Sie nutzte den Augenblick und versuchte zu fliehen. Sie stürzte zur Tür, riss sie auf und lief nach draußen. Völlig von Sinnen rannte er ihr nach. Sie war schneller, aber sie war panisch, stolperte und fiel hin. Er hatte sie fast eingeholt, doch sie raffte sich wieder auf und lief weiter. Doch nun humpelte sie und war nicht mehr schneller als er. Beinahe hatte er sie eingeholt, als sie vor der Scheune neben dem Brunnen stand und versuchte, hektisch die Tür zu öffnen. Hier holte er sie ein, packte sie und drückte sie erneut gegen die Wand, doch dieses Mal rammte sie ihm ihr Knie zwischen die Beine. Er stöhnte mit schmerzverzerrtem Gesicht auf, doch er ließ sie nicht los. Seine Wut steigerte sich in Raserei. Sie waren füreinander bestimmt, konnte dieses Weibsstück das denn nicht verstehen? Er würde ihr Zeit geben, darüber nachzudenken und es einzusehen – viel Zeit. Er packte sie und warf sie über die Schulter. Doch wo sollte er sie hinbringen? Wo könnte er sie am besten festhalten, bis sie zu Verstand gekommen war? Er sah sich um, vor ihm lag der Brunnen. Den hatte er eigentlich schon vor Jahren zuschütten wollen, aber seine Frau hatte ihn davon abgehalten. Sie hatte gesagt, man könne den bestimmt irgendwann mal gebrauchen. Jetzt verstand er. Es war Fügung. Er nahm Julia von der Schulter und stieß sie in den Brunnen. Als er sie ins Wasser platschen hörte, ging er zurück zum Haus, um seiner Frau zu danken für die vielen Zeichen, die sie ihm geschickt hatte. Wie im Rausch ging er langsam über den Hof, ins Haus, die Treppe rauf und zum Bett seiner Frau. Als er die Decke zurückschlug, ihr totes Gesicht sah und die Kälte ihres Körpers spürte, wurde ihm schwarz vor Augen.

Sobald er wieder zu sich kam, war sein Wahnsinn verflogen. Er sah seine tote Frau und begriff nun erst wirklich, dass sie von ihm gegangen war. Dass er eine Gefährtin verloren hatte, die beinahe ein Leben lang bei ihm gewesen war. Mit der er so viel durchgemacht hatte. Er stand auf und versuchte „Adieu" zu sagen, doch das Sprechen schmerzte ungeheuerlich. Plötzlich fiel ihm alles wieder ein, was geschehen war und Panik stieg in ihm auf. Julia! Was hatte er nur getan? Er rannte nach unten zum Brunnen und rief nach ihr, doch sie antwortete nicht. Er blickte hinein, doch er konnte sie nicht sehen. Panisch lief er zur Scheune und holte eine lange Holzleiter heraus, die er in den Brunnen hinabließ. Er kletterte die Leiter hinab und musste feststellen, dass Julia verschwunden war. Sie war nicht im Wasser und sie konnte auch nicht an diesen glatten Wänden hochgeklettert sein. Wo war sie bloß? Er sah sich um und sah an einer Wand etwas Metallisches aufblitzen. Metall? Im Brunnen? Er kam mit dem Kopf näher, um es sich anzusehen. Seine Hände tasteten. Es war eine große Metallplatte an der Wand. Sie war völlig mit Brunnenschlamm bedeckt. Das Glänzende, was er gesehen hatte, war ein Griff an der Seite der Metallplatte. Er zog daran und sah, wie sich die Platte wie eine Tür öffnete. Dahinter lag ein Gang von bestimmt zwei Metern Höhe. Was hatte sie noch gleich zu ihm gesagt, als er wie ein Monster über sie hergefallen war? Tunnel! Plötzlich verstand er. Von oben hörte er das Geräusch eines Motors. Eilig kletterte er die Leiter hoch und sah, dass Tobias zurückgekehrt war. Gut so. Er ahnte, wohin der Tunnel führte und wusste, dass er Tobias mitnehmen musste. Und er würde sogar noch eine andere Person um Hilfe bitten, auch wenn ihm das besonders schwer fiel.

Tobias war kaum aus dem Auto ausgestiegen, als Noah angerannt kam und ihm hektisch zeigte, dass er sich wieder ins Auto sollte. Das Blut in Noahs Gesicht überzeugte Tobias, nicht lange Fragen zu stellen, vermutlich musste Noah dringend ins Krankenhaus. Er sprang in den Bulli und ließ ihn an. Fragend sah er Noah an, der ihn mit den Händen auf die Straße schickte, die an Eric Durants Haus vorbeiführte. Tobias fuhr los. An der ersten Abzweigung blickte er Noah wieder fragend an, doch der schüttelte den Kopf und sie fuhren weiter. Als rechts von ihnen Eric Durants Hofeinfahrt sichtbar wurde, kreischte Noah etwas, doch es war nicht nur Französisch, sondern auch undeutlich und Tobias verstand ihn nicht. Noah wedelte hektisch mit der Hand in Richtung der Hofeinfahrt und Tobias bremste, setzte zurück und fuhr verwundert auf den Hof von Eric Durant. Dort sprang Noah aus dem Auto und lief auf die Haustür des Wohnhauses zu. Er hämmerte mit der Faust dagegen, doch drinnen rührte sich nichts. Er lief um das Haus herum. Tobias folgte ihm und sah, wie Noah vor einer Seitentür stand, die mit einem Zahlenschloss gesichert war. Verwundert sah Tobias, wie Noah eine Zahlenkombination einstellte und das Schloss gleich beim ersten Versuch aufsprang. Was war hier bloß los? „Noah, quoi?", fragte er mit seinem gebrochenen Französisch, doch Noah beachtete ihn nicht und ging eiligen Schrittes in das marode Wohnhaus von Eric Durant. Er blickte in alle Räume und rief nach Eric.

Sein Rufen klang dabei sehr ungewöhnlich. Als Tobias näher hinschaute, sah er, dass das Blut aus Noahs Mund kam und sein ganzer Bart bereits rot vor Blut war. Er verstand überhaupt nichts mehr. Nachdem Noah alle Räume durchgesehen hatte, lief er die Treppe hinunter in den Keller. Tobias folgte ihm weiter. Was glaubte Noah hier zu finden? War Eric Durant vielleicht Sanitäter? Er brauchte einen Moment, um Noah im verwinkelten Keller zu finden. Als er ihn schließlich entdeckt hatte, stand Noah wie angewurzelt vor einer großen metallenen Tür in der Wand und starrte sie an. Dann sank er in die Knie und begann zu wimmern. „Mon dieu…" Tobias lief zu ihm. „Noah, was ist hier… äh… quoi?", fragte er ihn. Noah stand auf, bekreuzigte sich, öffnete die Metalltür und zeigte Tobias den dahinterliegenden Gang. Noah sah ihm ins Gesicht. „Julia est en route pour la Chartreuse." Einen Moment lang brauchte Tobias, um zu verstehen, was Noah gesagt hatte. Dann begriff er. Julia war zur Chartreuse gegangen.

36

Zwei Stunden zuvor hatte Eric Durant in seinem Wohnzimmer gesessen und seine übliche Flasche Vormittagswodka geleert, als er Geräusche aus seinem Keller hörte. Er wusste sofort, was das bedeutete. Eilig stieg er die Treppe hinab. Es klopfte jemand an die Metalltür. Er wusste, was er zu tun hatte. Er schloss die Falltür zum Keller von unten, entzündete zwei Fackeln und ging zu seinem Schrank. „Un moment, s'il vous plaît.", rief er, während er sein schwarzes Gewand anzog. Das Klopfen an der Tür war einem Schluchzen gewichen. Für ihn bedeutete das, dass er sich nicht beeilen brauchte. Die Person würde auf ihn warten. Camulos hatte Eric die nächste Opfergabe geschickt. Er nahm die Schwertscheide aus dem Schrank, befestigte sie an seinem Gürtel, nahm eine der Fackeln in eine Hand und zog dann das Schwert mit der anderen. Dann trat er an die Tür und entriegelte sie. Die Tür öffnete sich nur nach innen und so konnte die Person im Gang ihn eher sehen als er sie. Er hörte ein panisches Kreischen und erblickte dann die blonde deutsche Touristin. Offenbar war sie allein. Er musste lächeln. Sein Warten hatte sich gelohnt. Er trat einen Schritt auf sie zu, doch sie rannte eilig von ihm weg. Sein Lächeln wurde breiter. Sie hatte den Weg zum Kloster genommen. Camulos meinte es heute wirklich gut mit seinem ergebensten Diener. Er zog die Tür hinter sich zu und begann eines der heiligen Jagdlieder des Kriegsgottes zu singen. Dann ging er ihr nach.

Dass Julia durch den Tunnel zum Kloster gelaufen war, hatte Tobias begriffen. Doch warum? Warum sollte sie alleine loslaufen? Und warum war Noah verwundet? Er packte Noahs Schulter. „Noah, warum blutest du? Woher kommt die Wunde? Pourquoi blessure?" Noah untersuchte gerade einen Haufen Kleidungsstücke, die vor einem Schrank neben der Metalltür auf dem Boden lagen. Er seufzte tief und schüttelte den Kopf, aber er beantwortete die Frage nicht. „Allez!", presste er mühsam heraus und ging voran in den Gang. Tobias entdeckte eine Fackel in einer Halterung neben der Tür und nahm sie heraus. Dann folgte er Noah. Er hatte keine Ahnung, was hier passiert war, aber Julias Verschwinden schien Noah große Sorgen zu machen. Tobias hatte gesehen, dass Noah vorhin, als er vor der Tür kniete, irgendetwas begriffen hatte, was seine Sorgen noch vergrößerte. Auch wenn Noah Tobias nicht sagte, was es war, so wusste er doch, dass es ernst war. Julia war in Gefahr.

Es hatte nicht lange gedauert, bis Eric Julia eingeholt hatte. Sie humpelte, fiel schließlich hin und versuchte, auf allen Vieren vor ihm zu fliehen. Er blieb hinter ihr, immer mit einigen Metern Abstand. Er hätte sie sowieso ins Kloster gebracht, also konnte sie dort auch aus eigener Kraft hinlaufen. So würde er sie nicht tragen müssen. Schließlich war Julia an der Leiter angekommen, die zu einer weißen Marmorfalltür hinaufführte und brach erschöpft und wimmernd davor zusammen. Eric knotete die Kordel seines Gewands auf und fesselte damit ihre Hände an die Leiter. Dann stieg er nach oben, öffnete die Falltür, kletterte heraus und holte von dem Tisch an der Seite einige stabilere Fesseln und ein längeres Seil. Er kletterte wieder zu Julia hinab und legte die mitgebrachten Fesseln an. Seine Kordel löste er von ihren Händen und band sie wieder um sein Gewand. Dann band er ihr das Seil um die Hüfte und kletterte wieder die Leiter hinauf. Oben angekommen stellte er sich breitbeinig über das Loch und zog an dem Seil. „Komm hoch!", sagte er zu Julia, „Wenn du es mir leicht machst, werde ich es dir auch weniger schwer machen." So gut Julia konnte, zog sie sich mit Erics Hilfe die Leiter hoch. Oben war es heller und ihre Augen wurden groß, als sie sein Gesicht sah. „Eric Durant? Sind Sie das? Was machen Sie denn hier? Bitte, machen Sie mich los!" Er lachte und sang ein weiteres Jagdlied. Normalerweise redete er mit seinen Opfern nur das Nötigste – und Erklärungen seines Handelns gehörten nicht dazu. Er stieß sie voran bis zu dem Tisch an der Wand und machte ihre Fesseln dort fest. Dieser Tisch bedeutete etwas Besonderes für ihn.

Hier hatte er seinen Vater umgebracht, damals, an seinem Geburtstag. Sein Vater war an jenem Tag dabei gewesen, den Tisch zu polieren, und hatte sich überhaupt nicht gewundert, dass Eric ihm in die Chartreuse gefolgt war, denn das tat er häufiger. Meistens erzählte sein Vater ihm dann die Geschichten von Camulos oder von diesem Ort. Zu dem Zeitpunkt hatte er seinen Vater allerdings schon einige Wochen nicht mehr begleiten dürfen und auch an diesem Abend hatte sein Vater es ihm nicht erlaubt. „Was willst du hier? Ich kann dir nichts mehr beibringen. Du weißt schon alles über unseren Herrn.", hatte er gesagt. Eric hatte das Taschenmesser in der Hand gehalten und der Blick seines Vaters war darauf gefallen. „Es stammt von einem Italiener, den ich Camulos geopfert habe, irgendwann in den Fünfzigern. Benutze es gefälligst vernünftig." Genau das hatte Eric getan. Er hatte es seinem Vater ins Knie gerammt. Dann in das andere Knie. Und dann hatte er zugesehen, wie sein Vater zusammensank und langsam verblutete. Nach all den Schlägen war es für ihn eine große Genugtuung. Kurz bevor sein Vater die Augen geschlossen hatte, war Eric vor ihm auf die Knie gegangen. „Camulos wäre stolz auf mich.", hatte er gesagt und seinem Vater die Kehle durchgeschnitten. Danach hatte Eric den Tisch weiter poliert, als sei nichts geschehen. Das ganze Blut seines Vaters lief durch die Kanäle der weißen Höhle rund um den Thron des Camulos. Schließlich hatte Eric auf dem Thron Platz genommen und gewartet, bis der Kriegsgott zu ihm sprach. Dann hatte er den Leichnam mit ein paar Steinen beschwert in den See zu den vielen anderen Leichen geworfen. Als der Körper seines Vaters versunken war, war er schließlich nach Hause gegangen, um seiner Mutter die frohe Botschaft zu überbringen.

Tobias lief Noah hinterher durch den Stollen. Stollen! Da hätte er auch eher drauf kommen können. Nun verstand er die besonderen Linien auf der Karte. Deshalb hatten sie auf ihren Wanderungen auch nicht bemerkt, wenn sie die Wege gekreuzt hatten. Und das erklärte auch den runden Stein im Boden der Berghütte, in der sie Juliettes Botschaft gefunden hatten. Mit einem Mal fiel ihm wieder ein, dass Jacques behauptet hatte, sie seien durch einen Tunnel geflüchtet. Jetzt klang auch Jacques Geschichte auf einmal glaubwürdig. Tobias hätte sich die Haare raufen können. Es war alles so offensichtlich gewesen. Plötzlich sah er etwas auf dem Boden glitzern und hielt an. Er beugte sich, um es aufzuheben, sah es an und schnappte nach Luft. Er hatte sofort erkannt, was es war. Das würde er überall erkennen. Es war der silberne Elefant – Julias Bauchnabelpiercing. Offenbar war sie auch durch die Tunnel hier hergekommen. Noah war ebenfalls stehen geblieben, drehte sich zu Tobias um und presste erneut ein „Allez! Allez!" heraus. In Tobias Kopf schwirrten Fragen umher. Wie war Julia in das Stollensystem gekommen und warum? Noah war verletzt und Julia hatte es offensichtlich ziemlich eilig gehabt. Was war zwischen den beiden vorgefallen? Tobias dachte an den Morgen, als Noah Julia unter der Dusche gesehen hatte, und an ihre Reaktion darauf. Er ahnte Böses. Und er machte sich große Sorgen. Er war schuld daran, dass Julia die Chartreuse du Reposoir überhaupt kannte und dass sie nach Le Reposoir gekommen war. Seine Nachforschungen hatten sie hierher getrieben. Er fühlte sich für sie verantwortlich. Wenn ihr etwas zustoßen würde, wäre er schuld. Und es wurde ihm auch immer mehr bewusst, dass seine Gefühle für sie mehr als nur Verantwortungsbewusstsein waren. Er wollte nicht, dass ihr etwas zustieß, weil er sie nicht verlieren wollte. Er wollte nicht mehr – nie mehr – ohne sie sein. Eilig rannte er Noah hinterher, um Julia zu finden.

Noah lief ein Stück vor ihm. Er war sehr froh darüber, dass dieser Junge hinter ihm und er nicht die gleiche Sprache beherrschten, denn das ersparte ihm einige Erklärungen. Er hatte im Moment ganz andere Sorgen. Wie hatte er das nur übersehen können? Eric war der „Fluch" des Klosters. Er hätte es wissen müssen, denn er kannte Eric schon sehr lange. Noah hätte wissen müssen, wie gewaltbereit Eric war, denn Eric hatte nie etwas anderes kennengelernt. Bis zum mysteriösen Verschwinden des Vaters war Eric jeden Tag zuhause brutal verprügelt worden. Noah wusste, wie schrecklich das war. Er hatte es als Kind ebenfalls erlebt und hatte sich nur schwer davon befreien können. Bald schon erreichte er die Leiter, die zu der Falltür führte. Sie war offen. Noah stieg langsam die Leiter hoch und streckte vorsichtig seinen Kopf aus dem Loch. Im ersten Moment war er verwundert über die Helligkeit des Raumes über ihm und beeindruckt, doch dann besann er sich, warum sie hergekommen waren und kletterte aus dem Stollen. Er sah Julia an einen Tisch gefesselt liegen, ansonsten war der Raum leer. Er stürzte zu dem Tisch und begann damit, Julia zu befreien. Bei seinem Anblick fing diese aber an, lauthals zu schreien. Erst als Tobias auch dazu kam und half, sie zu befreien, wurde sie ruhiger. Als sie schließlich befreit war, fiel sie Tobias um den Hals und weinte. Noah war erleichtert, es schien ihr gut zu gehen. Doch das Schwierigste lag noch vor ihnen. Er hörte, wie sich eine Tür quietschend öffnete. Er blickte zu der Tür und sah dort Eric in einem schwarzen Gewand und mit einem Schwert in der Hand auf ihn zu laufen. Er schaffte es kaum, die Hände zu heben, bevor sich die Spitze des Schwertes in seinen Bauch senkte. Er spürte, wie Eric das Schwert aus seinem Körper zog und erneut ausholte. „Nein, Cheriec!", keuchte er und fiel zu Boden.

Mit erhobenem Schwert in der Hand stand Eric wie versteinert da und sah Noah an. Cheriec? So hatte sein

Bruder Louis ihn als Kind immer genannt. Er blickte Noah in die Augen und plötzlich begriff er. Eric taumelte zurück. Das konnte unmöglich wahr sein. Er ließ sein Schwert fallen. „Louis? Mein Bruder!" Er griff nach der Hand des Mannes, der vor Schmerz stöhnend vor ihm lag und langsam nickte. „Aber…", setzte Eric an, doch seine Stimme versagte. Er hatte seinen Bruder zuletzt gesehen, als er sechs Jahre alt gewesen war. Doch er war zurückgekommen und lag nun sterbend vor ihm. Kaum hatte er seinen Bruder zurück, würde er ihn sofort wieder verlieren. Und das war seine Schuld. Tränen liefen ihm die Wange herunter. Er blickte auf und sah das Bild, das er oben aus dem Kloster geholt und neben den Thron gestellt hatte. Es war das Bild der 12. Station des Kreuzwegs. Jesus stirbt am Kreuz. Er hatte es hier mit herunter genommen, weil es für ihn das Scheitern zeigte. Sein Herr, Camulos, würde niemals scheitern. Doch nun lag sein Bruder vor ihm. Und der war kurz davor, ebenso zu scheitern wie Jesus. Langsam stieg ein anderes Gefühl in ihm auf. Wut. Sein Bruder hatte ihn mit ihrem prügelnden Vater allein gelassen. Er hatte genau gewusst, dass Eric jeden Tag weiter Prügel beziehen würde und ihre Mutter genauso. Er hatte sie alle im Stich gelassen, war feige weggerannt. Und dann war er zurückgekommen, ohne ein einziges Wort zu sagen. Selbst nach dem Tod ihres Vaters hatte er sich nicht zu erkennen gegeben. Ihre Mutter hatte auf dem Sterbebett immer wieder leise von ihrem Louis gesprochen – und er war ihr so nahe gewesen. Aber Louis war zu feige. Eric griff erneut zu seinem Schwert. Louis hatte ihn im Stich gelassen. Er hatte alles für ihn sogar noch schlimmer gemacht. Er hatte sein Leben zerstört. Camulos würde wollen, dass er dafür Rache nähme. Und er würde jetzt Rache nehmen! Er schwang das Schwert und stieß es seinem Bruder tief in die Brust. Noah röchelte ein letztes Mal, dann starb er. Und Eric war wieder allein. Allein mit Camulos und einem Auftrag. Seinen Bruder hatte er für seine Mutter getötet. Er würde jetzt auch die anderen beiden jagen und töten, für Camulos – und für sich selbst.

Als Eric Durant das Schwert fallen gelassen hatte, konnte Tobias zwar nicht begreifen, was da vor ihm geschah, aber er hatte begriffen, dass es eine Chance zur Flucht sein konnte. Tobias hatte Julias Hand genommen und war sofort mit ihr in Richtung des Ausgangs geschlichen. Der Weg zur Falltür war durch Noah und Eric versperrt, deshalb wählte Tobias die andere Tür, den Weg ins Unbekannte. Er vermutete, dass dieser Stollen sie direkt ins Kloster führen würde. Tatsächlich kamen sie nach kurzer Flucht durch das Loch im Boden des Altarraums in der Kapelle raus. „Wir müssen das Loch verschließen, schnell!", rief er Julia zu. Unter Julias leichten Schmerzensschreien schafften sie es, gemeinsam einige der Sitzbänke, die an der Wand gestapelt waren, über das Loch zu legen. Von unten hörten sie einen gequälten Schrei. Es war Noahs Stimme. Julia ließ sich entkräftet und geschockt auf den Boden fallen. Tobias stellte eine weitere Bank quer vor das Eingangsportal der Kapelle und eilte dann zu Julia, um sich ihre Verletzung anzusehen. Ihr Knöchel war dick geschwollen und blau. Sie winkte ab, doch Tobias setzte sich neben sie und legte einen Arm um sie. „Hier sind wir erst mal sicher. Aber ich verstehe überhaupt nichts mehr. Was ist bloß passiert?"

37

Julia lehnte den Kopf an seine Schulter und schloss die Augen, als sie schluchzend zu erzählen begann. „Noah hat versucht, mich zu vergewaltigen. Ich habe mich gewehrt und dann hat er mich in den Brunnen geworfen." Sie unterbrach sich. Tobias konnte sehen, wie schwer es ihr fiel, über die Ereignisse zu sprechen und nahm sie in den Arm. In der Umarmung verbleibend fuhr sie fort. „Da war eine Tür und ich ging rein. In Antoines Tagebuch hatte ich gelesen, was diese besonderen Linien auf der Karte bedeuteten." – „Tunnel." – „Ja, genau. Ich weiß nicht, woher Antoine von diesen Tunneln wusste, aber er hatte sehr präzise Informationen. Der Verlauf des Tunnels bis zum Haus von Eric Durant stimmte genau. Ich habe dann bei Eric geklopft, weil ich dachte, er könnte mir helfen, aber…" Ihre Stimme brach ab und sie schluchzte. Tobias hatte auch so verstanden. „Ist schon gut, alles gut. Und was ist eben da unten passiert? Was haben die zwei geredet?" Julia lachte traurig auf. „Sie sind Brüder." – „Sie sind *was*?" – „Brüder, wirklich. Bloß hat Eric davon bis eben nichts gewusst. Noah hat mir erzählt, dass er als Kind von zuhause abgehauen ist, weil sein Vater ihn, seinen Bruder und seine Mutter immer geschlagen hat, und dass er früher in Le Reposoir gewohnt hat und dann später als beinahe Erwachsener unter anderem Namen hierher zurück gekommen ist. Seine frühere Familie hat ihn nie erkannt." Sie löste sich aus seiner Umarmung und betrachtete ihren Fuß. „Aber er hat nicht gesagt, dass Eric dieser Bruder war." Tobias schüttelte staunend den Kopf. „Das ist wirklich unvorstellbar." Plötzlich hörten sie aus Richtung des versperrten Stollens ein Geräusch. „Noah?", rief Tobias. Doch statt einer Antwort hörte er einen fremdartig klingenden Gesang. Eric war gekommen. „Was machen wir jetzt?", fragte Julia. „Wir müssen hier weg.", antwortete Tobias, „Vielleicht sitzt er da unten fest, dann können wir vorne raus. Hoffen wir, dass es so ist. Kannst du gehen?" Julia wiegte unentschieden den Kopf hin und her. „Ich werde es versuchen. Aber falls wir weglaufen müssen, wird es eng." Tobias ging zum Portal der Kapelle, schob seine Barrikade zur Seite und öffnete die Tür. Dann ging er zurück zu Julia und stützte sie. Gemeinsam verließen sie die Kapelle. Vor ihnen lag der Säulengang des Klosters. Sie folgten ihm und rüttelten an jeder Tür, die neben ihnen lag, doch keine ließ sich öffnen. Schließlich fanden sie eine Tür, die sich öffnen ließ, am Ende des Gangs. Julia humpelte von Tobias gestützt hinein und sie schlossen die Tür hinter sich. Sobald die Tür hinter ihnen zugeschlagen war, lag der ganze Raum im Dunkeln. Tobias wollte die Tür zum Säulengang wieder öffnen, um im Licht etwas erkennen zu können, doch die Tür klemmte. Sie ließ sich nicht mehr öffnen. Die beiden waren gefangen.

Eric hatte eine Weile versucht, die Bänke über dem Stollenausgang in der Kapelle zur Seite zu schieben, doch schließlich musste er aufgeben. Camulos wollte ihn wohl vor eine Prüfung stellen und ihm die Jagd ein wenig erschweren. Das konnte Eric nur recht sein. Die Chartreuse war sein Gebiet, hier kannte er sich aus wie kein Zweiter. Er wusste noch einen anderen Weg aus der weißen Höhle, der ihn direkt in den Essenssaal des Klosters bringen würde. Außerdem hatte er ein Schwert, die Gejagten hatten gar nichts. Es würde eine Leichtigkeit sein. Als er in die weiße Höhle gekommen war und gesehen hatte, wie Louis und dieser Deutsche das Mädchen befreit hatten, war er einen Moment lang besorgt. Mit drei Gegnern hatte er es noch nie aufgenommen. Doch nun war Louis tot, das Mädchen konnte kaum laufen und der Junge war kein Kämpfer, sondern ein Denker. Eric schnaubte verächtlich. Denker hatte er schon immer gehasst, sie nahmen sich viel zu wichtig. Dabei waren sie nicht wichtig. Und vor allem – sie waren keine Gegner. Eric war sich sicher, er würde leichtes Spiel mit seinen Opfern haben. Er nahm einen Flachmann aus seinem Gewand und gönnte sich einen kräftigen Schluck. Nun musste er sie bloß noch finden. In welchem Bau hatten sich die beiden Hasen wohl verkrochen?

Tobias rüttelte an der Tür, doch sie bewegte sich nicht. Julia stöhnte. „Sag mir bitte, dass das Rütteln etwas Gutes bedeutet..." – „Wie man´s nimmt.", antwortete er, „Zumindest kann uns dadurch niemand folgen. Aber wir kommen auch nicht raus. Kannst du was sehen?" – "Nicht wirklich. Hast du dein Handy dabei? Meins liegt im Zelt." Tobias seufzte. „Und meins im Auto...", gab er zurück, „wir müssen uns wohl selbst helfen." Beide vermieden, darüber zu sprechen, was wohl mit Noah passiert sein mochte. Allmählich gewöhnten sich ihre Augen etwas an die Dunkelheit und im fahlen Licht, das durch die wenigen, schmutzigen Oberlichter drang, erkannten sie, dass sie sich in einem Raum mit einigen Lesepulten und vielen Regalen befanden. „Sieht aus wie eine Bibliothek.", stellte Julia fest. Tobias nickte, aber er wusste, dass ihnen dieses Wissen nicht viel weiterhelfen würde. Weder er noch Julia kannten sich in der Chartreuse aus und wussten, wo ein Ausgang sein könnte. Die meisten Fenster lagen zu hoch, um für sie erreichbar zu sein. Verstecken konnten sie sich auch nicht für immer. Sie würden versuchen müssen, jede Tür zu öffnen und zu hoffen, dass dahinter die Freiheit liegen würde. Und dann? Eine Flucht mit der verletzten Julia wäre auch nicht ganz leicht. Vielleicht konnte er etwas finden, womit er sich verteidigen konnte. Während er sich im Raum umsah, hörten die beiden, dass Eric in einem anderen Raum sang. Es hatte wohl noch einen weiteren Ausgang gegeben. Tobias sah Julia alarmiert an, ihr Blick war ängstlich. Inzwischen hatten die beiden zwei Türen gefunden, doch es hörte sich so an, als sei Eric ganz in der Nähe, deshalb wagten sie nicht, eine zu öffnen. Die beiden Türen lagen etwa zehn Meter voneinander entfernt an zwei zueinander senkrechten Wänden. Der Gesang kam näher. Tobias hatte eine Idee. „Wir haben doch noch zwei Türen. Was wäre, wenn wir aus der einen ein paar Bücher in den Gang werfen und dann zur anderen herauslaufen? Mit etwas Glück geht Eric in Richtung des Geräusches." Julia nickte schicksalsergeben. „Das ist zwar eine ziemlich bekloppte Idee, aber eine bessere habe ich auch nicht. Wenn wir hier warten, kommt er irgendwann zu uns." Inzwischen war der Gesang nah bei ihnen angekommen. Eric musste ganz in der Nähe sein. Tobias wies Julia, zur anderen Tür zu gehen und griff sich einige Bücher. Plötzlich verstummte der Gesang. Für einen Moment war Tobias irritiert, doch dann griff er entschlossen nach der Türklinke, drückte sie behutsam herunter, öffnete langsam die Tür und warf die Bücher in die Dunkelheit vor sich. Keine zwei Meter vor sich hörte er einen Schmerzensschrei und ein lautstark gefluchtes *„Merde!"*. Tobias begriff sofort, Eric stand direkt vor ihm. „Lauf!", brüllte er und rannte in Richtung der anderen Tür, die Julia bereits aufgerissen hatte. Julia humpelte aus der Tür, als Tobias von hinten angesprungen kam und die Tür mit einem lauten Knall hinter sich zuschlug. „Komm!", rief Julia, die auf der anderen Seite des Flures, in dem sie nun standen, eine Tür erblickt hatte. Von Tobias gestützt humpelte sie durch die nächste Tür. Als Tobias die Tür eilig schloss, konnte er so eben noch Eric mit dem Schwert in der Hand durch die gegenüberliegende Tür eilen sehen. Er stellte seinen Körper gegen die Tür. Seine Stimme überschlug sich. „Julia, wir brauchen etwas zum Versperren!", rief er und sah, wie Julia sich hastig umblickte. Schließlich fiel ihr Blick auf einen hölzernen Stuhl. Sie humpelte hin und nahm ihn. In diesem Moment fuhr mit einem lauten Krachen das Schwert direkt zwischen Tobias

Arm und seinem Oberkörper durch die Tür. Er schrie auf, griff panisch nach dem Stuhl, den Julia gebracht hatte und stellte ihn unter die Klinke. Er sprang durch den Raum zu einem großen, hölzernen Schreibtisch. Unter lautem Stöhnen schob er ihn gegen die Tür. „Das dürfte reichen.", sagte er erleichtert. Dann sah er Julias Blick und erkannte, dass sie kein bisschen erleichtert war. „Das mag sein, aber wir sitzen hier drinnen fest.", seufzte sie. Tobias sah sich um. Hier drinnen war es zwar durch ein großes Fenster deutlich heller als in den Räumen, in denen sie bisher waren, aber das Fenster war von außen vergittert und der Raum hatte nur eine einzige Tür. Davor stand Eric und rief etwas. Julia übersetzte mechanisch. „Wir sollen rauskommen. Er sagt, das hier sei eine Falle. Ich fürchte, er hat recht." Wie um seine Worte zu unterstreichen, stach Eric mit dem Schwert ein paar weitere Löcher in die Tür. Tobias atmete tief durch und überdachte ihre Optionen. „Wenn ich das richtig sehe, haben wir zwei Möglichkeiten. Entweder wir ergeben uns und sterben ganz sicher, oder wir versuchen, uns zu verteidigen und sterben dabei vielleicht. Es ist vielleicht nur eine kleine Chance, aber es ist besser als nichts. Kannst du ihn irgendwie beschäftigen? Frag ihn doch mal nach Noah. Vielleicht bringt uns das etwas Zeit, hier die Schränke zu durchsuchen.", schlug Tobias vor. Julia nickte und fragte Eric nach Noah, doch daraufhin fing dieser wieder an zu singen und hieb nur umso heftiger auf die Tür ein. „Schlechte Idee…", sagte Julia mit einem traurigen Lächeln. Sie suchten nach allem, was sich irgendwie als Waffe eigenen konnte. Julia hatte ein metallenes Kreuz von etwa zwanzig Zentimetern Länge entdeckt und Tobias fand einen stabilen Wanderstock. Eric hatte inzwischen die Tür soweit durchlöchert, dass sie ihn sehen konnten. Sein Gewand war blutbespritzt und sein Gesicht vom Wahn verzerrt. Tobias hatte in der Kapelle kurz überlegt, ob es einen Sinn haben könnte, vernünftig mit Eric Durant zu reden, doch er hatte es für nicht hilfreich gehalten. Spätestens jetzt fühlte er sich bestätigt.

Eric hatte das Schwert in den Gürtel gesteckt und brach jetzt mit den Händen einzelne Stücke aus der Holztür. Dies war Kriegshandwerk, wie Camulos es von ihm sehen wollte. Er war wie ein Wolf, der einen Kaninchenbau aufbuddelte, um seine Opfer nicht entkommen zu lassen. Eric fühlte sich großartig. Das Wiedersehen mit seinem Bruder war ein großer Schock für ihn gewesen, doch nun war er wieder er selbst. Louis war nicht sein Bruder gewesen. Sie hatten vielleicht dieselben menschlichen Eltern gehabt, aber Louis war nie ein Sohn des Camulos geworden, wie er einer war. Er sang seinem Herrn ein Dankeslied. Bald würde das Loch in der Tür groß genug für ihn sein und dann würde er die Hasen aus ihrem Bau holen. Zuerst den Jungen, der vorhin mit Büchern nach ihm geworfen hatte. Dieser Kerl hatte keine Ahnung gehabt, mit was er da geworfen hatte. Er hatte genau aus dem Regal Bücher gegriffen, in dem Eric die heiligen Bücher verwahrte, die ihm die Verehrung des Camulos noch genauer erklärten, als sein Vater das getan hatte. Eric war überzeugt, dass der Junge das mit Absicht getan hatte. Er hatte die Bücher zerstören wollen, indem sie auf Erics Körper prallten und dabei auseinander fielen. Und genau so hatte es auch geklappt. Dieser Frevler! Eric konnte ihn durch die Löcher in der Tür mittlerweile deutlich sehen. Er stand dort und ängstigte sich. Dieser Junge war kein Kämpfer, sondern ein Opfer. Ein geborenes Opfer für Camulos. Eric hatte gelernt, dass Camulos es liebte, solche Opfer zu empfangen und sie dann als niedere Lebewesen wieder auf die Welt kommen zu lassen als Strafe für ihre Feigheit. Inzwischen war das Loch in der Tür schon groß genug für ihn. Er sah das Mädchen an. Es stand an einen Schrank gelehnt dort, ein Kreuz in der Hand. Ein Kreuz? Eric hätte auflachen können. Sie glaubte wohl, er wäre ein Vampir, den sie mit einem Kreuz zurückschrecken könnte. Es wurde Zeit, dass auch sie lernte, dass das Kreuz ein Symbol des Scheiterns war. Ihres Scheiterns. Eric brach zwei letzte Holzstücke aus der Tür, zog sein Schwert aus der Scheide an seinem Gürtel und sprang auf den Schreibtisch. Während er sprang, sah er, dass sich der Junge schnell bewegte. Eric hatte keine Chance, auszuweichen, als ihn ein Holzstab im Sprung mit Wucht von unten zwischen den Beinen traf. Er schrie auf und verlor beim Landen das Gleichgewicht. Stöhnend hielt er sich den schmerzenden Schritt, als der Stab ein weiteres Mal auf ihn niederfuhr, dieses Mal traf er das Handgelenk der Hand, in der er das Schwert hielt. Er brüllte erneut vor Schmerzen, doch er schaffte es, das Schwert festzuhalten. Ein drittes Mal fuhr der Stab auf ihn nieder und traf nun seine Stirn. Der Junge neben ihm explodierte vor seinen Augen in tausend Sterne und Eric brauchte eine ganze Weile, bis er wieder sehen konnte und auf den Beinen stand. Er spürte, wie eine warme Flüssigkeit über sein Gesicht lief – es war sein Blut. Mittlerweile waren seine beiden Opfer wieder verschwunden. Wutentbrannt schrie er den beiden wüste Flüche hinterher, kam wieder auf die Beine und kletterte – noch etwas benommen – auf den Schreibtisch. Dann sprang er vom Schreibtisch in den dunklen Flur und wieder traf ihn der Wanderstab von unten zwischen den Beinen. Er landete unsanft mit dem Kopf auf dem Boden und blieb stöhnend vor Schmerzen liegen.

„Lauf, los!", hatte Tobias Julia zugerufen, nachdem er Eric zum ersten Mal getroffen hatten. Während Julia über den Schreibtisch kletterte, hatte er versucht, ihm mit seinem zweiten Hieb das Schwert aus der Hand zu lösen, doch Eric hatte es festhalten können. Auch sein Versuch, ihn mit einem Schlag auf den Kopf längerfristig außer Gefecht zu setzen, war erfolglos gewesen. Es hatte aber immerhin gereicht, damit Julia den Flur zwischen Bibliothek und dem Büro, aus dem sie kamen, entlang humpeln und die Tür an dessen Ende öffnen konnte. Tobias hatte gewartet, bis Eric über den Schreibtisch geklettert war und hatte ihm einen weiteren Schlag verpasst. Dieses Mal war er sicher, dass Eric etwas länger brauchen würde, um sich zu herholen und er lief Julia hinterher in den Raum am Ende des Flurs. Dort schoben sie einen der Tische dort vor die Tür. Danach blickte Tobias sich um. Hier standen mehrere Tische in einem Halbkreis um ein Lesepult. „Das ist der Speisesaal.", sagte er. An den Wänden sah er einige Bilder von Stationen des Kreuzweges hängen, andere lagen auf dem Boden. An einer Wand in einer Ecke sahen sie eine offene Falltür. „Da rein?", frage er Julia. Sie schüttelte den Kopf. „Die Leiter komme ich niemals runter.", antwortete sie, „Außerdem glaube ich, dass er vorhin von dort gekommen ist. Dann wären wir also wieder nur unten in der Höhle. Irgendwo muss hier doch ein Ausgang sein!" Tobias lief zur nächsten Tür, öffnete sie und war einen Blick hinein. „Hier ist die Küche. Ich glaube nicht, dass es da rausgeht.", sagte er. Sonst war nur noch eine Doppeltür zu finden. Tobias öffnete sie und sah vor sich den Innenhof des Klosters. „Hier ist der Innenhof. Ich sehe eine Mauer, vermutlich die Außenmauer. Wir sind also nah dran! Lass es uns hier versuchen." Er lief zurück zu Julia und stützte sie auf dem Weg zum Innenhof. Als sie im Hof waren, sahen sie unter einem breiten Vordach ein breites Portal – den Ausgang! In dem Moment öffnete sich eine andere Tür zum Innenhof. Dort stand Eric. Blutüberströmt. Wutschnaubend. Das Schwert in der Hand. Tobias ließ Julia los und griff mit beiden Händen seinen Wanderstock. Julia versuchte, zur Pforte zu laufen, doch schon nach wenigen Metern hörte Tobias sie stolpern. Ihre Schmerzensschreie verrieten ihm, dass sie nicht weiterlaufen konnte. Eric kam wild schreiend auf ihn zu und hob das Schwert.

Als Eric sich endlich wieder aufgerappelt hatte, wurde ihm klar, wohin seine Opfer als nächstes flüchten würden. Aus dem Speisesaal gab es nur vier Auswege. Die Tür zur Küche hatte er vor einigen Tagen abgeschlossen. Im Flur war er selbst. Blieben bloß noch die Falltür und der Gang in die heilige Höhle oder die Tür zum Innenhof. Er hatte nicht lange überlegt und war durch den Flur zum Innenhof gegangen. Selbst wenn sie die Falltür genommen hatten, würde er durch den Innenhof in die Kapelle laufen und von dort in die heilige Höhle gehen müssen. Und wenn sie die Tür zum Innenhof genommen hätten – umso besser. Wutentbrannt hatte er die Tür zum Innenhof geöffnet und die beiden gesehen. Und sie hatten ihn auch gesehen. Der Junge hatte sich umgedreht und ging mit seinem Stöckchen in Kampfposition. Kampf! Endlich stellte sich dieser Frevler zu einem offenen Kampf. Keine Versteckspielchen mehr, keine Schattenkämpfe in der Dunkelheit. Anständiger, direkter Kampf. Eric hob sein Schwert und rannte brüllend auf den Jungen zu. Er hieb mit einem kräftigen Schlag von oben zu und trennte den Stock, den der Junge mit beiden Händen hielt, in zwei Teile. Dann ging er zwei Schritte zurück, um erneut Anlauf zu nehmen. Erneut rannte er brüllend auf sein Opfer zu und hieb wuchtig von oben zu, doch dieses Mal wich der Junge ihm aus und ließ ihn ins Leere laufen. Doch Eric konnte sehen, wie der Blick des Jungen panisch wurde.

Tobias wurde panisch. Sein Stock, seine einzige Waffe, war zerstört und nun stand Eric zwischen Julia und ihm. Tobias hatte Julia beschützen wollen und sich deshalb vor sie gestellt, doch nun konnte er sie nicht mehr beschützen. Er erkannte, dass Eric seinen panischen Blick in Julias Richtung verstanden hatte, denn Eric grinste siegessicher. Als Tobias sah, wie Eric sich zu Julia umdrehte und mit seinem Schwert bereits wieder ausholte, vergaß er alle Vorsicht, lief los und rammte Eric mit der gesamten Wucht seines Körpers die Schulter in den Rücken. Eric, der eher schmächtig war, flog durch den Aufprall einige Meter vorwärts und landete unsanft im Gras. Tobias sprang auf ihn und hieb mit den beiden Stücken des Wanderstabs wie mit Trommelstöcken auf Eric ein.

Erst versuchte Eric, an sein Schwert zu kommen, doch er sah schließlich ein, dass er keine Chance hatte. Dann ging er zum Nahkampf über, rammte Tobias erst einen Ellenbogen in die Flanke, sodass der aufhören musste, auf ihn einzuschlagen, drehte sich schließlich herum und schlug ihm einen Haken direkt unter sein Kinn, sodass Tobias die Reste des Wanderstocks fallen ließ und von Eric herunter ins Gras fiel. Eric dankte Camulos. Dieser Junge war der erste Gegner, den er je gehabt hatte, der sich ernstlich wehrte. Er genoss es, richtig zu kämpfen. Camulos hatte ihm eine Herausforderung geschickt, wenn auch eine machbare. Er griff sein Schwert aus dem Gras und stellte sich wieder in Position. Natürlich würde er am Ende den Kampf gewinnen, aber Camulos hatte ihm zuvor eine richtige Jagd und einen anständigen Kampf beschert. Nun stand sein Gegner unbewaffnet vor ihm und er hatte ein Schwert. Von nun an war es ein Kinderspiel. Er sah, dass sich der Junge noch immer zwischen ihn und das Mädchen stellte. Doch das würde er jetzt ändern. Er wollte seinen Gegner verzweifeln und dafür würde er sich zwischen ihn und das Mädchen schieben. Eric war ein guter Schwertkämpfer und inzwischen hatte er seine Wut unter Kontrolle. Es war für ihn ein leichtes, Tobias so mit Schlägen einzudecken, dass er durch sein ständiges Ausweichen immer weiter von Julia weg getrieben wurde, bis Eric schließlich wieder zwischen den Beiden stand. Er konnte sich ein Grinsen nicht verkneifen. Jetzt musste er nur noch entscheiden, wen er zuerst umbrachte. Er versuchte, sich weiter zu beruhigen, um seine blinde Wut loszuwerden, denn er wollte nicht wütend sein, wenn er Camulos sein wohlverdientes Opfer darbrachte. Leider spürte er das Pochen in seinem Kopf nun auch wieder viel stärker und vor allem die Schmerzen im Schritt kamen langsam zurück. Er schloss für einen Moment die Augen und spürte sofort, wie ihm schwindlig wurde. Sofort öffnete er die Augen wieder. Er würde die beiden sofort töten und sich dann dringend selbst verarzten müssen. Er würde jetzt das Opfer bringen. Zum wiederholten Male hob er das Schwert. Der Junge vor ihm war inzwischen völlig außer Atem und aus vielen kleinen Wunden blutete er. Er versuchte nicht einmal mehr, auszuweichen. Eric atmete tief ein. Nun war es so weit. Plötzlich durchzuckte ihn ein wilder Schmerz, der von seinem Oberschenkel ausging. Er ließ das Schwert fallen.

Tobias war inzwischen völlig verausgabt. Schon als er die Tür des Büros mit seinem Körper bedeckt hatte, hatte Erics Schwertstoß ihn leicht am Arm verletzt, doch der Kampf mit Eric am Boden und die vielen kleinen Schwerthiebe, die nur dazu gedacht waren, ihn von Julia wegzutreiben, hatten ihn alle Kraft gekostet. Als Eric nun vor ihm stand und das Schwert gehoben hatte, war Tobias bereit, aufzugeben. Er hatte die Augen geschlossen. Doch dann hatte Eric plötzlich vor Schmerz aufgeschrien und das Schwert fallengelassen. Tobias öffnete die Augen wieder. Eric hielt sich den Oberschenkel, aus einer Wunde quoll Blut. Neben ihm lag Julia und schaute entschlossen zu Eric, der langsam zu Boden sank. Auch er hatte wohl einiges einstecken müssen, doch was hatte ihm den Rest gegeben? Tobias schaute genauer auf den Oberschenkel.

Wie konnte das bloß sein? Eric verstand die Welt nicht mehr. Er hatte Camulos allezeit treu gedient. Nun lag er schwer verwundet auf dem Boden. Die Schmerzen in seinem Bein waren zu unerträglich, als das er noch wieder hätte aufstehen können und seine Kopfverletzung machte ihm schwer zu schaffen. Der Junge hatte sich mittlerweile sein Schwert gegriffen. Jetzt stand er mit dem Schwert neben ihm und er, Eric Durant, Diener und Sohn des Camulos, lag besiegt und schwer verwundet auf dem Boden. Was hatte er falsch gemacht? Hatte er Camulos erzürnt, als er seinen Bruder getötet hatte? Er spürte, dass das, was ihn verwundert hat, noch immer in seinem Bein steckte und zog es heraus. Nur mühsam konnte er verhindern, dass ihm schwarz vor Augen wurde. Er hielt den Gegenstand ins Licht und betrachtete ihn. Dann lachte er. Er lachte laut auf und sein Lachen steigerte sich immer wieder, bis er wie wahnsinnig auf dem Boden kollerte und lachte. Er, der Diener des

Camulos, war besiegt worden. Besiegt durch das ultimative Symbol des Scheiterns. Durch ein Kreuz.

Ungläubig betrachtete Tobias, wie Eric sich irre lachend am Boden wälzte und schließlich ohnmächtig wurde. Er nahm ein großes Schlüsselbund von Erics Gürtel, half Julia auf die Beine und stützte sie, als sie zur Pforte gingen. Mithilfe eines Schlüssels vom Schlüsselbund öffnete Tobias die Pforte und schloss sie wieder ab, als Julia und er draußen waren. Sie sanken beide zu Boden und saßen an die verschlossene Klosterpforte gelehnt schweigend da und blickten auf den See.

38

Sie stieß die Tür mit ihrem Gipsfuß auf und ging dann unbeholfen auf Krücken in den Flur, wo Tobias bereits saß. Seine Arme waren von oben bis unten bandagiert, doch die Wunden waren allesamt nicht allzu tief gewesen. „Und? Haben sie dir geglaubt?", fragte Tobias Julia. Sie lächelte ihn an. „Zuerst nicht, glaube ich, aber dann kam der Polizist wieder, dem du das Schlüsselbund gegeben hast. Und dann haben sie gemerkt, dass du ungefähr das Gleiche gesagt hast. Danach wurde es besser." Tobias stand auf und hielt Julia die Tür der Polizeiwache auf. Als sie schon draußen waren, rief ihnen der Dolmetscher, der bei Tobias Verhör anwesend gewesen war, hinterher, sie sollen noch kurz warten. Neugierig drehten die beiden sich um, als der Dolmetscher zu ihnen kam. „Wenn Sie wollen, können Sie wieder nach Hause fahren.", sagte er und gab ihnen ihre Pässe zurück. „Die Ortsbesichtigung und Ihre Aussagen passen zusammen, man wirft Ihnen nichts vor. Sie werden allerdings eventuell noch eine Vorladung zum Gerichtstermin erhalten, falls der Fall überhaupt verhandelt wird. Eric Durant ist in einer Spezialklinik für Menschen mit religiösen Wahnvorstellungen und wird dort wohl auch bleiben. Die Polizei hat anhand der Bücher in seinem Haus und im Kloster herausgefunden, dass er sich als Abgesandten eines keltischen Gottes verstanden hat. Bei seinem Vater war es wohl genauso. Das Kloster wurde hier früher über einer heidnischen Kultstätte gebaut und sein Vater hat die scheinbar bei der Renovierung in den Dreißigern wiederentdeckt und hat dann sämtliche Klosterbewohner ermordet. Er und Eric haben zusammen mindestens achtundvierzig Menschen umgebracht. Taucher haben im See vor dem Kloster viele Knochen unterschiedlichsten Alters gefunden, die jetzt alle zugeordnet werden müssen." Er unterbrach sich kurz und schüttelte den Beiden die Hand. „Sie werden von offizieller Seite vermutlich nicht viel Dank erhalten, weil man den Serienmord wohl unter dem Tisch halten will, aber ich selbst komme aus Le Reposoir und ich danke Ihnen im Namen aller Bewohner. Es ist dort jetzt sicher geworden und das verdanken wir Ihnen beiden. Der Wirt des Gasthofes stellt Ihnen kostenlos das größte Zimmer zur Verfügung. Bleiben Sie ruhig noch ein paar Tage und genießen Sie unsere Dankbarkeit." Dann verabschiedete er sich und ging zurück in die

Polizeiwache. Tobias sah Julia an. „Was meinst du, bleiben wir noch ein wenig oder wollen wir lieber fahren?" – „Wir bleiben. Wir haben noch etwas zu erledigen.", sagte Julia bestimmend.

Tobias hatte nicht verstanden, was Julia meinte, aber er fragte auch nicht nach. Am Nachmittag hatte er den Bulli von Erics Hof abgeholt und war zu Noah gefahren, um dort das Zelt und ihre Sachen abzuholen. Tobias staunte, als vor dem Haus ein Leichenwagen hielt. Er sah von ihrem Zeltplatz aus, dass die Männer mit dem Sarg in der Hand ins Haus gingen und ging ebenfalls hinein. Im oberen Geschoss fand er die dunkel gekleideten Männer, die eine alte Frau aus dem Bett holten und in den Sarg legten. Wer war diese Frau? Noah hatte einmal beiläufig eine Frau erwähnt, aber die Dame im Sarg hätte eher seine Mutter sein können. Einer der Männer sprach ihn an. Tobias verstand nur ein Wort. *Parent*. Verwandt. Er schüttelte den Kopf, woraufhin ihn der Mann mit einer Handbewegung aus dem Raum scheuchte. Verwundert ging Tobias nach unten, um ihr Zelt abzubauen und es mit den anderen Sachen im Bulli zu verstauen. Bevor er fuhr, sah er sich Noahs Hof noch einmal an. Was nun wohl daraus werden würde? Noah hatte Kinder gehabt, aber die lebten in alle Welt verstreut. Unwahrscheinlich, dass jemand hierher zurückkehren würde. Und was war mit Eric Durants Hof? Er hatte keine Kinder. Zwar waren Noahs Kinder gewissermaßen Erics Nichten und Neffen, aber das nachzuweisen würde einen ziemlich großen Aufwand ergeben. Vielleicht wäre es auch besser für Noahs

Kinder, wenn sie von der Sache hier so wenig wie möglich erfahren würden. Nachdenklich stieg Tobias wieder ins Auto und fuhr zum Gasthof. Dort fand er Julia im Gastraum auf einem Sessel sitzen. Man hatte ihr einen Hocker hingestellt, auf den sie ihren lädierten Fuß legen konnte und mehrere Menschen saßen um sie herum und sprachen mit ihr. Julia winkte Tobias, als er den Raum betrat. Sofort standen alle Anwesenden – außer Julia – auf, um ihm die Hand zu schütteln und auf die Schulter zu klopfen. Tobias war der Trubel etwas unangenehm, aber er schüttelte höflich jede Hand und bedankte sich seinerseits. Schließlich griff Julia nach ihren Krücken, stand auf und sagte freundlich etwas zu den Leuten, woraufhin sie sich alle nacheinander verabschiedeten. „Ich habe inzwischen herausgefunden, was es mit der Zollkontrolle auf sich hatte.", sagte sie zögerlich. „Und?", fragte Tobias. Julia sah zerknirscht aus. „Ein eifersüchtiger Ex bei der Polizei…" Tobias lachte laut auf. Als er sah, wie peinlich Julia die Geschichte war, legte er einen Arm um ihre Schulter. „Es ist alles gut. Wir sind ja auch so übergekommen." Sie lächelte ihn dankbar an. „Und jetzt?", fragte Tobias. „Jetzt machen wir das, was wir noch zu erledigen haben. Du fährst."

Julia hatte Tobias zum Haus von Jacques und Jules navigiert. Dort stiegen sie aus und fanden Jacques und Jules auf ihrer versteckten Terrasse sitzen. Tobias sah, dass Jacques ihnen ärgerlich etwas zurief, während Jules Julia mit seinem Blick fixierte. Julia sprach daraufhin eindringlich mit Jacques. Sie stritten kurz, woraufhin er schließlich schwieg. „Er wollte uns hier nicht haben, hat er gesagt. Wir würden seinen Sohn verwirren. Ich habe ihm gesagt... naja, egal. Jetzt ist er zumindest ruhig." – „Du bist aber sicher nicht hergekommen, um dich mit einem alten Mann zu streiten, oder?", fragte Tobias. „Nein.", antwortete Julia, „ich möchte Jules sagen, was passiert ist und dass der Fluch des Klosters für immer beseitigt ist." Dann drehte sie sich zu Jules und begann zu erzählen. Nach wenigen Sätzen wollte Jacques sie unterbrechen, aber ihr Blick ließ ihn verstummen. Tobias betrachtete Jules, während Julia redete. Erst war sein Blick ängstlich, dann wurden seine Augen feucht und Tränen rannen über sein Gesicht. Schließlich stand er auf, blickte Julia tief in die Augen und sein Mund öffnete sich zu einem Lächeln. Er umarmte Julia und hielt sie lange im Arm, bevor er sich schließlich von ihr löste und erst sie und dann Tobias anblickte. Jacques hatte die Reaktion seines Sohnes verfolgt und begann freudig zu weinen. Jules nahm je eine Hand von Julia und von Tobias. „Merci!", sagte er.

Nachdem Jules zum ersten Mal seit über dreißig Jahren wieder gesprochen hatte, waren er und sein Vater sich in die Arme gefallen und Julia und Tobias hatten sich unauffällig zurückgezogen und waren in den Bulli gestiegen. Überwältigt von der Situation sagten beide eine Weile lang gar nichts. Schließlich nahm Julia Tobias Hand und blickte ihn an. „Versprich mir etwas." – „Was denn?" Sie griff mit beiden Händen nach Tobias Gesicht. „Dass unser nächster Urlaub ruhiger wird." Dann gab sie ihm einen Kuss.